張愛玲

張愛玲譯作選

無頭騎士・愛默森選集

主編的話

在文學的長河裡，張愛玲的文字是璀璨的金沙，歷經歲月的淘洗而越發耀眼，而張愛玲的身影也在無數讀者心中留下無可取代的印記。

為紀念張愛玲百歲誕辰及逝世二十五週年，「張愛玲典藏」特別重新改版，此次以張愛玲親筆手繪插圖及手寫字重新設計封面，期盼能帶給讀者全新的感受，並增加收藏的意義。

「張愛玲典藏」根據文類和作品發表年代編纂而成，包括張愛玲各時期的長篇小說、短篇小說、散文和譯作等，共十八冊，其中散文集《惘然記》、《對照記》本次改版並將增訂收錄近年新發掘出土的文章。

一樣的悸動，一樣的懷想，就讓我們透過全新面貌的「張愛玲典藏」，珍藏心底最永恆的文學傳奇。

勾沉與出新

——《張愛玲譯作選》導讀

【中研院歐美所特聘研究員】單德興

「作家張愛玲」眾人皆知，但「譯者張愛玲」知者相對較少，至於她在翻譯方面的成就與貢獻則更罕為人知。

其實，名聞遐邇的「張愛玲」一名本身就是翻譯。她在《流言》中的〈必也正名乎〉一文開頭就說：「我自己有一個惡俗不堪的名字，明知其俗而不打算換一個……」至於自己為什麼「戀戀於我的名字」，卻一直到結尾才道出緣由：

十歲的時候，為了我母親主張送我進學校，我父親一再地大鬧著不依，到底我母親像拐賣人口一般，硬把我送去了。在填寫入學證的時候，她一時躊躇著不知道填什麼名字好。我的小名叫煐，張煐兩個字嗡嗡地不甚響亮。她支著頭想了一會，說：「暫且把英文名字胡亂譯兩個字罷。」她一直打算替我改而沒有改，到現在，我卻不願意改了。

根據這則作者自道的軼事，她的小名是「煐」，英文名是「Eileen Chang」，而大名鼎鼎的「張愛玲」卻是十歲臨入學時，母親情急之下「暫且」「胡亂譯」的應景、甚至將就之作。這則出入於中英文之間的童年軼事，似乎也預言／寓言了她未來從事的中英翻譯。

其實，張愛玲很早就步上了翻譯之途。一九四一年，年方二十一歲的她便摘譯了哈而賽的〈謔而虐〉（Margaret Halsey, "With Malice toward Some," 1938），發表於上海《西書精華》季刊。後來她又中譯了摯友炎櫻（Famita Mohideen）的若干作品，發表於上海的《小天地》、《苦竹》、《天地》、《雜誌》等月刊。有趣的是，她也以中文重新翻譯或改寫自己的英文作品，包括一九四三年發表於上海英文刊物《二十世紀》（*The XXth Century*）上的一些文章與評論，以及將〈Stale Mates: A Short Story Set in the Time When Love Came to China〉重寫為〈五四遺事：羅文濤三美團圓〉，〈A Return to the Frontier〉重寫為〈重訪邊城〉，《The Rouge of the North》重寫為《怨女》，〈The Spyring〉改寫為〈色，戒〉等，扮演起「改寫者」、「自譯者」的角色，並且樂此不疲。其中雖有一些為早年的嘗試之作，但連同其他文藝創作，可看出張愛玲左右開弓，中英並進，多元發展，展現了強烈的雄心壯志。

然而，張愛玲的譯者身份與地位主要建立於她的「香港時期」（一九五二——一九五五），雖然只有短短幾年，成績卻相當可觀，不僅對於當時的美國文學中譯貢獻良多（詳見下文），對於個人的文學生涯也有重大的影響，如《秧歌》（*The Rice-Sprout Song*）與《赤地之戀》

（*Naked Earth*）均分別以中英文撰寫與出版。細究起來，她在翻譯方面的成果還包括了英譯陳紀瀅的長篇反共小說《荻村傳》（*Fool in the Reeds*, 1959）以及英譯自己的小說〈等〉（Little Finger Up, 1957）、〈桂花蒸 阿小悲秋〉（Shame, Amah! 1962）、〈金鎖記〉（The Golden Cangue, 1971）；譯註清朝韓邦慶的吳語小說《海上花列傳》為《海上花開：國語海上花列傳一》和《海上花落：國語海上花列傳二》（一九八三），並將此書譯為英文，前兩章發表於《譯叢》（*Renditions*, 1982），全書《The Sing-song Girls of Shanghai》經孔慧怡（Eva Hung）校訂，二〇〇五年由美國哥倫比亞大學出版社出版。由此可見張愛玲的譯者身份之繁複多樣，而且與她的文學創作密不可分。此處僅就本書收錄的中文譯作選（全為美國文學）略加說明。

文學與翻譯等文化生產，與時代密切相關。首先就時代環境而言，當時適值冷戰時期，美國在國際上採取圍堵政策，除了在政治、軍事、經濟、外交等方面與共產主義對抗，防止其擴張之外，在文化方面也採取相同的策略，於是在香港成立文化機構，出版刊物和書籍，前者如《今日世界》（*World Today*〔一九五二—一九八〇〕，原名《今日美國》，先是半月刊，一九七三年起改為月刊），後者最著名的就是今日世界出版社的翻譯叢書，總計高達數百種，其中又以美國文學的數量最多、影響極為深遠。今日世界出版社縝密規劃，以優渥的稿酬廣邀港、台著名譯者、作者、學者，可謂當時的「夢幻隊伍」，大規模、有系統地中譯與美國相關的作品，數量之多、品質之精、水準之齊，可說是空前絕後。雖說該出版社成立的初衷有其國際政治的考量，但以後見之明來看，其成果遠遠超越一時的政治，而為中文世界留下了頗具意義的文化資產。筆者這一代許多人在戒嚴時期都由此一翻譯系列獲得啟蒙，至今依然懷念不已，即是明證。

再就張愛玲當時的處境而言，共產主義席捲中國大陸，在上海已有文名的她南來香港，亟需一份穩定的收入。咸信是在上海舊識宋淇（林以亮）的協助下，她開始為今日世界出版社翻譯。一方面，今日世界出版社亟需大批中英文俱佳、且在文藝界或學術界具有知名度的人來從事翻譯；另一方面，就張愛玲而言，與該出版社合作，不只是為稻粱謀（其優渥稿酬是許多人樂於應邀翻譯的重大誘因），更可善用這個良機與管道發揮自己的語文專長與翻譯經驗，甚至藉由出入於中英文之間不斷修訂自己的文學創作，進而嘗試打開通往國際文壇之路。換言之，雖然處於冷戰時期，合作的雙方也各有所圖，但結果卻各蒙其利，並嘉惠廣大的讀者，遠超過一時一地的政治氛圍與現實考量，成為文壇與譯壇難得的佳話。

綜觀今日世界出版社的美國文學名著譯叢便會發現，即使其中的譯者高手如林，但產量之豐像張愛玲這樣的並不多見（數量最多的當推晚近謝世的名譯家湯新楣〔湯象〕）。更重要的是，她的翻譯是全方位的，遍及各文類，其中以小說居多，包括海明威的《老人與海》（Ernest Hemingway, *The Old Man and the Sea*），勞林斯的《小鹿》（Marjorie K. Rawlings, *The Yearling*，後易名為《鹿苑長春》），歐文的〈無頭騎士〉（Washington Irving, "The Legend of Sleepy Hollow"，後易名為〈睡谷故事〉）；詩歌有愛默森（Ralph Waldo Emerson）和梭羅（Henry David Thoreau）的詩作，均見於《美國詩選》（此書由林以亮編選，掛名的四位譯者由張愛玲領銜，其他三位依序為林以亮、余光中、邢光祖，未掛名的譯者尚有梁實秋和夏菁）；散文主要見於《愛默森選集》（*The Portable Emerson*，後易名為《愛默森文選》，內含譯詩）；文學評論有〈海明威論〉（Robert Penn Warren, "Hemingway"）和《美國現代七大小說家》（*Seven Modern American Novelists*）的〈序〉（William Van O'Connor, "Introduction"）以及其中的三章——〈辛克萊·路易士〉（Mark Schorer, "Harry Sinclair Lewis"）、〈歐涅斯·海明威〉（Philip Young, "Ernest Hemingway"）、〈湯麥斯·吳爾甫〉（C. Hugh Holman, "Thomas Wolfe"）。至於戲劇則可能是威廉斯的《琉璃集》（Tennessee Williams, *The Glass Menagerie*），因為今日世界出版社的兩本目錄對此書譯者記載不一：《今日世界譯叢目錄》（一九七六）載為「張愛玲」，但《今日世界出版社圖書目錄，一九八〇—一九八一》（一九八〇）卻載為「秦張鳳愛」，成為「張學」中的一樁疑案。其中早期的譯作，如《老人與海》和《小鹿》，先前分別由香港的中一出版社與天風出版社印行（前者使用筆名「范思平」），後來納入今日世界出版社的美國文學譯叢系列，重行設計與增訂後，更廣為流通。

正如筆者在〈含英吐華：譯者張愛玲——析論張愛玲的美國文學中譯〉一文中所指出的：

> 張愛玲翻譯的這些美國作家都具有相當的代表性，其中有早期經典作家歐文（Washington Irving），美國文藝復興時期與超越主義大師愛默森（Ralph Waldo Emerson）與梭羅（Henry David Thoreau），諾貝爾文學獎得主小說家海明威（Ernest Hemingway [1954]），普立茲獎得主勞林斯

（Marjorie K. Rawlings [1938]），以及當代美國小說評論。換言之，張愛玲翻譯的範圍從十八世紀到二十世紀當代文學。她翻譯的《老人與海》早在海明威獲得諾貝爾文學獎前兩年便已問世，相當具有先見之明。評論集《美國現代七大小說家》由張愛玲翻譯其序言及七章中的三章，實質上已佔了全書一半。該書於一九六七年出版，距離原著出版僅三年，即使以現今的標準也算頗能掌握時效。由上述可知，譯者張愛玲的興趣廣泛，並有能力處理不同時代、不同作家及不同文類的作品。

張愛玲翻譯的策略與特色也值得一談。套用翻譯研究的術語來說，翻譯策略主要分為兩種：歸化（domestication）主張翻譯成品要像通順流暢的譯入語／標的語言（target language），以方便讀者閱讀；異化（foreignization）主張翻譯成品應盡量維持譯出語／源始語言（source language）的特色，以豐富譯入語的思維與表達方式。今日世界出版社的翻譯策略主要為歸化，這種翻譯觀可以曾為該社負責編務的林以亮以及擔任翻譯的思果和余光中的譯論與譯評為代表。這種翻譯策略，配合譯者的知名度，以及出版社的行銷（印刷精美，價格低廉，通路順暢），使得今日世界出版社的譯叢系列順利進入中文世界，尤其在台灣和香港發揮了最大的影響。

至於張愛玲本人的翻譯，基本上依循今日世界出版社的方針，包括在必要時加上原著譯文之外的一些附文本（paratexts），如序言、譯註，以幫助讀者閱讀與理解，進而增加對於美國文學與文化的認識。縱使偶爾出現異化（尤其是譯詩）與誤譯的現象，但整體說來譯筆頗為信實、通達、洗練，充分發揮了雙語者張愛玲身為中、美之間的文學翻譯者與文化溝通者的角色。

可惜的是，由於相關資料欠缺，以往的「張學」甚少觸及「譯者張愛玲」的研究。更遺憾的是，有別於一般的合約，當初美國新聞處是以「採購單」（purchase order）的方式向譯者購買「服務」（service），而非版權，再加上近年來許多譯者相繼謝世，而我國與美國在智慧財產權談判時忽視翻譯，未能要求強制授權，以致在今日世界出版社結束營業後，此一翻譯系列礙於著作權法相關規定而難以重新印行，讓前人心血結晶的智慧與文化資產就此湮沒，只能在舊書攤或二手書網站苦苦搜尋，實在令人扼腕。

因此，我們一方面欣喜於《張愛玲譯作選》在有心人努力下得以面世，廣為流傳，另一方面也惋惜其他「張譯」因為版權問題遲遲不能重現於中文世界（據熟悉內情者透露，有些尚須等到二〇四〇年代才能出版）。至盼張愛玲的所有譯作（包括不同的中英文版本）都能早日勾沉出新，重新流通，讓世人有機會進一步了解張愛玲如何出入於中英文之間，認識她在翻譯方面的成就與貢獻，為原已繁複多樣的張愛玲增添另一番面貌。

二〇一〇年二月一日
台北南港

附識：本文主要根據筆者《翻譯與脈絡》（台北：書林，二〇〇九）中的〈含英吐華：譯者張愛玲——析論張愛玲的美國文學中譯〉（頁一五九—一七九）與〈冷戰時代的美國文學中譯——今日世界出版社之文學翻譯與文化政治〉（頁一一七—一四六）。張愛玲的譯作一覽表可參閱前者之二附錄（頁一八〇—二〇一），今日世界出版社的美國文學中譯分類表可參閱後者之附錄（頁一四七—一五七）。本文撰寫期間承蒙鄭樹森先生與高全之先生惠賜高見，陳雪美小姐與金文蕙小姐提供資料，謹此致謝。

目錄

無頭騎士

華盛頓·歐文——著

赫德遜河東岸有許多寬闊的小港；內中有一個港口環抱著一個小鎮，也可以說是一個鄉間小碼頭。河道在這裏突然放寬了，被古代荷蘭航海家稱為「大板湖」，他們航行到這裏，總是謹慎地把船帆收短些，渡河的時候總祈求聖尼可拉保佑他們。這小鎮，有人稱它為格林斯堡，但是它比較通行比較正式的名字是「流連城」。聽說這還是從前那時候，近鄉的好主婦們給它取了的名字，因為她們的丈夫在趕集的日子總是在鎮上的酒店裏流連忘返。雖然有這一說，我並不敢保證確是如此，我不過白提這麼一聲，為了要這篇記載絕對精確可靠。離這座村子不遠，也許有二英里之遙，有一個小山谷，其實也就是高山之間的一塊盆地，這是全世界最幽靜的境地之一。一條小河平滑地穿過這塊盆地，流水的喃喃細語正夠催人入睡；還有就除非偶爾聽見一聲鵪鶉叫，像吹哨子似的，或是一隻啄木鳥嗒嗒作聲啄著樹幹，此外幾乎從來沒有別的什麼聲響打破那一致性的平靜。

我記得我小時候第一次獵松鼠，是在那山谷的一邊的一個核桃樹林裏，高樹參天，濃蔭匝地。我在正午信步走入林中，那時候整個的自然界都是特是安靜。我嚇了一跳，聽見我自己的獵鎗轟然吼了一聲，打破了四周的安息日的寂靜，憤怒的迴聲震盪不已，把那鎗聲延續下去。萬一有一天我想退隱，想溜到哪裏去躲開這世界與人世間的煩惱，靜靜地在夢中度過殘生，我不知道有比這小谷更好的地方了。

這地方是那樣安閒得近於無精打彩，此地的居民是最初的荷蘭籍移民的後裔，他們又具有一種特殊的性格，所以這幽僻的山谷一直有「瞌睡窩」之號，這裏的田舍郎在附近一帶也被稱為「瞌睡窩兒郎」。彷彿有一種沉沉的睡意籠罩在地面上，朦朧如夢，連大氣裏都充滿了這種氣質。有人說這地方在移民初期被一個德國北部的醫生施魔法鎮住了；又有人說在赫德遜發現這地域之前，有一個老印第安酋長，是他那一個部落的先知或是神巫，他總在這裏舉行會議。這地方確是仍舊被某種巫魔的法力所統治著。當地的人民精神上受了它的蠱惑，使他們永遠惘惘若夢地走來走去。他們喜歡相信各種神奇的傳說；他們時常靈魂出竅，時常看見幻景；又常常看見異象，聽見空中的音樂與語聲。整個這一個地帶都有許多地方性的傳說，有鬼的所在，以及神秘朦朧的迷信；這山谷裏發現流星與彗星的次數，比國內任何地方都要多；噩夢的女妖，也最愛在這裏興風作浪。

然而在這被迷蠱的地區內，神通最廣大的一個精靈卻是一個騎在馬上的無頭鬼。它似乎是一切空中的鬼神的總司令。有人說它是一個德國赫斯騎兵，在革命戰爭期間一個無名的戰役中被炮彈打掉了腦袋；所以從此以後，永遠被鄉下人看見他在幽暗的夜中匆匆掠過，彷彿御風而行。他出沒的所在不僅限於這山谷內，有時候還伸展到附近的大路上，尤其是離這裏不遠的一個教堂附近。此地有些最可靠的歷史學家——他們曾經謹慎地收集整理一切流傳著的與這鬼有關的事實——他們堅持著說這騎兵的身體葬在教堂外的墳場裏，所以他的鬼魂每夜從這裏出發，馳騁到戰場上去找他的頭顱；有時候他像午夜的狂風一樣，疾馳著經過瞌睡窩，那是因為他耽擱得太久，急於在天明前趕回墳場。

這流傳已久的迷信，內容大致如此。它曾經供給許多材料，在這鬼影幢幢的地區製造出許多荒誕的故事；鄉下人圍爐夜話的時候，都稱這鬼怪為「瞌睡窩的無頭騎士」。

我曾經提起此地的居民常會見神見鬼，但是這並不限於這山谷的居民，任何人只要在這裏住過一個時期，就會染上這種傾向——這確是很奇怪。他們進入這瞌睡沉沉的區域之前，不管怎樣清醒，不久就必定會吸入空氣中的魔魘影響，開始變得幻想力豐富起來——做上許多夢，又看見鬼魂顯形。

我對於這安靜的一隅地是滿口讚美，不遺餘力，因為在這種隱僻的山谷裏，人口、禮儀、習俗都是固定不移的——廣大的紐約州裏偶爾點綴著幾個這一類的山谷，是荷蘭人聚居之地——而同時在這營營擾擾的國土上，移民與進化的洪流在別處不斷地引起各種變化；時代的潮流在它們旁邊衝過，它們卻視若無睹。它們像湍急的溪流邊緣上的小小的死水潭；我們可以看見稻草與水泡安靜地浮在那水面上，拋了錨，或是停在潭邊的冒牌港口裏，徐徐旋轉著，潮水流經這裏，也並不攪擾它們。我在瞌睡窩睡昏昏時從樹蔭裏走過，雖然已經是多年前的事了，但是我疑心那裏仍舊是那幾棵樹，那幾家人家，在瞌睡窩的蔭庇下度著單調慵懶的生活。

在這自然界裏天生的僻壤中，在美國歷史上的一個遠古時期——那就是說，約在三十年前——曾經有一個可敬的人住在這裏，名叫夷查博．克雷恩；他是為了教學，所以居留在瞌睡窩——照他自己說來，是「流連」在這裏。他是康涅狄格人；那一州出了許多開墾先鋒，獻給國家，不但開拓森林，而且開啟人們的性靈，每天大批遣出邊地的伐木人與鄉村教師。這人姓克雷恩，克雷恩的意義是「鶴」，他這人也的確是有點像一隻鶴。他身材高，而非常瘦，狹窄的肩膀，長臂長腿，一雙手吊在袖子外面一里之遙，腳可以用來做鏟子，全身骨骼都是極鬆弛地連在一起，吊兒郎當。他的頭很小，頭頂平坦，耳朵非常大，綠玻璃似的大眼睛，鷸鳥喙似的長鼻子，因此他的頭像一隻風信雞，高棲在他細長的頸項上，彷彿在那裏辨別風向。在刮大風的日子，你如果看見他大踏步在小山的側面上走著，他的衣服被風吹得膨脹起來，在他周身上下飄舞著，你也許會把他當作旱魃下降世間，或是田野裏逃出來的一個稻草人。

他的學校是一座低矮的房屋，只有一間大房間，粗陋地用木材築成；窗戶一部份裝配著玻璃，一部份裱糊著習字簿的紙張，填補窟窿。空關著的時候，鎖閉門窗的方法非常巧妙，把一根堅韌的樹枝扭曲著拴在門鈕上，再把幾根木樁停在百葉窗上：這樣，如果來了賊，進來雖然非常容易，出去卻有點感到為難，建築師約斯・范・胡頓想出這主意，大概是襲用了捕鱔魚的籠子的妙處。這學校建築在一個頗為荒涼的地方，但是風景悅人，正在一個樹木濃密的小山腳下，附近有一個小河，校舍的一端生著一棵威猛的樺樹。在一個睡昏昏的夏天的下午，你可以聽見他的學生們的聲音，低低地喃喃誦讀著功課，像蜂窠裏嗡嗡的鳴聲；時而岔入教師的權威的聲音，恐嚇地，或是命令地；或是也許岔入那樺木棍子的可怖的響聲，他在那裏鞭策一個偷懶的學生，催促他走上繁花夾道的治學途徑，說老實話，他是一個有良心的人，他永遠記得那句至理名言：「不動棍子，寵壞孩子。」夷查博・克雷恩的學生確是沒有被寵壞。

但是我並不要讀者想像他是那種殘酷的學校首長，樂於讓他們治下的臣民受笞楚；恰巧相反，他懲治不法之徒，嚴明而並不嚴厲；減輕弱者的負担，加在強者身上。那種弱小的孩子，只消把棍子揮舞一下就會使他畏縮起來，那就寬大地放過他；但同時也不能循私枉法，就加倍處罰另一個堅強執拗的衣裾寬大的小荷蘭頑童，這種孩子挨了樺木棒就憤懣起來，氣鼓鼓地，變得固執而陰鬱。這一切他統稱為「向他們的父母盡責」，從來沒有一次行刑後不告訴那孩子，「你將來一定會記得這件事，只要你活在世上一天，你就會感謝我。」那痛楚的頑童聽到這話該覺得很安慰。

學校散課以後，他甚至於和大些的孩子們作伴遊玩；在休假的下午他伴送有些小些的孩子們回去，那些孩子們恰巧有美麗的姐姐，或者他們的母親是好主婦，以善於烹飪馳名。他和他的學生們親善，的確是於他有利。學校的進項很少，每天供給他吃麵包都不大夠，因為他食量奇大，雖然身材瘦長，卻像一條蟒蛇一樣伸縮自如，可以吞下極大的東西；為了貼補他的生活費，當地農民依照這一帶的鄉風，凡是有孩子跟他念書的人家都輪流供給他的膳宿。他逐次在每家住一星期，在附近這地段不停地兜圈子，他現世的一切動產都包在一條布手帕裏。

他這些東翁都是莊稼人，出不起錢的，他們不免認為教育費是一項嚴重的負担，認為教師不過是懶漢，於是他想出許多方法來使他自己有用而又討人歡喜。他有時候幫助農民做他們農場上較輕的工作；幫他們製乾草；補籬笆；牽馬去飲水；把牛從牧場上趕回來；劈柴，冬天用來生火。同時他也把他在學校裏的威儀與絕對的統治權都收了起來；學校是他的小帝國，但是出了校門，他變得出奇地溫柔，善伺人意。他愛撫孩子們，尤其是那最年幼的一個，因此母親們都喜歡他；他像古時候那隻勇敢的獅子，寬宏大量地讓一隻羔羊支配他，他會抱著個孩子坐在他一隻膝蓋上，用另一隻腳推動一隻搖籃，一搖搖好幾個鐘頭。

除了他的種種天職之外，他還是這一個地段的歌唱教師，教授年青人唱聖詩的藝術，賺了不少雪亮的銀幣。每星期日率領著他選出的歌詠團，站在教堂的樓廂前面，那是他極感到沾沾自喜的一件事；在他自己看來，他完全把牧師的勝利搶了去了。他的喉嚨也的確是遠比任何別的做禮拜的人更為響徹雲霄；至今仍舊有人聽見那教堂裏有一種奇異的顫抖的喉音，並且遇到一個寂靜的星期日上午，連半英里外都聽得見，簡直在磨坊塘的對岸還聽得見。人家說那怪聲是從夷查博．克雷恩的鼻子裏一脈相承，遺傳下來的。於是那可敬的腐儒想出種種的小打算，湊付著度日——他那種巧思也就是普通所謂「不擇手段」——日子倒也過得還不錯。那些不明白腦力勞動的甘苦的人，都還以為他逍遙自在，生活得非常舒適。

在鄉間的女人圈子裏，大都認為一位教師是一個相當重要的人；她們把他當作一種有閒階級的紳士型人物，他的鑑別力與才學遠勝那些粗鄙的田舍郎，她們甚至於覺得他的學問僅比牧師稍遜一籌。所以他每次在一個農家出現，正值下午用點心的時候，座間總會起了一陣小小的騷動，還會添上一碟額外的蛋糕或是糖菓，或者也許還會拿出一隻銀茶壺來，讓它露一露臉。因此一切村姑見到我們這位文士，無不笑臉相迎，使他感到異樣地快樂。星期日連做幾次禮拜，中間休息的時候，他在教堂外的墳場上周旋於她們之間，多麼出人頭地！替她們採葡萄——附近的樹上爬滿了野葡萄藤；把墓碑上的一切銘誌朗誦給她們聽，逗她們笑；或是陪伴著整隊的姑娘們，在附近的磨坊塘的岸上散步；而那些比較怕羞的鄉下佬羞怯地躊躇不前，都妒忌他那超群的文雅與他優美的辭令。

因為他過著半流浪的生活，他也就是一種逐戶換閱的新聞紙，把地方上的閒言閒語整批地從這家帶到那家；所以他一出現，誰都表示歡迎。而且他被婦女們當作一個偉大的學者，十分敬重他，因為他曾經從頭至尾看過好幾本書，而且他熟讀哥頓．馬塞所著的《新英蘭巫術史》——他極堅定地強烈地信仰那本書。

事實是，他很有一點小聰明，而又腦筋簡單，輕信人言，兩種個性奇異地混合在一起。他對於怪力亂神的無饜的要求，與他吸收消化它的能力，都是同樣地高人一等；而他住在這被迷蠱的地區，更加助長了他這兩種機能。從來沒有一個故事他認為太粗俗可怕，難以置信。他常常喜歡在下午放學後躺在濃密的三葉草叢中，在小河邊——那小河嚶嚶哭泣著在他的學校旁邊流過——他在那裏研讀老馬塞的那些恐怖故事，直到暮色蒼茫，使那印出的書頁在他眼前變成一片昏霧。然後他穿過沼澤與溪流與可怕的樹林，回到他暫時棲身的那一家農家；一路行來，在這魅人的黃昏裏，自然界的每一種聲音都使他的興奮的幻想力顫動起來；山坡上的怪鴟的哀鳴；預知暴風雨的樹蟾蜍，發出牠那不祥的叫聲；尖叫的貓頭鷹的淒涼的鳴聲，或是樹叢中忽然息息率率響著，鳥雀從巢中驚飛出來。螢火蟲在最黑暗的地方閃閃發光，最是奕奕有神，有時候有一隻特別亮的流螢穿過他前面的途徑，也把他嚇一跳；如果恰巧有一隻大傻瓜硬殼蟲亂衝亂撞飛到他身上來，那可憐的教書匠簡直要吓死了，以為他被一個女巫的信物打中了他。他在這種時候，要想淹沒他那些恐怖的思想，或是想驅逐妖邪，唯一的辦法就是唱出聖詩的曲調，瞌睡窩的善良的居民在晚間坐在門口，常常感到悚然，因為聽見他那帶鼻音的歌聲，「甜蜜的音韻連鎖著聲聲慢，」從遠山上飄浮過來，或是沿著那黃昏的道路上飄來。

他這種恐怖性的愉悅還有另一種來源；和那些荷蘭老婦人一同度過悠長的冬夜，那時候她們在火爐邊紡織羊毛，壁爐前面列著一排蘋果，烤得畢畢剝剝響；他聽她們說那些神奇的故事，關於鬼魅妖魔，鬧鬼的田野，鬧鬼的小河，鬧鬼的橋，鬧鬼的房屋，尤其是關於那無頭騎士——她們有時候稱他為「瞌睡窩跑馬的赫斯騎兵」。她們也同樣地愛聽他所說的巫術的軼事，以及康涅狄格州往年常有的可怕的預兆，空中的不祥的異象與聲音；他又根據彗星與流星占斷未來，把她們嚇得半死；又告訴她們那件驚人的事實——這世界絕對是在旋轉著，她們有一半的時候是顛倒豎著！

當時確是愉快的，安逸地蜷伏在爐邊的角落裏，輕聲爆炸著的木柴燃起的火焰，把那整個的房間映成一片紅光，當然沒有鬼敢在這裏露面。但是這愉快的代價很昂貴，得要以他歸途上的恐怖作為代價。在雪夜的幽暗可怖的白光中，有多麼可怕的形體與陰影攔著他的路！——遠處的窗戶裏的燈光穿過荒田射過來，他多麼戀戀地望著那每一絲顫抖的光線！——他多少次被一棵蓋滿了雪的矮樹嚇一大跳，它像一個披著被單的鬼，攔住他的去路！——他多少次聽見自己的腳步聲踏在雪上那一層冰凍的硬殼上，嚇得縮成一團，血液都凝凍起來；而且不敢回頭看，怕他會看見一個什麼怪物，緊跟在他後面走著！——他多少次被樹間呼號著的一陣狂風刮得他六神無主，以為它是那「跑馬的赫斯騎兵」夜間四出掃蕩！

然而這一切只是夜間的恐怖，心中的幽靈，只在黑暗中行走；雖然他這一輩子也曾經看見過許多鬼怪，而且在他孤獨的旅程中，也曾經被魔鬼化身為各種形體纏繞過他，不止一次，然而一到白晝，這些凶邪就都消滅了；雖然世間有魔鬼作惡多端，他仍舊可能很愉快地度過這一生，要不是遇見了一個比任何鬼怪與天下一切女巫都更使人感到困惑的東西——女人。

每星期聚集一次跟他學習歌唱的學生之中，有一個卡忒麗娜．范．泰瑟，一個殷實的荷蘭農民的獨養女兒。她是一個芳齡十八的少女，一朵花正開著；像一隻鷓鴣一樣豐滿；像她父親種出的桃子一樣成熟，酥融，腮頰紅艷；她遠近馳名，不但是為了她的美麗，而且為了她可以承襲到巨大的遺產。然而她又還有點賣弄風情，就連她那一身打扮上也可以看得出來，她的衣服是古代與現代的時裝熔為一爐，那最能襯托出她的美點。她戴著黃澄澄的純金飾物，那是她的高祖母從薩爾丹姆帶來的；她穿著古式的誘惑性的緊身肚兜；而同時又穿著一條挑撥性的短襯裙，炫示四鄉最俏麗的一雙腳與腳踝。

夷查博．克雷恩對女性一向心又軟又痴；這樣富於誘惑性的一塊天鵝肉不久就被他看中了，這本來也是意中事；尤其是他到她家裏去訪問過她以後，更加著迷起來。那老頭子鮑爾忒斯．范．泰瑟是一個最典型的興旺的滿足的慷慨的農人。他確是很少看到或是想到自己農場外的事；但是在他的農場內，一切都是妥貼，快樂，情形良好。他對於他的財富很感滿意，但是並不認為這是他值得自傲的；他以他豐饒富足的生活自誇，而並不講究排場。他的堡壘位置在赫德遜河上，荷蘭農民都喜歡窩藏在河邊這種綠蔭中的肥沃的角落裏。一棵大榆樹伸展著它寬闊的枝幹，蔭蔽著那房屋；在它腳下咕嚕咕嚕湧出一股泉水，再清再甜也沒有，從一個木桶製成的小井裏冒出來；然後那泉水悄悄地從草叢中閃閃發光溜過去，流入附近一條小河，那條河在赤楊與矮柳樹叢中泡滾滾地流著。緊接著那莊屋就是一座巨大的穀倉，大得夠做一個教堂；那穀倉裏裝滿了農場上的寶藏，擠得每一個窗戶與罅隙都彷彿要爆裂開來了；打麥的連耞從早忙到晚，在穀倉中發出震盪的迴響；燕子吱吱喳喳在簷下掠過；一排排的鴿子在屋頂上晒太陽，有的抬起一隻眼睛來彷彿在察看天色，有的把頭藏在翅膀下面，或是埋在胸脯裏，此外也有些在那裏挺胸疊肚充胖子，咕咕叫著鞠著躬，在牠們太太跟前轉來轉去。肥滑的遲重的豬隻在安靜的食料豐富的豬圈裏咕噥著；時而有一隊隊的乳豬從豬圈裏衝出來，彷彿要嗅一嗅外面的空氣。一個鄰近的池塘裏浮著一隊莊嚴的雪白的鵝，護送著大隊的鴨子；整隊的火雞在農場裏咯咯叫著到處跑，珠雞煩躁地在農場中轉來轉去，發出牠們悻悻的不滿的叫聲，像脾氣壞的主婦們。壯麗的雄雞在穀倉的門前來回踱著，牠是一個典型丈夫，一個武士，一個高貴的紳士，牠拍著牠光亮的翅膀，傲然地滿心歡喜地長啼著——也有時候用牠的腳刨開土地，然後慷慨地把牠永遠吃不飽的妻子兒女喚過來，分享牠發掘出來的美味。

那腐儒直咽唾沫，眼看著這些東西一到了冬天都是豐美的菜餚。在他那貪饞的心目中，每一隻可供燒烤的豬跑來跑去，都是肚子裏嵌著一隻布丁，嘴裏啣著一隻蘋果；一隻隻鴿子都被安置在一隻舒適的酥餅裏，睡得伏伏貼貼，蓋著一層酥皮被單；鵝都在牠們自己的湯汁裏游泳著；鴨子都安逸地在盤子裏成雙作對，像親熱的夫妻一樣，而且生活無憂，洋蔥醬汁非常富裕。他一看見豬，就看見將來割下來的滑潤的半邊鹹肉，腴美多汁的火腿；在他眼中沒有一隻火雞不是精緻地綑紮起來燒熟了，牠的肫塞在翅膀底下，或者牠還戴著一圈美味的香腸作為項圈；就連華美的公雞也仰天躺著，作為席上的添菜，高舉著兩隻爪子，彷彿渴想進天堂，牠活著的時候富於武士精神，是不屑於請求進天堂的。

欣喜欲狂的夷查博幻想著這一切，他又轉動著他的大綠眼珠，望著范．泰瑟的溫暖的家宅周圍的肥沃的草原，豐沃的麥田，裸麥田，蕎麥田，玉蜀黍田，結著沉重的紅紅的菓子的菓園；這時候他的一顆心渴慕著那行將繼承這些土地的姑娘；越往下想，他的幻想越發擴大起來，土地隨時可以換成現錢，再把那錢投資在無邊的大塊荒地上，在荒野中建造一座座卵石宮殿。不但如此，他的忙碌的幻想已經實現了他的希望，讓他看見那花朵似的卡忒麗娜，帶著一大家子的孩子，高踞在一輛貨車的頂巔，車上裝滿了各種家用的廢物，鍋鑊水壺都吊在下面；他又看見自己騎在一匹牝馬上緩緩走著，後面跟著一匹小馬，向肯德基或是田納西出發，或是天曉得什麼地方。

他走進那座房屋的時候，他的心完全被征服了。這房子是那種寬闊的莊屋，屋脊高聳，但是屋頂低低地傾斜下來，那還是最初的荷蘭移民遺傳下來的風格；低低的突出的屋簷在前面造成一帶走廊，天氣壞的時候可以關起來。屋簷下面掛著連枷，馬具，各種農具，以及漁網，可以在附近的河裏打魚。走廊兩邊築著一條條的長櫈，以備暑天使用；走廊的一端有一隻大紡車，另一端又有一隻攪乳器，表示這重要的走廊可以派多少用場。滿心驚奇的夷查博穿過走廊，走進大廳，那是這座宅第的中心，也是日常起居之所。這裏有一排排華美的錫蠟器皿，排列在一隻長櫃上，看得他眼花撩亂。室隅站著碩大無朋的一口袋羊毛，隨時可紡；另一個角落裏又堆著許多夾蔴的毛織物，剛織出來的；一隻隻玉蜀黍穗子，成串的風乾蘋果，風乾桃子，像艷麗的彩紙條一樣掛在牆上，夾襯著鮮明耀眼的紅辣椒；有一扇門開著，可以讓他窺見最精緻的一間客室，裏面的椅子腿上都生著爪子，還有那些深暗的桃花心木桌子，桌椅都亮晶晶的像鏡子一樣；許多熨斗，各有各的鏟子與火鉗，上面蓋著一層蘆筍梢子，但是依舊掩不住那些鐵器的光輝；爐台上點綴著一些假橘子與貝殼；一串串五顏六色的鳥蛋吊在爐台上面；一隻大鴕鳥蛋從屋頂正中掛下來，室隅的一隻碗櫥故意開著，炫示著裏面的鉅額的寶藏、古舊的銀器與修補得很好的磁器。

夷查博一眼看見這些悅人的境界，從此就心猿意馬起來，一心鑽研的就是怎樣使范．泰瑟的這位出類拔萃的千金愛上他。但是他幹這件工作，實際上的困難很多，比古代的遊俠所遇到的困難還要多：俠客除了和巨人妖人火龍之類的不堪一擊的敵人戰鬥，此外很少有什麼別的麻煩；他僅只需要通過一層層的鐵門，銅門，堅石的牆，走到堡壘的塔裏——他的心上人禁閉在塔裏；他完成這一切，就像一刀切到一隻聖誕蛋糕的中心一樣地容易；然後那位淑女當然答應嫁給他。而夷查博卻需要贏得一個賣弄風情的村姑的芳心，她的心思曲曲折折千變萬化，每每忽作奇想，而又反覆無常，永遠造成新的困難與阻礙；他又還得要對付整大批的可怕的敵人，這些人不比神話裏面的怪物，乃是真正的血肉之軀，是那許多愛慕她的鄉下人，他們圍困著她的每一扇心扉；彼此警惕地憤怒地互相監視著，但是一有任何新的競爭者出現，大家立即聯合起來為一個共同的目標而戰鬥。

在這些人之間，最可畏的是一個魁梧叫囂的豪爽的漢子，名叫亞伯拉罕，或是根據荷蘭文簡稱為伯朗姆．范．布倫忒；這人是四鄉聞名的英雄，大家爭說他的神力與勇敢。他闊肩膀，雙料的筋骨，短短的黑色鬈髮，一張平闊的臉，相貌倒並不討厭，帶有一種諧謔與倨傲混合在一起的神情。他因為軀幹奇偉，膂力過人，得到了一個「伯朗姆．健骨」的綽號，大家都用這名字稱呼他。他以騎術著名，因為他在馬上像韃靼人一樣敏捷。他在賽馬與鬥雞的時候永遠佔先；在農村生活裏，體力優秀能夠贏得崇高的地位，因此他是一切爭論的評判人，他歪戴著帽子，宣判的時候那種神情與口吻都表示絕對不能再抗辯或是哀求。他隨時準備著打一架或是找樂子；但是若論他的本心，卻是惡作劇的成份居多，而並沒有多少歹意；他雖然粗魯得盛氣凌人，心底裏很有一點詼諧的和藹可親的氣質。他有三四個愉快的友伴，他們把他當作一個模範人物看待，他率領他們南征北討，周圍若干里內每次發生械鬥或是取樂的事，總有他們在場。天氣冷的時候，他與眾不同，戴著一頂皮帽子，帽頂綴著一隻狐狸尾巴，揚揚自得；在鄉間任何集會裏，人們遠遠瞭見他帽子上那一簇著名的翎毛在一隊疾馳的人馬之間甩來甩去，大家都站在一邊，提防要出亂子。有時候大家聽見他那一群人在午夜飛奔著掠過那些莊屋，大呼小叫，像一隊哥薩克騎兵；老婦人們從睡夢中驚醒，凝神聽了一會，等那一陣急遽的蹄聲得得過去了，方才喊出聲來，「噯，又是伯朗姆．健骨他們那一幫人！」鄰人們對他的態度是畏懼與欽佩友善兼而有之；如果附近出了什麼胡鬧的惡作劇事件，或是粗野的爭吵，他們總是搖搖頭，說他們可以担保伯朗姆．健骨是幕後人。

這野性難馴的英雄久已揀中了花朵似的卡忒麗娜作為他的粗魯的求愛對象；雖然他的談戀愛有點像一隻熊的溫存愛撫，但是大家背後竊竊私議，說她並沒有絕對叫他死了這條心。他的進攻確是一種信號，使敵對的候選人知難而退，如果他們不想阻撓一隻獅子的戀愛，觸怒了獅子；甚至於大家只要在星期日晚上看見他的馬拴在范．泰瑟的馬樁上，那是一個確切的標誌，表示馬主人是在裏面求愛——用土話來說，是在獻勤兒——別的求婚者就都絕望地走開了，轉移作戰陣地。

這就是夷查博．克雷恩需要對付的情場勁敵；從各方面看來，即使是一個比他強壯的人，一定也會臨陣退縮，一個比他聰明的人一定會絕望了。然而他的天性裏幸而有一種柔韌與百折不撓的混合質；他的外貌與精神都像一隻韌木手杖——柔軟但是堅韌；他能屈能伸，從來不折斷；他在最微小的壓力下就屈服了，但是壓力一挪開——他猛然一掣，又直豎了起來，依舊昂然自得。

與他的情敵公開作戰是瘋狂的；因為那人是絕對不肯在戀愛上受挫折的，正如那暴烈的戀人艾契里斯，那古希臘英雄。因此夷查博用一種安靜的方式進攻，溫柔地曲意奉承。他利用歌唱教師的身份作為掩蔽，時常到那莊屋裏去；其實他並不必怕她父母多管閒事，橫加阻撓——

一般父母往往是戀人的途徑中的障礙。鮑爾忒斯．范．泰瑟是一個隨和的寬大的人；他愛他的女兒更甚於他的烟斗，而他又是個有理性的人，一個極好的父親，所以他一切都讓她自作主張。他那善於持家的矮小的妻子也夠忙的，只顧得操持家務，經管飼養雞鴨，因為她曾經說過一句至理名言：鴨子與鵝是愚蠢的東西，非得照管牠們不可，但是女孩子們能夠照應她們自己。於是一方面那主婦在屋子裏忙到東忙到西，或是在走廊的一端紡羊毛，那老實人鮑爾忒斯就在另一端坐著吸他晚上的一袋烟，看著穀倉的尖頂上那一個木製小兵的戰績，那小木人手執雙刀，極勇敢地在那裏與風搏鬥。同時夷查博就在那裏向他們女兒求愛，在大榆樹下的泉水邊，或是在黃昏中散步，那黃昏時刻是有利於戀人的口才的。

我承認我不知道怎樣求取與贏得女人的心。在我看來，女人的心永遠是謎一樣的令人驚嘆的東西。有的心彷彿只有一個弱點，也可以說是一扇門，通到內心；而又有些心有一千條路，可以用一千種不同的方法攻下它。佔領前一種，是一個偉大的技巧上的勝利，但是如果能守住後一種，那更能證明這人的將才，因為他必須在每一扇門窗後面作戰，保衛他的堡壘。因此，一個人能夠贏得一千個普通的心，他應當稍稍有點聲望；但是一個人能夠絕對佔領一個賣弄風情的女人的心，那他真是一個英雄。那可敬畏的伯朗姆．健骨確實是並沒有做到這一點；而且自從夷查博．克雷恩開始進攻，他顯然減低了興趣；在星期日晚間，人們不再看見他的馬拴在馬樁上；他與瞌睡窩的教師之間漸漸結下了不共戴天之仇。

伯朗姆的天性裏多少會有一些粗魯的騎士風，他很願意將這件事發展到公開戰鬥，依照那些思想極簡單而扼要的古代遊俠的方式，以單人的比武解決這問題，看他們誰有權利向這位淑女求婚；但是夷查博知道他的敵人的體力遠在他之上，知道得太清楚了，自然不肯走進校場和他比武：他曾經聽見伯朗姆．健骨向別人誇下大口，說他要「把那教師四馬攢蹄捆起來，把他擱在他自己學校裏的書架上」；他十分留心，不給他一個機會。這種倔強的和平主義非常惹人生氣；伯朗姆沒有辦法，只好把他性格中的村野的諧謔成份發揮出來，以粗鄙的惡作劇戲弄他的情敵。於是健骨與他那一幫騎快馬的黨羽將夷查博作為他們迫害的對象，種種迫害的方式想入非非。他們騷擾他那迄今都很平靜的領土；堵塞他的烟囱，薰跑了他的唱詩班；夜間衝入校舍，不管他怎樣固若金湯，用樹枝閂著門，木樁頂著窗戶，進去了就把一切東西都掀翻在地：使那可憐的教師開始想著這地段的一切女巫都在他那裏聚會。但是更使他著惱的是伯朗姆利用一切機會當著他的愛人取笑他，伯朗姆有一隻惡狗，他教會牠帶著最滑稽的神氣哀號，當眾介紹牠是夷查博的同行，可以教他唱聖詩。

事情就這樣繼續下去，過了若干時日，也並沒有切實影響到這兩大敵對勢力的地位的優劣。在一個晴朗的秋天的下午，夷查博悄然若有所思，他正在他那張高腳櫈上高坐堂皇，他通常總是坐在這裏監視著他那小小的藝文的國土。他手裏拿著一隻戒尺，那是代表他的無上權威的王杖；代表正義的樺木棒橫架在三隻釘上，在寶座後面，使為非作歹的人永遠胆戰心驚；而他面前的書桌上又擱著各種走私輸入的物件與違禁的器械，在懶惰的頑童身上抄出來的；例如咬剩下一半的蘋果，氣鎗，地黃牛之類的玩具，蒼蠅籠，與整隊的猖獗的紙製小鬥雞。看這情形，一定最近曾經施行過可怕的刑罰，因為他的學生們全都忙碌地專心一致讀書，或是狡猾地在書本後面竊竊私語，一隻眼睛望著師長；整個的教室是在一種嗡嗡響著的寂靜下。一個黑人突然出現，打斷了這靜默，這人穿著一身粗蔴布衣袴，戴著個圓頂的破帽子，像麥居禮神的帽子一樣，騎著一匹毛髮毿毿野性半馴的小馬，他用一根繩子勒著馬，代替韁繩。他蹄聲得得騎到校門前，邀請夷查博參加今天晚上在范・泰瑟老爺宅裏舉行的一個作樂的集會，又叫做「打麥耍子」；他帶著莊嚴的神氣，極力採用優美的辭句——黑人被派出去當這種小差使，往往喜歡咬文嚼字——把口信帶到之後，就衝過小河，大家看見他奔竄著馳上瞌睡窩的斜坡，儼然是負著重要而又緊急的使命。

那下午的安靜的教室裏現在亂成一片，人聲嗡嗡。教師催促學生們快點做完功課，一口氣讀下去，並不為了一點細故就停頓下來；伶俐的學生跳掉一半，也並不受責罰，遲鈍的時而在屁股上挨一棍子，催他們快些，或是幫助他們讀出一個艱深的字眼。書本隨手亂拋，並不放到書架上去，墨水瓶也倒翻了，板櫈也推倒了，全校學生在平日下課時間前一小時就放了學，像大隊的小鬼一樣衝了出去，在綠色的草坪上尖聲叫囂著，因為提早獲釋，感到喜悅。

雅好修飾的夷查博現在至少多費了半小時裝扮他自己，刷了刷他最好的一套銹黯的黑衣服——也就是他惟一的一套——使它煥然一新，然後對著校舍裡掛著的一小塊破鏡子整容。他要在他的愛人面前以真正的騎士風格出現，所以他向他住的這家人家借了一匹馬——他住在一個脾氣暴躁的老荷蘭農民家裏，這人名叫漢斯・范・李帕——於是他英武地騎在馬上出發，像一個俠士出遊，尋找冒險的經驗。但是我想，我本著真正的傳奇故事的精神，應當描寫一下我的英雄與他的坐騎的狀貌與配備。他胯下的這頭畜生是一隻病廢的犁田的馬，牠活到這年紀，幾乎什麼都不剩下了，就光剩下牠的惡毒。牠瘦瘠而毛髮蓬鬆，頸項像牝羊，頭像一隻釘鎚；牠那銹澀的馬鬃與馬尾都虬結成一片，毛上絆著些有刺的菓子，打了許多結。一隻眼睛已經沒有瞳人了，狠狠地瞪著，鬼氣森森；而且另一隻眼睛卻還有一個真正的惡魔的妖光。但是牠當年想必一定是熱情的，勇敢的，不然牠怎麼會得到「火藥」這名字——除非名字完全不足信。事實是，牠曾經是牠主人最心愛的一匹馬，那脾氣暴躁的范．李帕是一個喜歡騎快馬的人，大約這畜生經過他的陶融，也吸收了些他這種氣魄；因為牠雖然這樣老邁龍鍾，當地任何小牝馬都沒有牠會掏壞。

夷查博騎這樣的馬恰配身份。他的鞍蹬太短，把他的膝蓋高高地拉了上去，幾乎與鞍頭齊平；他的尖銳的兩肘像螳螂似地戳出來；他把鞭子垂直線地握在手裏，像國王手裏的寶杖似的；他的馬緩緩地一路行來，他兩隻手臂一動一動，頗有點像鼓翼。一頂小呢帽壓在他鼻子的上端，因為他那窄窄的一條額角只能稱為「鼻子的上端」；他的黑色的大衣的底幅幾乎飄到馬尾上。這就是夷查博與他的坐騎蹣跚出走范．李帕家大門的時候的姿態，簡直是青天白日少見的活鬼現形。

我曾經說過這是一個晴和的秋日，天色清朗平靜，大自然穿上了它那華麗的金色制服，那光澤是永遠使人聯想到豐收的。樹林已經穿上它們嚴肅的棕色黃色的衣裳，而有些較嬌嫩的樹已經被霜染成橙黃，紫色，與赤紅。飛翔的雁行開始在高空中出現；人們可以聽到山毛櫸與胡桃樹林中發出松鼠的吠聲；附近割過了麥只剩下麥根的田野裏，時而發出鵪鶉的憂傷的呼嘯。

小鳥們在那裏享用牠們臨別的盛宴。牠們在極度的狂歡中吱吱喳喳嬉戲地從一棵灌木飛到另一棵灌木上，又從一棵樹飛到另一棵樹上，反覆無常，由於四周的食物既豐富又花樣繁多。其中有那老實的雄知更鳥，少年獵人最愛打這種鳥，牠的鳴聲響亮而含有一種怨懟的意味；還有那吱吱叫著的山鳥，成群飛著像一片片的黑雲；還有那金色翅膀的啄木鳥，頭上一叢深紅色翎毛，寬闊的黑色護喉甲，華美的羽毛；還有那西洋杉鳥，翅膀梢子是紅色的，尾巴梢子是黃色的，頭上一簇羽毛像一個小便帽；還有那藍色的壂鳥，那喧囂的花花公子，穿著牠那明快的淡藍色外衣與白色襯衣；尖聲叫著，喋喋不休，連連點頭，搖搖擺擺鞠著躬，假裝和樹林中每一個歌唱家都十分親睦。

夷查博一面緩緩前進，他那雙眼睛向來是時刻留心一切食物豐富的徵象，放眼望去，歡悅的秋天充滿了各種寶藏，使他非常愉快。前後左右他都看見大量的蘋果；有的沉甸甸地豐饒地掛在樹上；有的已經採了下來裝在籃子裏，大筐裏，預備運到市場上去賣；有的堆成一大堆一大堆，預備榨蘋果酒。再往前面走，他看見整大片的玉蜀黍田，在葉子的掩蔽下露出金色的珍珠米穗子，無異於允許他將來可以吃到蛋糕與特快布丁；黃黃的南瓜，仰天躺在玉蜀黍下面，它們美麗的圓滾滾的肚子晒在太陽裏——眼見得可以吃到最精美的南瓜酥餅；他隨即又經過那芳香的蕎麥田，嗅到蜂窠的氣息，他看到這些東西，心頭就暗暗浮起一種溫柔的期望，想到精緻的煎餅，抹上許多牛油，再由卡忒麗娜・范・泰瑟的有酒渦的小手加上蜂蜜或是糖漿。

於是他一面望梅止渴，畫餅充飢；一面沿著山坡前進，從這一帶山嶺上望出去，可以看到偉大的赫德遜河上一部份最好的風景畫面。「大板湖」寬闊的水面躺在那裏一動也不動，像玻璃一樣，除了偶爾有幾處在那裏輕柔地波動著，拉長了遠山的藍色倒影。寥寥幾朵琥珀色的雲在天空中浮著，沒有一點風絲吹動它們。地平線是一種精緻的金色，漸漸化為一種純潔的蘋果綠，然後再變成天宇正中的深藍。沿河有幾個懸崖，一線斜陽還逗留在那樹木茂密的崖巔，使崖身石壁的暗灰色與紫色更為深沉。一隻單桅船在遠處流連著，隨著晚潮徐徐順流而下，船帆毫無用處，挨著桅竿拖垂著；天空亮瑩瑩地倒映在靜止的水中，那隻船就像是懸掛在半空中一樣。

已經快到晚上了，夷查博方才抵達范・泰瑟先生的堡壘，他發現那裏擠滿了四鄉最優秀最出眾的士女。年老的農人——他們自成一個種族，一律是乾瘦的，臉像皮革，穿著自織的粗呢外衣與袴子，藍色襪子，碩大無朋的鞋子，華美的錫鑞扣子。他們的敏捷憔悴矮小的太太們，戴著密密打著皺襇的帽子，腰部束得細長，而袍身很短，裏面穿著自織粗呢的襯裙，外面吊著剪刀，針墊，與鮮艷的花布口袋。豐腴的姑娘們，幾乎與她們的母親一樣地古色古香，除了偶爾有一頂草帽，一根精緻的緞帶，或是也許一件白色衣服，露出一些受過都市文明薰染的迹象。兒子們穿著短的方形下襬的大衣，下面釘著一行行龐大驚人的黃銅鈕子，他們的頭髮大都是依照當時的習尚打著辮子，要是他們能夠得到一張鱔魚皮來束住頭髮，那更是非打辮子不可，因為在這一帶地方大家都認為鱔魚皮最有滋養頭髮的功用。

然而伯朗姆．健骨是這一個場面上最出色的人物，他騎著他最心愛的一匹馬「大無畏」，這畜生也和他自己一樣，充滿了勇氣與淘氣勁兒，除了他誰也管束不住牠。事實是，他是出了名的喜歡劣馬，要那馬專愛使壞，使那騎牠的人永遠冒著生命的危險，因為他認為一匹馴良的經過充分訓練的馬配不上一個好男兒。

本書主角走進范．泰瑟宅第裏莊嚴的客室的時候，他狂喜的眼光中驟然看到的那迷人的世界，我很樂意多費一點篇幅描寫它。我並不是指那些姑娘們的美貌，那成群結隊的豐腴的姑娘們，妖艷地炫示她們紅紅白白的臉龐；我所要描寫的是一桌道地的荷蘭鄉下茶點，在一年中最富裕的秋季。那樣一碟碟堆得老高的蛋糕，各種各樣，幾乎無法形容，只有經驗豐富的荷蘭主婦們才曉得是什麼！這裏有那種結實的油煎小甜餅，較柔軟的油餅，迸脆的酥鬆的煎餅；甜蛋糕與油鬆餅，薑汁餅與蜂蜜餅，與世界上所有一切的糕餅。然後又有蘋果酥餅，桃子酥餅，南瓜酥餅；還有一片片的火腿與燻牛肉；而且還有一碟碟的美味的醃漬梅子，桃子，梨，海棠果；至於炙鯡魚，烤雞，那更不用提了；再加上一碗碗的牛奶與奶油，全都亂七八糟擱在一起，也就有點像我剛才報出它們的名字一樣地雜亂無章。而又有那母性的茶壺在這一切之間冒出一陣陣的熱氣——天哪，我說的實在太不成話！我如果要討論這一席盛筵，必須要用上很大的篇幅與許多時間，才對得住它，而我太性急了，要想把我這故事繼續說下去。幸而夷查博．克雷恩不像他的作傳者一樣匆忙，他飽嚐每一樣美味，決不辜負它。

他是一個和善的傢伙，很容易心滿意足感恩戴德，他肚子裏裝滿了佳餚，他的心就跟著膨脹起來；他一吃了東西就高興起來，像有些人喝了酒一樣。同時他一面吃著，忍不住把他的大眼睛向席上四面觀看，格格地笑著，心裏想他可能有一天成為這裏的主人，操縱這奢華富麗得幾乎不能想像的場面。到了那時候，他想，他立刻脫離那老古董學校；將漢斯．范．李帕與其他所有的吝嗇的東翁們都嗤之以鼻，任何流浪的迂儒胆敢稱他一聲同志，都要被他一腳踢出門口！

鮑爾忒斯．范．泰瑟那老頭子在他的賓客之間轉來轉去，由於滿足與愉快，他的一張臉漲得多大，滾圓的，歡悅的，像秋收的時候的月亮。他的慇懃招待是要言不煩的，僅只限於握一握手，拍拍肩膀，大笑一聲，然後迫切地邀請一句，「儘量吃吧，自己動手。」

現在那大廳裏樂聲起了，號召大家去跳舞。奏樂的是一個灰白頭髮的老黑人，他充任這一個地段的流動樂隊，已經不止五十年了。他的樂器與他自己一樣破舊不堪。他一大半的時候只在兩三根絃子上刮來刮去，樂弓每動一動，他就跟著點一點頭；腰彎得幾乎要叩下頭去，每次應當有一對新的舞侶加入的時候，他就蹬著腳。

夷查博以他的舞藝自豪，也就像他以他的歌喉同樣地自負。他四肢百骸沒有一個是閒著的；你看見他那吊兒郎當的骨骼充分活動著，在屋子裏噶嗒噶嗒跳過來跳過去，你準會以為他是痙攣病神現身說法。所有的黑人都崇拜他；農場上與近段的黑人不分老少大小，都聚集了起來，站在每一個門口與窗口，造成一個亮晶晶的黑臉的金字塔，愉悅地凝視著這一幕，轉動著他們的白眼球，露出一排排牙齒笑著，咧大了嘴。這專管杖責頑童的打手，他怎能不歡蹦亂跳，喜孜孜地？他的心上人是他的舞伴，他向她含情脈脈地做媚眼，她總報之以愉悅的微笑；而伯朗姆·健骨受到愛情與妒忌的痛苦的打擊，鬱鬱地獨自坐在一個角落裏。

這一支舞跳完了之後，夷查博被一群比較經驗足，見識高的人們吸引了去，他們和范·泰瑟老漢一同坐在走廊的一端吸烟，閒談著往事，把當年戰爭的故事拉長了講著。

這地段在我所說的這時候，是那種幸運的地方，有許多史蹟與偉人。在戰爭期間，英國與美國的戰線就離這裏不遠；所以這裏曾經被兵士劫掠，並且擠滿了難民與牧人，發生了許多邊疆上的英勇事蹟。距今剛巧隔了夠長的時間，可以容許每一個說故事的人用一點漂亮的虛構的情節把他的故事渲染一下，並且把他自己說成每一件偉大事蹟的主角。

其中有杜芙·馬特林的故事，那人是一個大個子青鬍鬚的荷蘭人，他在一堵齊胸的土牆後面開炮——發出九磅重子彈的一尊舊鐵炮；要不是他這尊炮開到第六響就炸了，他幾乎俘獲了一艘英國巡洋艦。又有一個軼名的老紳士——因為這位荷蘭老爺太闊了，不便輕易提名道姓——他舞劍的防禦工夫實在高明，在白色平原上那一役裏，他用一把小劍格開一粒火鎗子彈，他甚至於絕對感覺到它繞著劍鋒呼呼飛過，撞到劍柄上飛了開去；為了證明這一點，他隨時都可以把那把劍拿出來給人看，劍柄有點彎曲。另外還有幾個人，都是在戰場上同樣地偉大，沒有一個不是深信他是有相當的功績的，使這場戰爭能夠勝利結束。

但是比起後來說的那些鬼故事，這一切都不算什麼。這一帶地方最富於這一類的傳說的寶藏。這種安靜的久已殖民的窮鄉僻壤，最有利於鄉土故事與迷信的滋長；而在我國大部份的鄉間，所謂居民也就是大批的流動的群眾，這種鄉土性的傳說往往被他們踐踏得稀爛。而且在我國其他的村莊裏，那些鬼往往覺得掃興得很，因為他們死後還沒來得及小睡片刻，在他們的墳墓裏翻一個身，他們在世的朋友們倒已經全都離開了這一帶地方；所以他們夜間出去巡行的時候，連一個可拜訪的熟人也沒有剩下。這也許是一個原因，為什麼我們很少聽見說鬧鬼，除了在那些建立已久的荷蘭集團裏。

神怪故事在這一帶地方所以流行的近因，無疑地是因為鄰近瞌睡窩。那妖祟的地區吹來的風都是傳染性的；它噴出一種夢幻的氣氛，把整個的地段都傳染上了。那天范．泰瑟家裏也來了幾個瞌睡窩的人，他們照常以他們荒誕神奇的傳說饗客。他們說了許多悽慘的故事，說有人看到聽到附近那棵大樹旁邊有送喪的行列，哀悼的哭喊與悲啼，那不幸的安德雷少校就是在這棵樹下被執的。也有人提起那白衣婦人，她在烏鴉崖的幽谷中作祟，在冬天晚上大風雪將臨之前，常常有人聽見她在銳叫，因為她是在大雪中死在那裏的。然而這些故事主要都是說的瞌睡窩最偏愛的鬼魂，無頭騎士，最近有好幾次有人聽見他在這地帶巡行；有人說他每夜把他的馬繫在教堂前墳場上的叢墓間。

這教堂因為地段僻靜，苦惱的亡魂似乎都喜歡到那裏去作祟。教堂站在一座小山上，四面圍著刺槐樹與高大的榆樹，它清肅的白粉牆從樹叢裏放出淡雅的光輝，象徵著基督教的純潔，雖然深自韜晦，也還是發出光來。在教堂下面，山坡漸漸低下去，下面是一片銀色的水，四面圍繞著一圈高大的樹，從樹叢中可以窺見赫德遜河邊的青山。你看到教堂前面的草坪，陽光似乎在那裏睡得那樣安適，你一定會以為至少亡人可以安靜地休息著。在教堂的另一邊展開一個廣闊的樹木濃密的幽谷，沿著這山谷有一條湍急的大溪，在破碎的岩石與倒下來的樹根之間奔流著。這溪流有一段水深色黑，離教堂不遠，前人在這裏搭了個木橋；通到那座橋的一條路，與那座橋自身，都是在樹木的濃蔭下，就連在白晝也是陰暗的；而在夜裏是黑得可怕。這是無頭騎士最愛去的地方之一；也就是人們遇見他次數最多的地方。有一個故事關於老勃魯額，這人是離經悖道，最不信鬼的，據說他遇見那騎士打劫了瞌睡窩回來，他被迫騎到馬上去坐在他後面；他們在灌木與叢林上面跑馬，跑過小山與沼澤，一直跑到那座橋上；一到了那裏，那騎士突然變成骷髏，把老勃魯額掀翻到小河裏，然後他跳到樹梢上，一聲雷，遁走了。

伯朗姆．健骨隨即說出一個還更神奇數倍的冒險經驗，與這故事可以分庭抗禮。他認為那「跑馬的赫斯騎兵」雖然是個著名的騎師，其實不過爾爾。他斷言有一個夜晚他從附近的辛辛村回家，被這午夜的騎士追了上來；他提議和他賽馬，賭一碗五味酒；應當是他贏的，因為「大無畏」把那匹妖馬打得一敗塗地，但是他們正跑到那教堂前的橋邊，那赫斯騎兵逃走了，在火光一閃中消失了。

人們用一種瞌睡矇矓的低低的聲調敘述這些故事——在黑暗中說話總是用這種聲音——聽者的面部不過偶然被一隻烟斗一閃耀，無心中照亮了，所有這些故事都深深沁入夷查博的心靈。他也還報他們，整大段地引用他那無價之寶的《新英蘭巫術史》，再加上許多他原籍康涅狄格州發生的神奇的事蹟，與他晚上走過瞌睡窩看見的可怕的景象。

那狂歡的集會漸漸散了。老農們把他們自己家裏的人集中在他們的貨車上；已經去了有一會了，還可以聽見那些車輛轔轔地在谷中的道路上馳過，然後越過遠處的小山。有些姑娘們高坐在女鞍上，在她們最中意的情郎背後，她們輕快的笑聲與蹄聲得得混合在一起，在那沉寂的樹林中引起了迴聲，那聲音越來越輕微，終於漸漸歸於死寂——剛才那喧嘩嬉戲的場所完全寂靜了下來，人都走光了。只有夷查博還逗留在後面，依照鄉間的戀人的習俗，與那位千金小姐單獨相對談心，他深信他現在已經走上了成功的大路。這一次會談的經過我不敢亂說，因為我實在是不知道。但是我恐怕一定是出了點什麼岔子，因為他確是沒耽擱多久，就衝了出來，神情悽慘，似乎身價一落千丈。——啊，這些女人！這些女人！那女孩子是不是又在那裏玩手段，捉弄人？——她鼓勵這可憐的迂儒向她進攻，是不是完全虛情假意，借此牢籠他的情敵？——只有天曉得，我可不知道！——我這樣說該夠了：夷查博是悄悄地溜了出來，那神氣就像一個偷雞賊，而不像一個偷香竊玉的人。他目不斜視，剛才他所垂涎的農村的財富也不加以注意了，筆直走到馬廄裏，狠狠踢打了幾下，毫不客氣地喚醒了他的馬，那老馬正在那舒適的寓所裏酣睡，夢見穀子與雀麥堆積如山，整個的山谷長滿了牛草與三葉草。

這正是夜間鬼魅最活躍的時候；夷查博心情沉重而沮喪，走上了歸途，沿著流連城上聳起的高山前進，這也就是他今天下午那樣愉快地走的那條路。現在這時刻和他自己的心境一樣地慘戚。遠遠地在他腳下，「大板湖」展開它的蒼茫而不清晰的荒涼水面，偶爾可以看見一兩隻安靜地停泊在河岸單桅船的高桅竿。在午夜的死寂中，他甚至於可以聽見赫德遜河對岸的守門犬的吠聲；但是那吠聲是那樣渺茫輕微，僅只讓他知道他們中間隔著多麼遠的距離——他和那狗，人類的忠實伴侶。時而也有一隻公雞偶爾被驚醒了，發出牠那拖長的啼聲，遙遠，遙遠地，在山間的一個什麼農家——但是這雞啼在他耳中聽來是像一個夢幻的聲音。他附近沒有一點生命的迹象，但是偶然有一隻蟋蟀憂鬱地吱吱叫著，或是也許有一隻大蛙在附近的沼澤裏咯咯地帶著鼻音叫著，彷彿睡得不舒服，突然在床上翻了個身。

他今天下午聽到的一切鬼怪的故事現在都一湧而上，出現在他的記憶中。夜色越來越黑暗了；星群似乎更深地陷入天空中，時而被流雲遮住了，看不見它們。他從來沒有覺得那麼寂寞悽涼。而且他就快要到那曾經作過許多鬼故事的背景的地方。在路徑中央矗立著一棵極大的鬱金香樹，那棵樹像一個巨人似的高高站在近段的一切樹木之上，成為一種地形的標誌。它的樹枝虬曲清奇，做普通的樹幹都夠粗的，扭曲著幾乎垂到地上，然後又升入空中。這棵樹與那不幸的安德雷的悲劇有關，他是在這棵樹旁邊被俘的；大家都叫它安德雷少校的樹。老百姓用一種尊敬與迷信相混合的眼光看待它，一半是因為同情那使它因此得名的苦命人，一半也是因為人家說的那些涉及它的故事，說到種種異象與可怖的悲悼的聲音。

夷查博漸漸走近那棵可怕的樹，他就開始吹起口哨來：他以為有人吹起口哨作答——那不過是一陣狂風，銳厲地在枯枝間掃過。他再走近些的時候，他以為他看見一個什麼白色的東西，掛在樹間——他站住了腳，也停止吹口哨；但是再仔細一看，他看出那是樹上被閃電灼傷了的一塊地方，那白色的木頭裸露在外面。他突然聽見一聲長吁——他的牙齒震震作聲，他的膝蓋在馬鞍上撞打著：這不過是一根巨大的樹枝磨擦著另一根，同是被風吹得搖搖擺擺。他平安地走過這棵樹，但是前面又還有新的危險。

距這棵樹約有二百碼之遙，一條小河穿過這條路，流入一個低濕的多樹的幽谷，人稱威利澤。寥寥幾根粗糙的木材並排搭在這條溪上，作為橋樑。在小河流入叢林的那一邊，路旁生著好些棵橡樹與栗樹，樹上密密編織著野葡萄藤，撒下一層黑洞洞的陰影。走過這座橋是最嚴厲的考驗。那不幸的安德雷就是在這裏被俘的，奇兵突出襲擊他的那些鄉勇就埋伏在這些栗樹與葡萄藤的掩蔽下。從此大家就認為這條溪有鬼，學童如果在天黑以後不得不獨自過橋，都感到恐懼。

他向那條溪走去的時候，他的心開始怦怦跳著；然而他下了最大的決心，在他的馬的脅骨上連踢了十來下，企圖快捷地衝過橋去；但是那乖戾的老畜生不往前走，倒反而橫行，把牠的身體的側面撞到欄干上。這一耽擱，夷查博更感到恐怖了，他把另一面的韁繩一扯，用另一隻腳結結實實踢著；一點用處也沒有；他的馬確是驚跳了起來，但是牠僅只衝到路那邊去，衝入棘叢中與矮赤楊的叢林中。那教師現在把鞭子與腳跟都加在那老馬「火藥」的饑瘦了的脅骨上，那匹馬衝上前去，鼻子裏吸溜溜響著，又噴著氣，但是剛到橋邊就站住了，停得那樣突兀，幾乎把騎牠的人從牠頭上拋出去，攤手攤腳跌倒在地。正在這時候，橋邊有一種潑潑濺濺的腳步聲，被夷查博敏感的耳朵聽見了。在樹林的深暗的陰影中，在小河邊緣上，他看見一個龐然巨物，奇形怪狀，黑色的，高大的。它一動也不動，但是在那陰影中它彷彿蜷曲著身子，像一個碩大無朋的怪物，準備著奮身跳到行人身上。

那驚恐的迂儒嚇得一根根頭髮直豎起來。怎麼辦呢？轉過身來飛奔，現在已經太遲了；而且如果這是個鬼魅或是妖魔，它們能夠御風而行，逃又有什麼用？因此他鼓起一種表面上的勇氣，吃吃艾艾質問著，「你是誰？」他沒有得到回答。他用更激動的聲音再把他的問句重複了一遍。仍舊沒有回答。他再鞭打那倔強的「火藥」，然後他閉起了眼睛，不由自主地熱烈地唱起一段聖詩的曲調。正在這時候，那黑沉沉的令人吃驚的東西移動了過來，高一腳低一腳連走了幾步，再一蹦，立刻就站在路徑正中。雖然夜色陰黑而悽涼，現在可以約略看出那不可知的東西的式樣。他彷彿是一個長大的人，騎在一匹健碩的黑馬上。他並不像是要攪擾別人，也沒有作親善的表示，只是遙遙地在路那邊與老「火藥」並排緩緩走著，在老「火藥」那隻瞎眼那邊。那老馬現在已經定下神來，不害怕了，也不執拗了。

夷查博不喜歡這奇異的午夜的同伴，而且他又想起伯朗姆．健骨那次遇到那「跑馬的赫斯騎兵」的驚險的經歷。他催馬疾行，希望把他丟在後面。然而那陌生人也催馬疾行，和他一般快慢。夷查博勒住了馬，放慢了腳步，以為他可以落在後面，但是那個怪物也慢了下來。他的心開始在腔子裏沉了下去；他想再唱他的聖詩曲調，但是他的乾燥的舌頭黏在上顎上，他一節詩都唱不出來。他這固執的同伴的陰鬱執著的沉默中含有某種東西，一種神秘可怖的東西。究竟是什麼，不久就有了可怕的解釋。前面地勢高了起來，上坡的時候，他那旅伴的身形映在天空上，像巨人一樣地高大，包在一件斗篷裏；夷查博恐怖到極點，發現他沒有頭！但是他的恐怖更增強了——他看見那隻頭，應當扛在兩肩上的，卻是帶在身邊，擱在鞍頭上：他的恐怖高漲起來，變成了一股子決死的勇氣；他拳足交加，雨點似地落在「火藥」身上，希望突然往前一衝，撇下他這同伴——但是那鬼開始與他一同飛躍前進。於是他們歷盡艱難向前奔馳；每一次蹦跳，石頭都紛紛飛了起來，爆出了火星。夷查博急於要逃走，把他瘦長的身體伸到馬頭前面去，他那單薄的衣服便在風中飄舞著。

他們現在已經到了折入瞌睡窩的那條路；但是「火藥」彷彿魔鬼附身，不順著這條路走，反而朝相反的方向轉了個彎，躁急地向左方衝下山去。這條路穿過一片低凹的沙地，有四分之一英里長的一段路是在樹蔭裏，走完這條路，就要過那座橋——鬼怪故事裏著名的那座橋——一過了橋，就是那碧綠的小山，山上站著那白粉牆的教堂。

到現在為止，這匹馬是受了驚的，騎牠的人雖然不善馳騁，在奔逃中顯然佔了這點便宜；但是他正跑過了半片盆地，馬鞍上的肚帶鬆了下來，他覺得它從他身下溜了下去。他揪住了鞍頭，想抓緊了它，但是沒有用；馬鞍落到地下去了，他聽見它被那追趕他的人踐踏在馬蹄下，這時候他只來得及抱住老「火藥」的脖子，救了他自己一命。在這一剎那間，他腦子裏掠過一種恐怖的思想，怕漢斯・范・李帕大發雷霆——因為這是他最講究的一副馬鞍，只限星期日使用的；但是現在這時候也不容他去為這種瑣事感到恐怖；那妖魔緊跟在他屁股後面；（咳，他的騎術又太壞！）他要坐牢了不跌下去，已經夠他忙的；有時候溜到這一邊，有時候又溜到那一邊，有時候在那馬的高聳的脊梁骨上顛簸著，顛得那麼厲害，他簡直害怕，怕要把他劈成兩半！

現在這樹林現出一個缺口，他高興起來，希望那教堂前的橋就快到了。見到一顆銀色的星在河面上的搖搖的倒影，他知道他沒有猜錯。他看見教堂的牆在前面樹叢裏隱隱發光。他記得那與伯朗姆·健骨賽馬的鬼是在什麼地方隱去的。「只要我能夠跑到那座橋上，」夷查博想，「我就安全了。」正在這時候，他聽見那匹黑馬緊跟在他後面喘息著噴著氣；他甚至於彷彿以為他可以感覺到那滾熱的鼻息。他再痙攣地在老「火藥」脅骨上踢一腳，那老馬就跳到橋上去；牠轟雷似地馳過那有迴聲的橋板；牠安抵對岸；現在夷查博回過頭去看了一眼，看那追趕他的人是否按照老例消失在一陣火花與硫黃屑裏。正當這時候，他看見那妖魔在馬蹬上站了起來，正在那裏把他那顆頭向他拋來。夷查博要想躲過那可怕的飛彈，但是來不及了。它打中他的腦殼，訇然一聲巨響——他頭朝下跌倒在塵埃裏，而「火藥」，黑馬，與那妖魔騎士，都在他旁邊馳過，如同一陣旋風。

第二天早上有人發現那老馬，沒有馬鞍，馬勒踏在牠腳底下，莊重地在牠主人的大門前吃草。吃早飯的時候，夷查博沒有出現——晚餐的時候到了，但是仍舊沒有夷查博。孩子們聚集在學校裏，閒暇地在小河兩岸散步；但是沒有教師。漢斯·范·李帕現在開始有點不安起來，替那可憐的夷查博的命運担憂，他替自己的馬鞍担憂。於是著手查究，經過辛勤的調查，他們發現了一些線索，在通到教堂的那條路上有一段地方，他們發現那馬鞍被踐踏在泥土中；一條條馬蹄的迹子深深印在路上，顯然是跑得飛快，那蹄痕一直通到橋上；在橋那邊，在河身寬闊河水深而黑的一段，他們在岸上發現了那不幸的夷查博的帽子，緊挨著它旁邊有一隻砸得稀爛的南瓜。

他們在小河裏搜尋著，但是找不到那教師的尸身。漢斯·范·李帕負責處置他的遺產，檢查了他那隻包袱，那裏面包含著他現世的一切動產。那就是兩件半襯衫；兩隻領帶；一兩雙毛線襪；一條敝舊的厚絨布套袴；一隻生銹的剃刀；一本聖詩曲譜，一頁頁的紙角都捲了起來像狗耳朵；還有一隻斷了的音律管。至於學校裏的書與家具，那是屬於公家的，除了那本哥頓·馬塞所著的巫術史，一本新英蘭歷書，還有一本詳夢與算命的書；在最後這本書裏夾著一張字紙，裏面潦潦草草寫了些字，又經過塗改，是他要想抄錄一些詩句頌揚范·泰瑟的千金，幾次嘗試都沒有抄成。這些神妙的書籍與詩意的塗鴉都被漢斯·范·李帕扔到火裏燒了；從此以後他決定再也不送他的孩子們進學校；他說從來沒聽見誰從這種讀書寫字上得到什麼好處。這教師如果有錢的話——他一兩天前剛領到四分之一的年薪——他在他失蹤的時候一定是帶在身邊。

這神秘的事件在下一個星期日在教堂裏引起了許多推測。許多人圍成一小圈一小圈，凝視著，議論著，在教堂外的墳場上，在橋上，在發現帽子與南瓜的地方。勃魯額的故事，健骨的故事，與整套的別的故事，全都一一被追憶了起來：他們孜孜不倦地把這些故事統統考慮過了，再與目前這案件的種種徵象加以比較之後，他們搖搖頭，下了結論，說夷查博是被那「跑馬的赫斯騎兵」擄了去了。他既然是一個獨身漢，又不欠誰的錢，誰也不去為他操心。舉校遷移到谷中另一個地段，另一個迂儒代替他執掌大權。

幾年以後，一個老農到紐約去了一趟——這篇遇鬼的冒險故事就是從他那裏聽來的。——他倒的確是帶了個消息回來，說夷查博．克雷恩還活在世上；說他離開了這一帶地方，一半是因為怕那妖魔與漢斯．范．李帕，一半也是因為他突然被那位千金加以斥逐，受了侮辱；他搬到這國土上一個遙遠的地方；一面辦學校，一面學法律，做了律師，然後變成政客，競選，在報紙上寫作，最後在一個最高罰款額十鎊的「紳士法庭」做法官。伯朗姆．健骨在他的情敵失蹤後不久，就和那花朵似的卡忒麗娜結了婚。也有人注意到他每逢人家說起夷查博的故事，一提起那隻南瓜，他總縱聲大笑；所以有人懷疑他有點知道這件事的底細，不過不肯說。

然而那些村嫗——她們是最善於判斷這些事的人——她們至今堅持著說夷查博是被鬼神攝去的；在這一帶地方，冬夜圍爐的時候，這是大家最愛說的故事。那座橋更加成了迷信的敬畏的對象；也許就為了這原因，近年來改築了那條路，使它順著磨坊塘邊上通到教堂。那座校舍荒廢了下來，不久就朽爛了，據說那屋子有鬼，那不幸的迂儒的鬼；犁田的孩子在寂靜的夏日黃昏閒蕩著走回家去，往往覺得彷彿遠遠地聽見他的聲音，唱著一個憂鬱的聖詩曲調，在瞌睡窩裏一個平靜的寂寞的所在。

後記

前面這篇故事是我在古城曼赫圖的市自治機關會議上聽來的，與會的有許多最智慧最顯赫的市民。我幾乎將原來的語句一字無訛地照錄了下來。說故事的人是一個愉快的衣服敝舊的紳士風的老傢伙，穿著黑白芝蔴點衣服，臉色於幽默中帶著悲哀；我非常疑心他是個窮漢——他那樣努力地以風趣的言談娛人。他的故事說完了之後，許多人都大笑，加以讚美，尤其是有兩三個代理參議員，這兩個人一大半的時候都在打盹。然而有一個高身材的乾癟的老紳士，雙眉突出，始終帶著莊肅的稍有點嚴厲的臉色：時而抱著胳膊，低著頭，向地板上望著，彷彿將一個疑團在心裏轉來轉去。他是那種謹慎小心的人，從來不笑，除非理由充足——必定要公理與法律都站在他們那一邊。在座諸人笑聲漸歛，又恢復了沉默之後，他把一隻手臂撐在他椅子的肘彎上，另一隻手臂撐在腰際，微微地但是極聖明地把頭顛動了一下，皺起了眉毛，質問這故事的意義何在，它要想證明些什麼。

那說故事的人說得口乾，剛舉起一杯酒來送到唇邊，他停了一停，以一種極謙卑的神情望著那發問的人；他徐徐放下了那杯酒，擱在桌上，一面說這故事的命意是以邏輯來證明下列諸點：

「人生沒有一種局面是完全不愉快的，有害無利的——只要我們將笑話當作笑話看待，不要太認真。

「因此，一個人跟妖魅騎兵去賽馬，大概是會吃苦的。

「因此，一個鄉村教師被一個荷蘭闊小姐拒婚，也就是初步的成功，此後准保一帆風順，成為國家棟樑之臣。」

經過這一番解釋之後，那老紳士把眉毛皺得更緊了十倍，這三段論法的推斷使他非常感到困惑；這時候——我覺得——那穿著黑白芝蔴點衣服的人望著他的神氣是一種勝利的睥睨。他終於開口說，話雖如此，他仍舊認為這故事有一點誇張——有一兩點他感到懷疑。

「老實說，先生，」那說故事的人回答，「若是論起這件來，我自己連一半都不相信。」

編註1：華盛頓．歐文（1783-1859），美國散文家和短篇小說家。《見聞札記》是他的代表作，寫其旅歐生涯的所見所聞，在英國出版引起轟動，使他成為第一個獲得國際聲譽的美國作家，因此被譽為「美國文學之父」。

編註2：一九二二年的默片《無頭騎士》及一九九九年由著名鬼才導演提姆．波頓執導、強尼．戴普演的電影《斷頭谷》，均改編自本篇小說。

愛默森的生平和著作

1

愛默森（Ralph Waldo Emerson）在一八〇三年生於波士頓，早年是個嚴肅的青年。他的青春和他的天才一樣，都是晚熟的。他的姑母瑪麗是一個不平凡的女人，對他有著極深的影響。他日後的成功，一部份可以說歸功於她的薰陶。

他自從在哈佛大學讀書的時候起，就開始寫他那部著名的日記，五十年如一日，記載的大都偏於理論方面。他在一八二九年第一次結婚，只記了短短的一行。兩年後他的元配病逝。一八三五年他第二次結婚，也只記了一行。

他大學畢業後，曾經先後從事各種教育和傳道方面的工作。三十歲那年，他辭去了波士頓第二教堂的牧師職位。隨即到歐洲去旅行，並且會見了卡萊爾（Carlyle）。他發現了卡萊爾的天才，同時卡萊爾也發現了他的天才。這兩個人個性完全相反，然而建立了悠久的友誼，在四十年間繼續不斷地通著信，成為文壇的一段佳話。回國後他在各地巡迴演講。這種生活很艱苦，因為當時的旅行設備相當簡陋，而且他也捨不得離開他的家庭。但是他相信這職業是有意義的，所以總算能夠持之以恆地繼續下去。

他的第一部書《大自然》（Nature）在一八三六年出版，此後陸續有著作發表。一八四七年他再度赴歐時，他的散文集已經馳名於大西洋的東西兩岸。

2

愛默森的寫作生活很長。但是在晚年他嚐到美國內戰時期的痛苦，內戰結束後不久，他就漸漸喪失了記憶力，思想也難於集中了。他在一八八二年逝世，有許多重要的遺作，經過整理後陸續出版。

英國名作家安諾德（Matthew Arnold）曾經說過：「在十九世紀，沒有任何散文比愛默森的影響更大。」事實上愛默森的作品即使在今日看來，也仍舊沒有失去時效，這一點最使我們感到驚異。他有許多見解都適用於當前的政局，或是對我們個人有切身之感。他不是單純的急進派，更不是單純的保守主義者；而同時他決不是一個沖淡、中庸、妥協性的人。他有強烈的愛憎，對於現社會的罪惡感到極度憤怒，但是他相信過去是未來的母親，是未來的基礎；要改造必須先了解，而他相信改造應當從個人著手。

他並不希望擁有信徒，因為他的目的並非領導人們走向他，而是領導人們走向他們自己，發現他們自己。他認為每一個人都是偉大的，每一個人都應當自己思想。他不信任團體，因為在團體中，思想是一致的。如果他抱有任何主義的話，那是一種健康的個人主義，以此為基礎，更進一層向上發展。

他是一個樂觀的人，然而絕對不是一個專事空想的理想主義者。他愛事實——但是必須是「純粹的事實」。他對於法國名作家蒙田（Montaigne）的喜愛，也是因為那偉大的懷疑者代表他的個性的另一面。

他的警句極多，大都是他的日記中幾十年積聚下來的，也有些是從他的演講辭中摘出來的。他的書像珊瑚一樣，在海底緩慢地形成。他自己的進展也非常遲緩，經過許多年的暗中摸索。他出身清教徒氣息極濃的家庭，先代累世都是牧師，他早年也是講道的牧師，三十歲後方才改業，成為一個職業演說家，兼事寫作。那時候的美國正在成長中，所以他的國家觀念非常強烈。然而他並不是一個狹隘的「知識孤立主義者」，他主張充分吸收歐洲文化，然後忘記它；古希臘與印度文化也給予他很大的影響。他的作品不但在他的本土傳誦一時，成為美國的自由傳統的一部份，而且已經成為世界性的文化遺產，溶入我們不自覺的思想背景中。

3

愛默森的詩名一向為文名所掩，但是他的詩也獨創一格，造詣極高。大多數的詩人的作品都需要經過選擇，方才顯得出它們的長處；愛默森的詩也不例外。但是已經經過甄別了，而且選擇起來也毫無困難。愛默森最好的詩，一開始就發出朗澈的歌聲：

我喜歡教堂；我喜歡僧衣；
我喜歡靈魂的先知；
我心裏覺得僧寺中的通道

就像悅耳的音樂，或是沉思的微笑；
然而不論他的信仰能給他多大的啟迪，
我不願意做那黑衣的僧侶。

充滿了個性，發出這樣清脆的音樂——從這裏起，再也沒有疑問了。有時候那音樂又回來了，有時候它不再回來了。愛默森彷彿自己不一定知道他是否真的發出音樂。但是讀者知道，他常常聽到詩歌中獨創一格的一種調子，使他感到喜悅。

愛默森的詩中感人最深的一首是他追悼幼子的長詩〈悲歌〉，那是他在一八四二年失去一個五歲的兒子後揮淚完成的。這一類的詩沒有一首勝得過它，尤其是最初的兩節。他對那夭折的孩子的感情，是超過了尋常的親子之愛，由於他對於一切青年的關懷，他對於未來的信念，與無限的希望寄託在下一代身上。明白了這一層，我們可以更深地體驗到他的悲慟。

愛默森的種種觀念時常在他的詩裏重新出現——除非他的詩是那些觀念的發源地，那就不應當說「重新出現」——但是那些詩不僅只是觀念。例如「為愛犧牲一切」，它表現的題材，採取的一條路線不知比愛默森老多少，與柏拉圖一樣古老；但是這裏的詩句的一種奇異的力量是由於愛默森有一種能力，不但能想到它，也能感到它，而且能將韻節敲到它裏面去——

朋友，親戚，時日，

名譽，財產，
計畫，信用與靈敏——
句子裏帶有他自己的一種迫切的感覺，他自己的絕對的信心。我們能記得那觀念，是因為那音調。

大神（Brahma）[1]

血污的殺人者若以為他殺了人，
死者若以為他已經被殺戮，
他們是對我玄妙的道了解不深——
我離去而又折回的道路。

遙遠的，被遺忘的，如在我目前；
陰影與日光完全相仿；
消滅了的神祇仍在我之前出現；
榮辱於我都是一樣。

忘了我的人，他是失算；
逃避我的人，我是他的兩翅；
我是懷疑者，同時也是那疑團，
而我是那僧侶，也是他唱誦的聖詩。

有力的神道渴慕我的家宅，
七聖徒也同樣痴心妄想；
但是你——謙卑的愛善者！
你找到了我，而拋棄了天堂！

1．Brahma為印度教中最高之神，所以譯作「大神」，也就是「一切眾生之父」，故本詩中也充滿了東方宗教的思想。

海濱（Seashore）

我聽見——彷彿聽見海洋在責罵：
進香人，你為什麼來得這樣晚？
我不是永遠在這裏？——你夏天的家。
我的聲音你朝朝暮暮聽來不是像音樂？
溽暑中我的氣息不是溫和的氣候？
我觸及你，是否其疾若失；我的海濱是否你的浴池？

人間有任何建築比得上我的露台？
有像我這樣富麗堂皇的床榻？
你躺在那溫暖的石崖上，就會知道？
茅廬能使你滿足，抵得上一個城市。
你彫琢的屋宇相形之下，
顯得空虛。我的斧鑿深入，
將沿岸山崖彫成洞穴。

你看！羅馬、尼內瓦、提卜斯、
卡那克、金字塔、巨人階[1]都已經坍塌，
或是半成廢墟；而我最新的岩石
都比你們人類古老。

你看這海
色彩變幻，豐富而強有力，
然而像六月的玫瑰一樣美艷，
像七月點點滴滴的虹光一樣清新；
海洋充滿了食物，養活各種族類，
洗淨了大地，而又是人類的良藥；
我用呼吸造成甘美的氣候，
洗去回憶上的創傷與悲痛，
而我那數學一樣準確的潮汐，
又暗示宇宙間有永恆不變。
海神都是富豪：——只有他們最多餽贈；
他們在海中摸索珍珠，但是不止珍珠：
在海中摘取力量，贈予大智慧者。

第達勒斯[2]認為每一個海波都是財富；
是財富，因為那靈巧的技工能夠利用，
這無比的力量。波濤！他哪兒找得到
你壯大的肩膀扛不起的重負？

我用我的鐵鎚永遠敲打
巉巖的海岸，將高山擣碎成灰，
鋪在我的床上；在另一個時代裏，
我會重建新大陸，住著較好的人。
我又卸下一重重的門閂：各國移民，
循著我的道路前進：我分散人類，
到這浪花如雪的海洋的每一邊緣。

我也有我的技巧與巫術；
只要有波濤就有幻象。
這裏有些什麼夢魘我全知道。讓我來對付，
輕信的，富於幻想的人；

他即使舀起我的水托在手心，
幾丈外他就當它是寶石與雲霞。
我在岸上佈置異果與陽光，
遠方人就感到某些海岸與孤島的魅力，
使他們必須前去，否則只有死亡。

1．尼內瓦是古時亞述帝國的首都。提卜斯是古希臘的名城，與雅典列於敵對地位。卡那克是埃及尼羅河傍的名城，現尚存有古廟的遺迹。此地所選用之六個地名，不是古時的名城，就是名建築物，都經不起時間的考驗，差不多蕩然無存。

2．第達勒斯是希臘神話中的巧匠及發明家。

問題（The Problem）

我喜歡教堂；我喜歡僧衣；
我喜歡靈魂的先知；
我心裏覺得僧寺中的通道
就像悅耳的音樂，或是沉思的微笑；

然而不論他的信仰能給他多大的啟迪，
　我不願意做那黑衣的僧侶。

為什麼那衣服穿在他身上那麼能引誘，
而穿在我身上我卻不能忍受？
菲地亞斯彫出可敬畏的天神的像[1]，
並不是由於一種淺薄的虛榮思想；
刺激人心的台爾菲的預言[2]
也並不是狡猾的騙子所編；
古代聖經中列舉的責任
全都是從大自然的心中發生；
各國的祈禱文的來源
都是像火山的火燄，
從燃燒的地心裏湧出的
愛與悲痛的讚美詩句：
多才的手弄圓了聖彼得堂的圓頂
弄穹了羅馬各教堂上的弧稜，

顯出來一種陰沉沉的虔誠氣息，
他沒有辦法擺脫上帝；
他造得這樣好，自己也不知道，
那靈醒的石頭變得如此美妙。

你知道林鳥怎麼會用牠胸前的羽毛
與樹葉來造牠的巢？
你知道蚌怎樣增建牠的殼，
清晨刷新每一個細胞？
你知道那聖潔的松樹怎樣加增
無數新的松針？
這些神聖的大建築也是這樣起始，
愛與恐懼驅使人們堆上磚石。
地球佩戴著巴特農殿，非常驕傲[3]，
將它當作她腰帶上最好的一顆珠寶。
晨神急忙張開她的眼簾，
凝神著那些金字塔尖。

天空低下頭來湊近英國的僧寺，
友善地，以親熱的眼光向它們注視。
因為從思想的內層中
這些奇妙的建築升入高空；
大自然歡悅地讓出地方給它們住，
讓它們歸化她的種族；
並且賜予它們高壽，
與山岳一樣地永久。

廟宇像草一樣地生長著，
藝術必須服從，而不許超過。
被動的藝術家將他的手出借
給那超越他的龐大的靈魂設計。
樹立這廟宇的一種力量，
它也騎在裏面跪拜的信徒們身上。
那火熱的聖靈降臨節，它永遠
將無數的群眾都圍上一道火焰，

歌詠隊使人聽得出神，
祭司將靈感賦予心靈。

上帝告訴先知的語句充滿智慧，
刻在石碑上，很完整，並沒有碎。
預言家或是神巫在橡樹林下
或是金色的廟中所說的話，
仍舊在清晨的風中飄過，
仍舊向樂意聽的人低聲訴說。
聖靈的言語在世界上雖然被忽視，
然而一字一句也沒有失去。
我知道智慧的長老們的真言，
因為聖經就攤在我的面前，
古代的「黃金口才」和奧古司丁最好的著作[4]，
還有一位作者將二者貫通融合，
近代的「黃金口才」或寶藏就是他，
泰勒是牧師中的莎士比亞[5]。

他的話在我聽來與音樂相彷，
我看見他穿著僧衣的可愛的畫像；
然而，不論他的信仰給了他何等的先見，
叫我做那好主教我還是不願。

1．菲地亞斯是古希臘最出名的藝術家，尤以彫刻最出色，他的雅典娜女神像是人盡皆知的，他的宙斯像據說是世界七奇蹟之一。

2．台爾菲的預言是日神亞普魯廟中的神蹟，由女祭司得到神的指示解答各種問題。

3．巴特農殿是古希臘最出名的建築物，正在雅典城的高地上。據說這廟的彫刻像就是菲地亞斯監工督造的。一直到現在還可以看到遺留下的殘迹。

4．聖．約翰．克里蘇斯湯姆是希臘教的神父，以傳道著稱於時，他的名字：克里蘇斯湯姆，在希臘文裏，就是「黃金口才」的意思。聖奧古司丁本來是異教徒，後來皈依天主教，成為神父，最後任主教。他的神學著作是經典之作，影響既深且遠。他的《懺悔錄》更是有名，為世界名著之一。

5．泰勒是十七世紀英國國教主教，以傳道著稱，但他寫的散文可以算得上當時一大家。

斷片（Fragments）

機智主要的用處是教
我們與沒有它的人相處得很好。
為了要人人住在自己家裏，
所以這世界這樣廣大無比。

日子（Days）

時間老人的女兒，偽善的日子，一個個
裹著衣巾，喑啞如同赤足的托缽僧，
單行排列，無窮無盡地進行著，
手裏拿著皇冕與一捆捆的柴。
她們向每一個人奉獻禮物，要什麼有什麼，
麵包、王國、星、與包羅一切星辰的天空；
我在我矮樹交織的園中觀看那壯麗的行列，

我忘記了我早晨的願望，匆忙地
拿了一點藥草與蘋果。日子轉過身，
沉默地離去。我在她嚴肅的面容裏
看出她的輕藐——已經太晚了。

編註：本文為張愛玲所撰，其中翻譯的三首詩作同時收錄於〈愛默森選集〉中，但文字略有修訂。

愛默森選集

※本篇是從馬克・范・道倫（Mark Van Doren）編輯的《愛默森集》（The Portable Emerson）中選譯出來的，共分〈演講〉，〈生活〉，〈詩〉，〈人物〉，〈書信〉五章，每章前面都有節譯的「編輯者言」，以為介紹。

第一章　演講

一　美國的學者

（一八三七年八月卅一日在麻省劍橋城美國大學生聯誼會Phi Beta Kappa Society發表的演說）

會長，諸位，我們今年的文藝工作又開始了，我向你們致敬。這是一個滿有希望的週年紀念日，但有待努力的地方也許仍舊很多。我們聚集在一起，並非為了較力或較技，也不是來朗誦歷史、悲劇和詩賦，像古代的希臘人一樣；也不是為了戀愛與詩歌而集會，像中世紀的浪漫詩人一樣；也不是為了科學的進展，像英國與歐洲各國都會的現代人一樣。到現在為止，我們這個假日只是一種友善的表示，說明我們這民族雖然過分忙碌，沒有餘閒欣賞文學，對於文藝的愛好依然存在。就連這樣，這一天也是寶貴的，因為它表示文藝的愛好是一種無法毀滅的本能。但是它應當更進一步，它將要更進一步——也許現在已經到了時候了；美洲懶散的智力將要由它的鐵眼瞼下面望開去，使這世界對於它久未兌現的期望得到滿足，比機械技巧方面的成就得到更好的東西。我們倚賴別人的日子，對於其他國土的學識悠長的學習時期，將近結束了。我們四周有億萬青年正向人生裏面衝進來，不能永遠用異邦殘剩的乾枯的穀糧來餵他們。

某些事件，行動發生了，這些事件，行動是必須被謳歌的，它們本身會謳歌自己。誰會懷疑詩歌將要復興，導入一個新時代；像那天琴星座中，現在在天頂上發光的那一顆星，天文學家宣佈說，它有一天將要成為海行者標誌的北極星，達一千年之久。

我抱著這樣的希望，接受了這題目——今天這一天的演講，不但由於慣例，而且由於我們這協會的性質，似乎限定要用這題目——「美國的學者」。一年又一年，我們到這裏來讀他的傳記中的又一章。讓我們來探究，新時代與新的事件怎樣幫助說明他的性格，他的希望。

有一個寓言——是遠古不知道什麼年代產生的這種寓言，傳下一種意想不到的智慧——說在最初，諸神把「人」分為人們，使他比較便於幫助他自己；就像把一隻手分成五隻手指，可以更有用處。

這古老的寓言隱藏著一條永遠新鮮而崇高的教義，那就是：有一個「人」——只是部份地存在於所有的各個人裏面，或是存在於某一種稟賦裏；你必須觀察整個的社會，才能夠得到整個的人。人不是一個農民，或是教授，或是工程師，但是他是一切。人是祭司、學者、政治家、生產者、軍人。在分裂的狀態中——也就是說：在社會的狀態中——這些職務是分給了各個人，每人指望做那共同工作中派給他的一部份，各人站在自己的崗位上。那寓言暗示著，每個人如果要掌握他自己，就必須時時由他自己的崗位回來，擁抱一切其他的勞動者。但是很不幸，這原來的單位，這力的泉源，已經分散給群眾，這樣精細地分了又分，零售銷光了，使它潑開來成為水滴，不能再聚攏了。社會是這樣一種狀態，每一個人都像是從身上鋸下來的一段肢體，昂然地走來走去，許多怪物——一個好手指，一個頸項，一個胃，一個肘彎，但是從來不是一個人。

於是人蛻化為一樣東西，許多種東西。栽種植物的人，其實就是「人」被派遣到田野中收集食物；他很少感覺到他這任務的真正的莊嚴，從中得到安慰。他只看見他量穀子的籮筐，與他的貨車，此外什麼都看不見，於是就降為一個農民，而不是「人」在農場上。商人幾乎從來不認為他的工作也有一種理想的價值，他只被他這一行手藝的常規所操縱，靈魂為金錢所奴役。牧師成了一種形式；律師成了一本法律書；機師成了一架機器；水手成了船上的一根繩子。

在這職務的分配中，學者是被指定了代表理智的。在正確的狀態裏，他是「思想著的人」。在腐化的狀態裏，當他成為社會的犧牲品的時候，他就有一種傾向，成為一個單純的思想者，或是——比這更壞——別人的思想的應聲蟲。

從作為一個「思想著的人」的觀點來看他，學者這職位的原理就在裏面包含著。大自然用她所有的平靜的或是有警覺意味的畫圖來誘導他；人類的過去教誨他；人類的未來邀請他。實在每一個人豈不都是一個學生？一切事物豈不都是為了學生的進益而存在的？而且，真正的學者豈不終究是唯一的真正導師？但是那古代的預言說：「一切事物都有兩隻柄；當心不要握錯一隻。」在人生裏，學者往往也和人類一同犯錯誤，放棄了他的特權。請我們來看他在他的學校裏的情形，同時參照他所受到的主要影響來估量他。

1

大自然對於精神上的影響，以時間來說是最先，以地方來說是最重要。每一天，太陽；在日落之後，夜，與她的星辰。風永遠吹著；草永遠生長著。每一天，男人與女人，談著話，觀看著，被觀看著。在一切人之間，這種形象最能吸引的就是學者。他必須在自己心裏決定它的價值。在他看來，大自然是什麼？這上帝的網，它那不可理解的連貫性，從來沒有開始，也從來沒有結束，永遠是圓形的力，回到它的自身。這一點它正和他自己的心靈相像，他永遠不能找到它的開始與結束——這樣完全，這樣無限。大自然的光彩也照得那樣遠，宇宙上面還有宇宙，像光線一樣地放射出去，向上，向下，沒有中心，沒有圓周——不論是聚集的或是分散的，大自然都迫切地向人的心靈表白她自己。開始分門別類了。在年青人的心裏，每一件東西都是個別的，獨自站在那裏。漸漸地，他知道怎樣把兩件東西連在一起，看出它們之間的共同性；然後三件東西，然後三千件；於是他被他自己這種聯合一切的本能所支配，繼續把事物拴在一起，減少不規則的現象，發現地底的樹根，將相反的，遙遠的事物聯絡起來，在同一個枝幹上開花。他不久就知道，自從歷史開始的時候，事實就不斷地聚集和分類。然而「分類」的意義是什麼？無非是看出這些事物並不是雜亂無章，彼此之間沒有關係的，而是有一定的規律，這同時也是人類的心靈的規律。幾何學純粹是人類心靈的一種抽象的東西，而天文學家發現行星的移動可以用幾何學來測量。化學家發現一切物質中都有比例與可以理解的法則；科學是什麼呢，無非是在距離最遠的事物中發現相仿、相同之點。一個志向遠大的人坐下來研究每一件難以控制的事實；把一切奇異的構造與一切新勢力一個一個地歸入它們的種類，歸納到它們的定理中，而且永遠這樣下去，運用深刻的觀察，將各種組織的最後一根纖維，以及大自然的外緣，都賦以生命。

於是，這天宇下的學童感覺到他和自然「本是同根生」；一個是葉子，一個是花；親誼與同情在每一根血管裏活動著。樹根是什麼呢？不是他的靈魂的靈魂麼？一個太大胆的設想；一個太荒唐的夢。然而，一旦這心靈的光輝幫助他發現了比較有形體的物性的規律的時候——當他知道崇拜靈魂，而且看出現有的自然哲學僅只是靈魂的巨手最初的探索的時候，這時候他將要盼望知識日益擴大，好成為一個未來的造物主。他將要看出大自然是靈魂的反面，每一部份都相呼應著。一個是圖章，一個是印出來的字。它的美麗是他自己心靈的美麗。它的規律是他自己心靈的規律。因此他把大自然看成他自己的成就的測量器。他對於大自然知道得不夠的程度，也就是他對於自己的心靈還掌握得不夠的程度。總之，那古代的箴言，「認識你自己」，與現代的箴言「研究大自然」，終於成為同一個格言了。

2

給予學者精神上的影響，第二個要素是人類過去的心靈——不論是用什麼形式銘鐫於那心靈上的，是文學、是藝術，還是一種制度。書籍是最好的一種過去的影響，我們單只考慮書籍的價值，也許藉此可以知道真實情形，比較易於探悉這種影響的程度。

書籍的原理是高尚的。最初的學者接受他四周的世界，這使他沉思；在他自己內心裏把這一切重新整頓過之後，他又把它陳述出來。它進入他裏面的時候是人生；它從他裏面出來的時候是真理。它到他這裏來的時候是短暫的動作；它從他裏面出去的時候是不朽的思想。它到他這裏來的時候是事務；它從他那裏出去的時候是詩歌。它以前是死的事實，而現在，它是活的思想。它可以站得住，而它也可以走動。它一會兒是穩固耐久的，一會兒又飛翔，一會兒又予人以靈感。當初孕育它的心靈有多麼深，它就飛得多麼高，歌唱得多麼久，那比例是非常精確的。

或者我也可以說，這全在乎那將人生化為真理的過程的進度。蒸餾的手續越是完備，製成的物品越是純潔，不朽。但是沒有絕對完美的。正如一隻抽氣筒無法造成一個完全的真空，也沒有一個藝術家能夠在他的書裏完全排除一切因襲的，地方性的，容易腐朽的東西，或是寫一本純是思想的書，在各方面對於悠遠的後代都像對現代人一樣地合用——「現代人」，或者應當說下一代。我們發現每一個時代必須寫它自己的書——或者應當說，每一代為下一代寫。較古老的一個時期的書是不適合於目前的。

然而這就引起一個嚴重的禍害。創作與思想本來帶著一種神聖性，這神聖性記錄下來了。人們覺得那歌唱著的詩人是神聖的：從此那詩也是神聖的。那作家有一個正直智慧的心靈：從此就公認那本書是盡善盡美的；正如我們對於一個英雄的敬愛變了質，成為崇拜他的石像，那本書立刻變成有害的：導師成了暴君。群眾遲鈍而歪曲的心靈，很遲緩地才開放，容許理智的侵入，而一旦開放之後，一旦接受了這本書，就信賴它，如果它被藐視，他們就嚷鬧起來。以這本書為基礎，興起許多思想派系。有人寫上許多書關於這本書——是「思想者」寫的，不是「思想著的人」；那就是說，是天賦很好的人，但是出發點錯了，他們從一般公認的教條出發，而不是他們自己心目中的義理出發。溫順的青年人在圖書館裏長大，他們相信他們的責任是應當接受西塞羅[1]，洛克[2]，培根[3]發表的意見；他們忘了西塞羅，洛克與培根寫這些書的時候，也不過是圖書館裏的年青人。

因此，我們沒有「思想著的人」，而有書獃子。因此有了這樣一個階級——有書本上的知識，因為書籍是書籍而去重視它；他們重視書籍並不是因為它是與大自然和人的素質有關的，而是因為它彷彿在世界與靈魂之外，成了一種第三階級。因此有那些修繕考訂古本的人，以及各種不同程度的「藏書狂」患者。

書籍用得好的時候是最好的東西；濫用的時候，是最壞的東西之一。怎樣是用得對呢？一切的方法都想達到同一個目標，這目標是什麼？無非是予人以靈感。我寧願從來沒有看見過一本書，而不願意被它的吸力將我扭曲過來，把我完全拉到我的軌道外面，使我成為一顆衛星，而不是一個宇宙。世界上唯一有價值的東西是活動的靈魂。這是每一個人有權享有的；這是每一個人裏面都含有的，雖然在絕大多數的人裏面都是被阻塞著，還沒有生出來。活動的靈魂看得見絕對的真理，能夠把真理說出來，也能創造。它做這件事的時候，它就是天才；天才不是得天獨厚的寥寥幾個人的特權，而是每一個人可靠的產業。它的本質是前進的。書籍、思想派系、藝術派系、任何種類的制度，都是停留在過去的天才的某一句言語上。這很好，他們說，——我們抓住這個吧。他們把我釘牢在一個地方。他們向後看，不是向前看。但是天才向前看：人的眼睛生在頭前，不是生在腦後。人懷著希望：天才創造事物。無論一個人天賦多麼好，如果他不創造，上帝精純的流光他是沒有份的——也許有煤碴與烟，但是還沒有火焰。有些態度是創造性的，有些行為是創造性的，也有創造性的辭句；而那種態度，行為，辭句，都看不出是根據任何習俗或出典，而是從心靈本身感覺到的善與美之中自然地湧出的。

從另一方面說來，如果它不是自己啟示自己，而是從另一個心靈那裏接受到它的真理，即使那真理的光是像滔滔不絕的激流一樣，倘若沒有經過相當時期的幽思，反省，自己重又掌握住自己，其結果就是無可救藥的損害。由於過度的影響，天才永遠夠得上做天才的仇敵。每一個國家的文學證實我這句話。英國的詩劇作家現在莎士比亞「化」已經兩百年了。

無疑地，也有一種正確的讀書方法，嚴厲地使書服從讀者。「思想著的人」絕對不要為他的工具所制伏。書籍是供學者消閒的。當他能夠直接閱讀上帝的時候，那時間太寶貴了，不能夠浪費在別人閱讀後的抄本上。但是在間歇的黑暗到來的時候——一定有這種時候的——當太陽躲了起來，星群收回它們的亮光的時候——我們走到燈下，燈光繼續照耀著我們，領導我們回到東方，黎明在那裏。我們聽別人發言，為了使我們自己能說話。阿拉伯格言說：「一棵無花果樹，只要看著另一棵無花果樹，就結果子了。」

我們從最好的書裏得到的那種愉快的性質，確是值得注意的。這些書給我們的印象，使我們相信這是某一個人以前寫的，而現在也就是他在那裏閱讀，因此作者與讀者性情完全相同。我們讀英國最偉大的詩人——喬瑟[4]，馬伏爾[5]，德萊登[6]——的詩章，可以感到最現代的喜悅——我的意思是：那種愉快一大半是由於他們的詩裏排除了一切時間性而得來的。我們喜悅的成份，有一點敬畏和它參雜在一起，因為我們詫異這詩人生活在某一個過去的世界裏，兩三百年前，而他說的話卻是貼近我的靈魂的，是我自己差一點沒想到，差一點沒說出來的。一切心靈都相同，這哲學上的學說，在這裏就有一個證據。不然，我們就得假定有一種預先建立的和諧；就是假定還沒有投生的靈魂，就有人預先知道了，預備下了一些貯蓄，供給他們將來的需要；正如我們觀察到的昆蟲的實際情形，牠們死亡之前積蓄食物給幼蟲吃，其實牠們根本看不到幼蟲了。

我並不是為了愛好什麼學說，或是過分誇張人類的本能，因而就冒失地低估了書籍的價值。我們都知道：正像人的身體可以從任何食物裏得到營養——即使是煮熟的草和皮鞋湯——人的心靈也可以用任何知識作為食料。也曾經有過這樣的人，他們是偉大的英勇的，然而他們幾乎除了印出的書頁外，什麼都不知道。我只想說：需要一個強健的頭腦，才受得住這種飲食。一個人要善於讀書，必須是一個發明家。像格言裏說的，「要想把西印度群島的財富帶回家來，必須先把西印度群島的財富帶出去。」因此，有創造性的寫作，也有創造性的閱讀。勞動與創造加強了心靈的活力，在這時候，我們無論看什麼書，由於字裏行間豐富的暗示，書頁都像是亮瑩瑩地發光。每一句都是加倍地有意義，作者的命運是像世界一樣地廣闊。我們於是又發現一件事實：我們知道一個預言者洞燭未來的一剎那是短暫的，在悠長的歲月裏難得碰見這樣的時候；因此他這靈感的記錄或者佔他的著作的最少一部份。有鑑別力的人讀柏拉圖與莎士比亞的時候，只讀那最少的一部份——只限於真正明哲之言——其餘的他全部揚棄了，好像它不是千真萬確的柏拉圖或莎士比亞的著作一樣。

當然，也有一種書是一個有智慧的人不能不讀的。歷史與精密的科學，他一定要下苦功研讀。同樣地，大學也有它不可缺少的職務，那就是將一些要素教給學生們。但是它們的目的應當是創造，而不是操練；只是這樣，它們才能夠發揮最大的功效；它們應當從遠處收羅各種天才的每一道光線，聚集一堂，用這集中的火焰使年青人的心燃燒起來。思想與學問天生是這種性質，器械與華美的外表對於它們毫無幫助。大學的禮服，基金（即使是足夠建造一個黃金的城市），也不能和最渺小的一個雋妙的字句對抗。你如果忘記這一點，那我們美國的大學即使一年年地闊起來，也會逐漸減少它們在社會上的重要性。

3

一般人普通都有一種觀念，以為學者應當是一個隱士，一個羸弱的人——不宜於做任何手工或公眾的勞動，正像一把削鉛筆的刀不能當斧頭用。所謂「講求實用的人」譏笑那種愛思索的人，彷彿他們因為思索，觀察，就什麼事都不能做。教士往往是他們那一個時代的學者，比任何別的階級都要普遍。我聽說過，人們對教士的稱呼是女性的；說他們聽不到男人粗魯的自然的言語，只聽到一種扭捏的，沖淡的語法。有時候他們實際上被褫奪了公權；並且，確是有人提倡他們應當終身不娶。這種情形，凡是對於學者階級當真有的地方，都是不公平的，也是不智的。在一個學者的生活裏，行動是隸屬於思想之下，但也是必須的。他沒有行動，就還不能算他是一個人。沒有行動，思想永遠不能成熟而化為真理。世界像一層美麗的雲一樣地懸掛在我們眼前，我們甚至於看不見它的美麗。不活動，就是怯懦；沒有勇敢的腦筋，就不是學者。思想的前面有一篇序文——思想從無知覺到有知覺，經過這樣一個過渡時期——這就是行動。我生活過多少，我就只知道這麼些。我們可以立刻看出誰的辭句裏裝滿了人生，誰的句子裏沒有。

這世界——靈魂的影子，或是「另一個我」——廣闊地展開在我們四周。它的種種吸引力都是鑰匙，開啟我的思想，使我認識我自己。我迫切地奔入這響亮的喧囂中。我抓住我旁邊的人的手，我在那競技場中站上我的崗位，我受苦，我工作，我有一種本能，它教導我，說：只要這樣，那喑啞的深淵就能發出聲音來說話了。我穿透它的內部組織；我消散它的恐怖；我將它佈置在我逐漸擴大的生活範圍內。我體驗到多少的生活，我就征服多大的曠野，種植多廣的田地，我的生命和我的領土就伸展得多麼遠。我不懂得任何人怎樣能捨得放棄任何他能夠參加的活動，僅只為了怕神經衰弱，或是想多睡一場午覺。有這種活動，他談話中才能夠唾珠咳玉。苦役、災難、激惱、貧困，都教給我們辯才與智慧。一個真正的學者捨不得輕輕放過每一個做事的機會，認為少做一件事就是損失一點力量。

行動是原料，智力用這原料塑成華美的物品。將經驗化為思想，這也是一個奇異的過程，像把一片桑葉化為軟緞。這種營造工作整天進行著。

我們童年和年青的時候行動與事件，現在成為我們最平靜地觀察著的事情。它們像美麗的圖畫一樣地在空中展開。我們近來的行動，以及我們目前處理的事情，就不是這樣。我們在這種事上就不能沉思。我們的情感還在它裏面循環流動著。我們不覺得，也不知道它的存在，正如我們不覺得身上生著腳，或是手，或是腦筋。那新的事實還是人生的一部——有一個時期它沉浸在我們不自覺的生活裏。到了某一個時候，我們在那裏默想著，它就像一個熟了的果子一樣，自動地與人生分開，成為腦子裏的一個思想。它的地位立刻提高了，狀貌也美化了；原是可以腐朽的，變為不朽的了。從此它是一件美麗的東西，不管它的來源與鄰里多麼鄙陋。你們也得要觀察到這一點：將這事提早舉行是不可能的。當它是一個螟蛉的時候，它不能飛，它不能發亮，它是一個黯淡無光的螟蛉。但是突然，我們還沒有覺察，這同一個東西展開美麗的翅膀，是一個智慧的天使了。所以，在我們個人的歷史中，沒有一件事不是遲早都會失去它黏附在人生上的無生氣的形式，從我們身上飛翔到最高的一重天上，使我們驚奇。搖籃，幼年，學校與操場，怕男孩子，怕狗，怕戒尺，愛小姑娘與漿果，還有許多別的事實，曾經有一個時期是天大的大事，現在已經消逝了；朋友與親戚，職業與政黨，城市與鄉村，國家與世界，也必定要飛翔歌唱。

當然，一個人如果把他整個的精力放在適宜的行動裏，他收到得的智慧是最豐富的。我不願把自己關在這充滿了動作的地球之外，把一棵橡樹栽在花盆裏，讓它在那裏挨餓，憔悴；我也不願意單靠某一種才能上的收入，將一種思想的礦脈掘光；很像那些薩伏衣[7]人，他們維持生活是靠彫刻牧羊人，牧羊女，與吸烟的荷蘭人，販賣給整個的歐洲；有一天他們到山上去找木塊，發現他們把最後一棵松樹也削光了。我們有許多作家，把他們的礦脈寫光了，然後，——動機是很可嘉獎的深謀遠慮——他們乘船到希臘或是巴勒斯坦，跟獵人到草原上去，或是在阿爾及爾斯漫遊，補進一些有銷路的貨色。

即使僅只為了要一個豐富的語彙，一個學者也應當迫切地需要行動。生活是我們的字典。費上許多年月在鄉村裏勞動，是值得的；或是在城市裏，是深入地觀察各種工商業；與許多男人和女人直爽地交往；研究科學，藝術，唯一的目的是多方面地控制一種語言，用來說明我們的見聞，使它具體化。我聽任何人說話，從他言語的貧乏或是華美上面，立刻就可以知道他過去是否充分地生活過。生命在我們後面展開，像一個石礦，我們從那裏採集磚瓦與笠石，用在今天的建築裏。這是學習文法的方法。思想派系與書籍僅只抄錄田地與工場製造的語言。

但是行動最後還有一樣好處——與書籍一樣，而比書籍更好——這就是：它是一種資源。大自然中的起伏——那偉大的原理——表示在各種現象裏：人的呼吸；慾望與厭膩；海的潮汐；日與夜；熱與冷；還有那更深地浸染在每一個原子與每一種流質裏，那種所謂「磁性引力」——牛頓所稱為「痙攣性的順利傳達與反射」的一些現象——這是大自然的定律，因為它是心靈的定律。

心靈時而思想，時而行動，每一個痙攣產生另一個。有時候一個藝術家用完了他的材料，幻想不再替他描畫出各種境界，他很難捉住一個思想，讀書也使他感到厭倦——他總還可以拿生活來作本錢。個性是比智力更崇高的。思想是一種機能。生活是那機能的執行者。溪流可以追溯它的發源處。一個偉大的靈魂不但在思想上是堅強的，在生活上也是堅強的。他是否缺少一種器官或是媒介來傳達他的真理？他仍舊可以倚仗這最基本的力量，用生活把真理表達出來。這是一個完全的行動。思想是一個部份的行動。讓公理的莊嚴在他的業務裏發光。讓愛情的美麗給他的陋室帶來愉快。那些沒沒無聞的人，與他同住共事的人，在日常生活裏都可以覺得他那品性的力量，用這種方式來測量它，比任何公開的或是有計畫的表現還要可靠。歲月告訴我們，一個學者純粹以人的身份生活著的時候，絕對不是浪擲光陰。在這裏，他舒展了他的本能的神聖的幼芽，而又保護著它，不使它受到侵蝕。表面上所受的損失，卻在獲得的力量得了補償。有益於人群的巨人，他們破壞舊的，建造新的，他們決不是出身於那種耗盡文化的教育制度裏培養出來的人，而是出自鴻濛未闢的野蠻的天性；可怕的諸益德人[8]與伯塞喀人[9]裏面，終於出了一個阿爾弗烈德[10]與莎士比亞。

所以我只要聽到有人說什麼「勞動是莊嚴的，每一個公民都需要勞動」——現在開始有人說這樣的話了——我總是覺得喜悅。鋤頭與鏟子裏面仍舊有美德，不論捏鋤頭、鏟子的人是有學問還是沒有學問。而勞動是到處受歡迎的；總有人找我們做工；只有這一個限制，我們要注意：一個人不應當為了要參加更廣泛的活動而犧牲自己的主張，遷就一般人的意見與行為的方式。

現在我已經說過了學者受到的大自然的教育，書籍的教育，行動的教育。還應當說到他的責任。

他是「思想著的人」，他的責任是與他的身份相稱的。這些責任也許完全包括在「自我信託」裏。學者的職務是指出外表之下的事實，藉以鼓舞，提高，領導人們。他從事於那遲緩的觀察工作，不被人尊敬，也沒有報酬。佛蘭姆斯蒂德[11]與赫歇爾[12]，在他們裝著玻璃窗的天文台裏，可以編錄星球，贏得世人的讚美，而他們的成績既然是光榮的，有益的，也確定可以得到榮譽。但如果有一個人在他私人的天文台裏，記錄人類心靈中隱晦的星雲（迄今還沒有人想到將它們當作星雲看待），有時候為了寥寥幾件事實，接連許多天，幾個月，一直守望著；修正他過去的記錄——這樣的人是無法在人前誇耀的，也不能希望馬上成名。他的工作需要長期的準備，所以他對於當代流行的藝術往往不熟悉，也不擅長，使那些能幹的人都鄙視他，把他推擠到一邊。他必定有很長一個時期期期艾艾說不出話來；他常常得要為了死的東西放棄活的。更壞的是：他必須接受（這樣的例子太多了！）貧窮與寂寞。走那條舊的路，接受社會上流行的風格與教育與宗教，然而他寧可受苦受難，築出他自己的路；接踵而來的是既容易又愉快；自己譴責自己，自己覺得氣餒，常常感到惶恐，感到虛耗時間——這都是那倚賴自己指導自己的人所遇到的途中的荊棘；而他彷彿和社會簡直站在敵對的地位，尤其是和那受過教育的社會層。有什麼好處可以抵銷這一切的損失與被藐視？他是在實行著人類最高的機能，他可以在這一點上得到安慰。他提高了自己，他沒有私人的顧慮，而是呼吸著，生活著公眾的傑出的思想。他是這世界的眼睛。他是這世界的心臟。他得要保存並且傳達英勇的情操，高尚的傳記，音韻悠揚的詩章，與歷史的定論，藉以抗拒那俗不可耐的繁榮——那種繁榮永遠有一種趨勢要退化到野蠻去。人類的心靈在一切緊要的關頭，在一切嚴肅的時候，無論它吐出什麼至理名言，作為它對於這活動的世界的評註——這一切他都應當接受，應當傳達。理智在它不可侵犯的寶座上判斷今日的過往行人與事件，無論有什麼新的判決，他都應當聽著，應當宣揚。

既然這些事都是他的職務，他應當完全信任他自己，永遠不要向世俗的輿論低頭。他知道這世界，只有他知道。過去或是現在某一剎那間的世界，僅只是外表的型態。某種偉大的禮教，某一種被瘋狂崇拜的政府，一種為時非常短暫的通商，或是戰爭，或是有一個人，被所有的人類的半數擁護著，又被另一半攻擊著，彷彿一切全靠這擁護或是攻擊。可是最可能的，這整個的問題還抵不過那學者聽著這爭論的時候所錯過的最低劣的思想。他應當相信一支氣鎗的鎗聲就是氣鎗的鎗聲，即使世界上最年老最可尊敬的人斷言它是世界末日的霹靂聲。他應當沉默，穩定，絕對置身事外，堅持他自己的見解：繼續不斷地觀察著，耐心地，不怕被人忽視，不怕被人責備，坐待時機——只要他能自己覺得滿意，認為他今天真正看到了一些什麼，他就很快樂了。每一個正確的步驟都有良好的收穫。因為他有一種可靠的本能，使他把自己的思想告訴他的同胞們。隨後他就發現：他發掘他自己心靈裏的秘密，同時也就深入一切心靈的秘密。他發現一個人如果了解他個人思想裏的任何規律，他在這範圍內也就了解一切人——凡是使用同一種語言的人，以及其他種族，只要他們的語言能把他們的語言譯出來。詩人在極度的孤獨生涯中回憶他自動自發的思想，把它記錄下來，我們發現他記錄下來的這些，就連擁擠的城市裏的人也認為是真實的，可以應用在他們自己身上。演說家起初感到懷疑，他那些直爽的自白也許不太適宜，他對於他的聽眾也知道的太少，然而他隨後就發覺他和聽眾是相互為用，缺一不可的——他們充分吸收他的語句，因為他代替他們滿足了他們的天性；他深入發掘自己最陰私，最秘密的預感，而他驚奇地發覺這是一般人最易接受的，最公開的，和具有普遍的真實性的，群眾喜歡這個；每一個人裏面善良的一部份都感覺到：這是我的音樂；這是我自己。

一切的美德都包含在自我信賴裏。學者應當是自由的——自由而勇敢；就連在他給自由下的定義也表示他的自由：「沒有一點阻礙，除非是從他自己的素質裏興起的阻礙。」勇敢，因為一個學者的天職是要把恐懼這樣東西撇在腦後。恐懼的產生永遠是由於愚昧無知。如果他在危險期間的鎮靜，是因為他認為他像兒童與婦女一樣，是特別被保護的一種人；又如果他移轉他的思想，避開政治或是那些使人困惱的問題，把他的頭像鴕鳥一樣地埋在花木裏，向顯微鏡裏窺視著，押韻作詩，像一個孩子感到恐怖的時候就吹口哨，來鼓起自己的勇氣——這都是可恥的。照他這樣做，那危機仍舊是一個危機，而恐懼只有更厲害。他應當像一個男子漢一樣，回過身來面對事實。他應當正視事實，搜察它的性質，檢驗它的來源——來源不會太久遠——

看看這隻獅子從前還是一頭小獸的時候是個什麼樣子；然後他就會發覺他自己完全明瞭了它的性質與範圍；他用兩臂環抱著它，量過了它的腰圍，知道它不過如此，他從此可以藐視它，揚長地，優越的走過。一個人如果能看穿這世界的矯飾，這世界就是他的。你見聞中的種種聾聵，極度盲從的習俗，蔓延的錯誤之所以存在，只是因為大家容忍它——因為你容忍它。你只要看出它的謊話，你就已經給了它一個致命的打擊。

它是的，我們是被威脅，被制伏的人——我們是沒有信心的。有一種思想，認為我們在自然界中出現得很晚；這世界很久以前早已完成了——這是一種危險的思想。當初在上帝的手裏，這世界是柔軟的，流質的，可以任意揑塑的；現在它也始終是這樣，我們可以按著我們具有的神性，揑塑這世界。它對付愚蠢與罪惡是像燧石一樣地堅硬。他們竭力適應環境，迎合它；但是，只要一個人內心有一點神聖的東西，天宇就成正比例地在他面前化為流質，他可以在上面蓋上私人印鑑，也可以把它塑成任何形式。偉大的人並不是能夠改變物質的人，而是能夠改變我的心境的人。偉大的人能把一切自然界與一切藝術都染上他們目前的思想的色彩，並且舉重若輕，他們那愉快而平靜的態度說服了人們，使人們相信他們所做的事正是自古以來大家都想摘的一隻蘋果，現在終於成熟了，邀請著許多國家分享這收穫。偉大的人造成偉大的事物。無論麥唐諾[13]坐在那裏，那就是桌子的首席。李耐[14]使植物學成為最有誘惑力的一種學識，把它從農民與採藥女的手裏接收了過來；戴維爾[15]之於化學，居維爾[16]之於化石，也是這樣。一個人如果在某一天內沉靜地抱著偉大的目標工作著，這一天就是為紀念他而設的。人們的品評是不可靠的，但是他們遇到一個心靈中充滿真理的人，自會擁上前來，像大西洋裏重重疊疊的波浪跟隨著月亮。

為什麼要信賴自己，那理由是深不可測的，深暗得無法闡明。我陳述我自己的意見的時候，也許我的聽眾並不與我有同感。但是我希望他們有同感——我剛才提到的「一切人都是一個人」的理論，已經說明了我為什麼抱著這樣的希望。我相信人是被損害了，他損害了他自己。他幾乎迷失了那可以領他回去，恢復他的特權的亮光。人們成了無足輕重的東西。歷史上的人，今日世界上的人，是蟲豸，是魚卵，他們被稱為「群眾」或是「羊群」。在一個世紀裏，在一千年裏，只有一兩個人：那就是說只有一兩個近似每一個人的正規狀態的人。其餘的人全都在一個英雄或詩人裏看到他們自己幼稚和原始的人格達到成熟的狀態；是的，他們並且甘心退避三舍，好讓它盡量發展，臻於至善。那貧苦的族人，那卑微的黨員，他為了他的首長的光榮而歡悅，這證明了他自己天性裏的種種要求；這種證明充滿了莊嚴，充滿了悲憫。貧賤的人在政治上，社會上甘拜下風，然而在寬宏大量的精神上取得了若干補償。他們甘心在一個偉大的道路上像蒼蠅似的被掃開，好讓他充分發展那人類共有的天性，那天性就是大家最熱烈地希望能發揚光大的。他們在那偉人的光輝裏晒暖他們自己，覺得這是他們自己的素質。他們從自己被踐踏的身軀上將人的莊嚴脫下來，披在那偉人的肩上；他們願意死，為了要多加一滴血使那偉大的心跳動，使那巨人的筋骨戰鬥，征討。他為我們活著，我們在他裏面活著。

像他們這樣的人，自然是要尋求金錢或權勢；而要權勢，是因為權勢即金錢——所謂「職位的戰利品」。為什麼不？他們抱著最高的企圖，而在他們夢遊的狀態中，他們夢想著權勢就是最高的，喚醒他們，他們就會離棄這虛假的善，奔向真正的善，把政府丟給書記與書桌。要完成這革命，需要把文化的觀念逐漸培養起來。論到華美莊嚴，論到範圍的廣闊，世界上沒有一種事業比教養一個人更為重要。原料都在這裏，散佈在地上。一個人的私人生活，和歷史上任何王國比較起來，都是一個更顯赫的君主政體，在他的敵人看來更是可畏，對於它的友人的影響更是甜蜜，恬靜。因為從正確的觀點看來，一個人包括了一切人的特殊性格。每一個哲學家，每一個詩人，每一個演員不過像一個代表一樣，替我做了些事，而這件事我將來有一天也可以替自己做。我們從前非常珍視的書籍，現在已經把它們學完了。這就是說，普遍的心靈從一個作者的眼睛裏向外看，我們得著了同一個觀點，我們成為那個人，然後我們走了過去。我們逐一地把所有的水槽都喝光了，這些給養使我們變得更偉大起來，我們渴望一種更好的，更豐富的食物。從來沒有一個人能夠永遠餵飽我們。人類的心靈不能像神龕似的安置在某一個人裏，如果他將這無邊無際不可限量的心靈的國土的任何一面豎起了藩籬。它是中央的烽火，時而從埃得納火山的唇間吐出來，照亮了西西里的山岬，時而又從維蘇威火山的喉中冒出來，照亮了那不勒斯的塔與葡萄園。它是一個光，從一千個星辰裏照耀出來。它是一個靈魂，使一切人都有生氣。

但是我也許在這學者的抽象觀念上逗留太久了，使人厭倦。我不應當再耽擱了，需要立刻加上我所要說的與現代和我國關係較近的幾句話。

在歷史上，一般地都認為各時代主要的思想都有不同之點，有許多資料，標誌出古典時代，浪漫時代的天才，以至於現在的反省性又稱哲學性的時代的天才。我剛才宣佈了我的意見，認為一切人之間，心靈都是一致的，相同的，所以我不大注重這些分別。事實上，我相信每一個人都經過這三個時代。一個男孩子是希臘風的；一個青年是浪漫的；成人是反省性的。然而我並不否認主要觀念上的革命可以很清晰地追溯出來。

有人嗟嘆說我們這時代是一種內向的時代。這一定是有害的麼？似乎我們是吹毛求疵的；往往轉念一想，又改變了主張，自己也覺得慚愧；我們不能好好地享受一樣東西，因為我們渴望知道那愉快是由什麼造成的；我們內心裝置著無數眼睛；我們用我們的腳觀看；這時代是傳染上了哈姆雷特[17]的憂鬱——

思想的暗淡情態，使他憔悴。

這也不至於那麼壞吧？有眼光，絕對不是一件可憐憫的事。我們願意做瞎子麼？我們難道怕我們看得太遠，勝過大自然與上帝，而且把真理喝乾了？我認為文藝者的不滿只表示一件事實——他們發現自己與他們前輩的心境不相同，而將來的情形還沒有經過試驗，他們因而覺得遺憾，就像一個孩子怕水，他還沒有知道他可以游泳。如果你願意生在任何時代，該是革命的時代吧；那時候舊的與新的並排站著，容許人家比較它們；那時候一切人的精力都被恐懼與希望探索著；那時候，新時代豐富的可能性可以補償過去歷史上的光榮。這時代，像一切時代一樣，是一個非常好的時代，只要我們知道怎樣對待它。

我很高興地看到未來的歲月的吉兆；在詩與藝術裏，在哲學與科學裏，在教會與國家裏，這些徵兆已經發出微光了。

這些徵象之一是：提高國內所謂「最低階層」的那種運動，在文藝中有非常顯著而善良的表現。文藝不復謳歌那崇高美麗的一切，而去發掘那眼前的低卑的普通的東西，將它化為詩歌。從前被準備糧秣整裝遠行的人不經意地踐踏在腳下的東西，人們忽然發現它比任何異邦都要富饒。窮人的文藝，兒童的情感，街頭的哲學，家庭生活的意義，全成了當代的話題。

這是跨了很大的一步。這豈不是一個徵兆——象徵新的精力，使四肢活動起來，溫暖的生命的潮流奔入手與腳。我不要求偉大，遙遠，浪漫的東西；在義大利或阿拉伯發生的事；什麼是希臘藝術，或是法國南部的歌曲；我擁抱平凡的東西，我探究那些熟悉的卑微的東西，我坐在它們腳下。我只要對現代有深入的鑑察力，古代與未來的世界我都可以不要。我們真正想知道什麼東西的意義？小桶裏的麥粉；鍋裏的牛奶；街頭的民歌；船隻的新聞；眼睛的一瞥；身體的式樣與走路的姿態——給我看這些事物的基本理由；給我看那最高的精神上的原因，總有這樣一個原因潛伏在這些地方——在大自然的近郊與邊疆上；讓我看每一件瑣事，它裏面飽含著的那種「兩極性」立刻將它列入一條永恆的定律中；將那商店與犁耙與賬簿都聯繫到同一個根源上——也就是那同一個原動力使光線波動，使詩人歌唱——於是這世界不復是一篇沉悶的雜記，一個堆雜物的房間，而是有形式，有條理的；沒有瑣碎的東西，沒有不可解的謎語，而是有計畫的，使最遠的高峰與最低的濠溝都團結起來，同樣地具有活力。

這觀念曾經激發了歌爾德斯密斯[18]，本斯[19]，考柏[20]的天才，在較新的時代裏，還有歌德[21]，華滋華斯[22]與卡萊爾[23]。他們以不同的方式遵從這觀念，成功的程度也參差不齊。與他們的作品對比，頗普[24]，約翰生[25]與吉朋[26]的風格顯得冷酷而迂腐。這種作品是像血液一樣地溫暖。人們很詫異地發現近旁的事情和遼遠的事情一樣美麗，一樣神奇。近旁的解釋了遙遠的。一滴水是一個小海洋。一個人是和所有的自然界有關連的。這種對於通俗凡品價值的認識，有豐饒的新發現。歌德在這一點上比任何現代作家還要現代化，從來沒有一個人像他這樣向我們指出古人的天才。

有一個有天才的人，對這種人生哲學有很大的貢獻，他的文學價值迄今沒有得到正確的估價——我是說依曼鈕爾．斯威登堡[27]。他是最富幻想的人，作風卻有數理學家的精確，他曾經嘗試將一種純粹哲學性的論理學灌輸到他那時代的通俗的基督教裏。這樣的一種嘗試，自然是極難的，無論什麼天才都無法克服那種困難。但是他看出並且指出大自然與靈魂的性情之間的關係。這看得見，聽得見，摸得到的世界，他點穿了它的象徵性的精神上的性質。他在陰暗的地方，特別容易得到靈感，他的幻想在大自然的低卑的區域徘徊，描摹那些境界；他指出聯合惡德和壞事兩者之間神秘的關連；他利用史詩性的寓言傳佈關於瘋狂，野獸，不潔淨與可怖的東西的一種學說。

我們這時代的又一徵象——它也有一個類似的政治運動作為標誌——是對個人所給予的一種新的重要性。將每一個人都圍上出於本性的敬意的柵欄，使每一個人覺得這世界是他的，使人對待另一個人像一個獨立國對待另一個獨立國——凡是這一類的事，凡是有一種傾向要把個人隔離起來的事件，同時也有另一種傾向，不但使人類偉大，而且使人類真正團結起來。憂鬱的佩斯塔羅西[28]說：「我發現這廣大的世界上，沒有一個人情願或是能夠幫助任何別的人。」只有從心裏發出來的援助才有效。學者必須將現代的一切能力，過去的一切貢獻，未來的一切希望都集中在他自己身上。他必須是一個融會貫通各種學識的人。如果有任何更重要的教訓是他應當諦聽的，那個教訓是：這世界是不足道的，人是一切；一切自然的定律都在你心裏，而你連點滴元氣怎樣上升都不知道；整個的理性都在你心中睡眠著；一切都要你去知道；一切都要你去敢為。

會長，諸位，——一切動機，一切預言，一切準備，都指出說：這種對於人類尚未開發的威力的信心，是屬於美國的學者。我們聽著歐洲溫雅的文藝女神說話，聽得太久了。人們已經懷疑美國的自由人的精神是胆怯的，模仿性的，馴服的。大眾與私人的貪慾，使我們呼吸的空氣變得厚重而肥膩。學者是行為端正的，怠惰的，柔順的。你已經可以看見那悲慘的結果。這國家的心靈，因為人家教它以低級的東西為目標，它自己吞噬自己。除了循規蹈矩的柔順的人，誰都找不到工作。最有希望的年青人，在我們的國土上開始他們的生命，飽吸著山風，被上帝所有的星辰照耀著，然而他們發現下面的土地和這些不協調；他們的行動，被一般人經營事業的原則所灌注的憎惡妨礙著；他們淪為賤役，或是因為憎惡而死亡，有些是自殺的。用什麼方法來補救呢？他們還沒有覺悟——而千千萬萬同是充滿了希望，擠到柵欄跟前要想創立事業的青年，也還沒有悟到這一點：如果一個人堅強地站定在他的本能上，留守在那裏，那廣大的世界自會來遷就他的。忍耐——忍耐；你澤沐著一切善良的，偉大的人的餘蔭；你的安慰是你自己無限的生命的遠景：你的工作是研究與傳達原理，是使這些本能普及，是感化全世界。一個人生在世上，如果不成為一個單位——不被人當作一個特徵看待——不產生每一個人天生應當結出的特殊的果實，而被人籠統地看待，成千論萬地，以我們所屬的政黨或地域來計算，以地理上的區別來預測我們的意見，稱我們為北方或南方——這豈不是最大的恥辱？不能像這樣，兄弟們——天哪，我們的一生不要像這樣。我們要用自己的腳走路；我們要用自己的手工作；我們要發表自己的意見。研究文學將不復是一個引人憐憫的名詞，使人懷疑的名詞，或是僅只代表感覺上的縱慾。人的敬畏與人的愛，將是一層保衛的牆壁，一隻喜悅的花圈，圍繞著一切。一個「人的國家」將初次存在，因為每一個人都相信他自己是被神靈賦以靈感的，而那神靈也將靈感賦予一切的人。

1．Marcus Tullius Cicero（106～43B.C.），羅馬演說家，政治家，哲學家。

2．John Locke（1622～1704），英國經驗派哲學家。

3．Francis Bacon（1561～1626），英國政治家，哲學家，近世經驗哲學之創始人。

4．Geoffery Chaucer（1340～1400），英國詩人，稱英國文學之祖。

5．Andrew Marvell（1621～1678），英國詩人，戲曲作家。

6．John Dryden（1631～1700），英國詩人兼戲曲作家。

7．Savoy，地名，在法國東南境，近瑞士。

8．Druids，古代塞爾蒂克人及高盧人一種能妖術預言的僧侶。

9．Berserkers，古代斯堪的那維亞（Scandinavia）野蠻兇猛的武士。

10．Alfred The Great（849～901），西撒克遜王，以賢明著稱。

11．William Flamstead（1646～1719），英國天文學家。

12．William Herschel（1738～1822）John Frederick William Herschel（1792～1871），父子均為英國著名天文學家，此處不知何所指。

13．不詳，或係指Etienne Jacques Joseph Alexandre Macdonald（1765～1840），法國陸軍大元帥。

14．Carolus Linnaeus（1707～1778），原名Karl Von Linne，瑞典自然科學家。

15．Humphry Davy（1778～1829），英國名化學家，發明礦工用之安全燈，又名戴維燈。

16．Georges Cuvier（1769～1832），法國博物學家，稱古生物學及比較解剖學之祖。

17．Hamlet，莎士比亞四大悲劇之一。

18．Oliver Goldsmith（1728～1774），英國詩人，小說戲劇作家。

19．Robert Burns（1759～1796），蘇格蘭抒情詩人。

20．William Cowper（1731～1800），英國田園詩人。

21．Johann Wolfgang von Goethe（1749～1832），德國詩人兼小說戲曲家，所著《少年維特之煩惱》及劇曲《浮士德》皆有中譯本。

22．William Wordsworth（1770～1850），英國桂冠詩人。

23．Thomas Carlyle（1795～1881），蘇格蘭評論家，哲學家，歷史學家。

24．Alexander Pope（1688～1742），英國古典派詩人。

25．Samuel Johnson（1709～1784），英國詩人，評論家，曾編纂英國大辭典。

26．Edward Gibbon（1737～1794），英國歷史家。

27．Emanuel Swedenborg（1688～1772），瑞典哲學家，科學家及神學家，新耶路撒冷教會（New Jerusalem Church）創始人。

28．Johann Heinrich Pestalozzi（1746～1827），瑞士教育家。

二　人——天生是改革者

（一八四一年一月廿五日在波士頓機師練習生圖書館協會發表的演說）

會長，諸位，我想貢獻一些意見給諸位考慮，題目是：人，作為一個改革者來說，他的特殊的與一般性的關係。我敢說這協會每一個青年的目標都是最高的——一個有理性的心靈所有的目標。即使我們承認我們過的這種生活是平凡而卑賤的；也承認上帝創造我們主要的是為了某些職務與功能，而這些職務與功能在社會上變得這樣稀有，只有在古老的書中與模糊的傳統裏還保存著一些回憶；即使我們承認我們現在不是先知與詩人那些美麗的完人，而且甚至於看都沒有看見過；也承認某些人類的智慧的來源，在我們這裏幾乎是沒有，也沒有人知道；即使我們承認，如果有人告訴我們說：我們生活著的社會中每一個人都應當迎接忘形的情境，或是一種聖靈的啟發，應當和心靈的世界交通，提高他日常的行為——我們簡直不願聽這樣的話。即使我們不能不承認以上的這一切，然而我想聽眾中，沒有一個人會否認我們應當在我們中間樹立各種風紀和途徑使我們可以得到指導，可以較清晰地與心靈的世界交接。更進一步來說，我不想掩藏我的一個希望——我希望聽眾中每一個人都覺得內心的感召，覺得他應當丟開一切邪惡的習慣，怯懦與限制，應當站在自己的崗位上做一個自由的、有用的人，做一個改革者，一個造福人群的人；不甘心像一個僕役或是間諜一樣在這世界裏溜過去，全靠他的機警和道歉來盡量地逃避坎坷——而要做一個勇敢正直的人，他必須找出或是闢出一條直路，通到世界上一切最好的東西那裏，不但自己正大光明地走了去，而且使一切跟隨他的人都易於正大光明地走了去，得到益處。

在世界史裏，革新的教旨從來沒有像現在這樣範圍廣大。路德教徒，赫恩赫特教徒[1]，耶穌會會徒，僧侶，桂格教徒，諾克斯[2]，威斯萊[3]，斯威登堡，邊生姆[4]，他們雖然控訴社會，都還敬重某些東西——教會或是國家，文學或歷史，家庭習俗，鎮市，餐桌，錢幣。但是現在這一切與其他的一切全都聽到了世界末日的號角，都需要奔上去聽候裁判——基督教，法律，商業，學校，農場，實驗室，沒有一個王國，城市，法律，儀式，職業，男人或女人，沒一個不是被這新精神所威脅著。

攻擊我們的制度的種種抗議，有些也許是極端的，空想的性質，而有些改革者是傾向於理想主義。但是這又有什麼關係呢？這僅只表示惡習為害之烈，以至於將心靈趕到相反的極端。當虛妄太多，使事實與人物變成空幻的時候，學者就逃避到觀念的世界中，企圖用那泉源來滋補、充實大自然。一旦各種觀念在社會上重新樹立它們合法的權威，人生變成美麗的，詩意的，學者們就會欣然地做戀人，公民，與慈善家。

建立在別的基礎上的古老的國家，千百年的法律，一百個城市的產業與制度，不能保障不受到新思想的侵襲。革新的魔鬼有一個秘密的門通到每一個制定法律者的心裏，每一個城市每一個居民的心裏。一個新思想新希望在你胸中誕生了，你由這件事實上就該知道，在同一個時辰裏有一種新的光，照進一千個人的心裏。你願意保持這秘密——但是，你一到外面去，哪！

那裏就有一個人站在門口的台階上告訴你同樣的話。即使是最飽經風霜，磨練得非常敏銳，專門會弄錢的人，一聽見由新思想喚起的一個問題，沒有一個不畏縮，顫抖——幾乎使你驚愕得呆住了。我們以為他總有一些似是而非的理由為自己辯護，至少像他這樣的人總該是很難屈服的；然而他顫抖，逃走了。然後學者說，「城市與馬車再也嚇不倒我了；因為你看，我每一個夢想都迅速地完成了。我有過那麼一個幻想，還遲疑著沒有說出口來，因為怕你見笑——現在那掮客，那律師，那市場上的人全在說著同樣的話。我如果多等一天再說出來，我就太晚了。看哪，斯泰特街也在那裏思想著，華爾街也在那裏懷疑，並且開始預言了。」

只要想一想善良的年青人前途充塞著多少實際的障礙，我們見到社會的內層到處都在檢討惡習，就不會覺得驚奇。年青的人踏進人生的時候就發現，要找賺錢的職業那條路，被各種惡習堵死了。經商的方法演變到自私得迹近偷竊，巴結得迹近欺詐（甚至超過了欺詐的程度）。商務的運用，並不是在本質上不適於人，或者是有礙於人天賦能力的發展；但是現在它們在一般的進行過程中，都被大家心照不宣的玩忽和積習所污損了，以致我們不能夠期望一個年青人有那麼多的精力與機智在這種局面下匡正自己；他淹沒在這裏面；他在這裏面無以自拔。他有天才與美德？他更加發現他不適於在這環境內生長，如果他要在這環境裏發達，他必須犧牲一切幼年與青年時代的光明的夢想，當它們是夢想；他必須忘記他童年的祈禱，套上馬韁，從此就羈絆在例行公事與逢迎諂媚中。如果他不願意這樣，那就沒有別的辦法，只有重新開天闢地——為了得到食物，將鏟刀搠到土地裏的人，也就是重新開天闢地。當然，在這控訴裏，我們全部株連在內；只要問寥寥幾句話，問起商品怎樣從生長它們的田地裏來到我們家裏，我們就發覺我們吃的喝的穿的都是欺詐罪，偽證罪，以一百種貨品的形式出現。有多少件日用品是西印度群島供給我們的；但是據說，在那些西班牙屬的島嶼上，政府官吏的唯利是圖已經成了慣例，運到我們船上來的物品，沒有一件不是被欺詐罪玷污了的。在那些西班牙屬的島嶼上，美國人的每一個經紀人或是代理人，除非他是一個領事，都需要宣誓他是天主教徒，或是找一個神父替他聲明。主張廢除黑奴的人已經指出給我們看，我們多麼虧待了南部的黑人。在古巴島，除了奴隸制度通常的惡事之外，似乎那些蔗園裏只買男人，這些苦痛的獨身漢之間，每年十個裏面死去一個，給我們產糖。至於我們海關上怎樣審查人們的宣誓，我把這事留給熟悉內情的人去細想；我不預備查究壓迫水手的情形；我不預備窺探我們零售商業的習俗。我認為只是這件事實就夠了：我們的商業一般的制度（比較黑暗的習性除外——我希望那些是一切有聲譽的人都譴責，都不參與的例外）是一種自私的制度；不是被人性的高尚情操所指揮的；不是用互惠的正確定律來衡量的，更不是用仁愛和英雄氣概來衡量，而是用一種猜疑，隱藏，極為銳利，不是贈予而是佔便宜的制度。這一類的事不是一個人願意向一個高尚的朋友公開的；一個人在戀愛的時候，立志向上的時候，決不會喜悅地，自滿地默想著這一切；在這種時候他卻會把這些事情丟在腦後，只顯示那光輝燦爛的後果，用他花錢的方式替他賺錢的方式贖罪。我不譴責商人與生產者。我們的商業的罪惡不屬於任何階級，任何一個人。一個人採摘，一個人分配，一個人吃。每個人都參與，每個人都懺悔——脫下帽子跪下來，自動地懺悔，然而沒有一個人覺得他應當負責。他沒有創造這惡習；他無法改善它。他是什麼東西？不過是一個沒沒無聞的私人身份的人，他必須賺錢餬口。這就是這罪惡：沒有一個人覺得他應當以「人」的身份來做事，而只是人的一小部份。因此一切天真的人——他們覺得內心有一種高尚的目標，不可抑制地向上奮鬥著；他們天性的定律使他們天真地行動——這種人發現這些經商的方法於他們不適宜，他們放棄商業。這一類的例子每年都在增加。

但是你放棄商業，也還是沒有替自己洗刷乾淨。人類一切賺錢的職業與生意中都有那罪惡的蹤迹。每一種行業都有它不正當的地方。在每種行業裏，一個人有了個敏感的，非常聰慧的良心，就沒有成功的資格。每一個行業都要求幹這一行的人視若無睹，衣冠楚楚，順應環境，隨波逐流，完全泯滅了慷慨與仁愛的情操，妥協了私人意見與崇高的德行。不，更甚於此——這邪惡的習俗伸展到整個的財產制度裏，到了這樣一個地步，以致我們制定保護財產的法律，出發點似乎不是仁愛與理智，而是自私。假如有一個人不幸天生是一個聖人，觀察力很敏銳，但是具有一個天使的良心與仁愛，而他需要在這世界上謀生；他發現他自己被擯斥在一切賺錢的職業之外；他沒有田地，也無法得到田地；因為要賺到夠買田的錢，必須專心一志賺錢，換句話說，就是把自己典押給人家，押個幾年，而對於他，當前的時間是和任何未來的時間一樣地神聖不可侵犯的。當然，只要有另一個人沒有田地，我對我的田地的所有權，你對你的田地的所有權，都是有污點的。雖然這罪惡似乎已經蔓延到無法解救的地步，我們由於建立種種關係，由於妻子與小孩，由於特殊利益與債務，卻將自己牽涉在裏面，越陷越深。

諸如此類的考慮，促使許多慈善的才智的人士注意到這一點：主張將體力勞動作為每一個青年的教育中的一部份。上一代累積的財富沾上了這種色彩——不論留下多少給我們——我們必須開始考慮，如果我們放棄這宗財富，使我們自己與泥土和大自然發生基本的關係，戒絕一切不誠實不清潔的事物，我們每一個人都勇敢地用自己的手，在這世界的體力勞動中盡自己的一份責任——這樣態度是否比較高尚？

但是有人說：「什麼！你要把分工制度莫大的益處全都放棄了，叫每一個人製造他自己的鞋子，櫥櫃，小刀，貨車，帆與針？這等於使人類自動地回到野蠻時代。」我看不會立刻就有一個道德的革命；但假使有一種改革，即使我們或許會因那種改革而喪失社會上的某些享受或是便利，只要起因是由於我們相信我們務農比較容易完成我們做人的主要責任，那我承認我也不會覺得苦惱。誰不願意看見高尚的良心與較純潔的志趣對於選擇職業的青年發生一種合理的影響，減少商業，法律，政治工作競爭的人數？我們很容易看出，那不便之處只會短時期地存在。這將是偉大的作為，偉大的作為永遠能夠喚醒眾人。等到許多人都做過了這件事，等到大多數人都承認了這一切制度都需要改革，就會矯正他們的流弊，並且會重新闢出一條路來，獲得分工制下興起的種種利益，一個人又可以選擇最適於他特殊的天資的職業，用不著妥協。

現在這時代特別注意「社會上的體力勞動應由一切人員分担」的學說；但是，除了因為現在特別注重這學說，也還有別的原因（對每一個人都適用），為什麼他不應當失去了體力勞動的權利。體力勞動的功用是永遠不會過時的，而且可以應用在每一個人身上。一個人為了自身的修養，應當有一個農場或是學一種機械手藝。我們較高的才藝，我們細緻的娛樂——詩與哲學——必須以我們雙手的勞作為基礎。我們一切心靈的功能，必定要在這強暴的世界裏有一種敵對的力量，否則它們就不會生出來。體力勞動是對於外界的研究。發財的人感覺到財富的好處，承繼的人並不覺到。我拿著一把鏟刀走到花園裏，掘出一個花床，那時候我覺得那樣興奮，健康，我發現我簡直一向都在欺騙自己，剝削自己——讓別人替我做我應當自己親手做的事。而這工作不但使人健康，而且有教育意義。我只要每隔三個月簽一張支票給某某商人，就得到不知多少糖、玉米、棉花、木桶、磁器、與信紙；我要生活得舒適，這許多遠方的產物對於我都是不可少的；大自然使我需要它們，是故意要我工作，運用我的功能——難道我簽支票的動作給我的種種功能足夠的運動？是那個商人自己，和他的腳夫，經紀，製商；是水手、運商、屠夫、黑人、獵人、與種植的人，是他們擷取了糖中的糖，棉花裏的棉花。他們得到了教育，我只得到那貨品。如果我是因為不得已而不在場，忙著做自己的工作，也像他們的工作一樣，運用著同樣的功能，那就沒有關係；那我就可以信任我的手和腳；但是現在我覺得有些愧對我的樵夫，我的農夫，與我的廚子，因為他們有某種自給自足的性質，沒有我的幫助他們也可以設法過一天，過一年，但是我依靠他們；我沒有權利因運用而贏得長著手臂和腳的權利。

讓我們考慮第一個擁有財產的人與第二個之間的分別。每一種產業都有被它特有的敵人所侵害的可能，例如鐵要生銹；木材要腐爛；布被飛蛾蛀壞；食物生霉，腐臭，或是生蟲；金錢被賊偷；菓園被昆蟲破壞；栽種了的田地要生野草，被家畜踐踏；家畜要遇到飢饉；道路被雨和霜侵蝕；橋樑被洪水沖壞。無論誰佔有上列的任何幾項東西，就需要負起責任保衛它們，抵制它們成群結隊的敵人，或是保養它們。一個人如果供給他自己的需要，造一隻筏或是一隻船去打魚，很容易就可以把船上的漏縫填塞起來，或是裝上一隻槳腳栓，或是修補那舵。他隨自己的需要，取得自己所用的東西，所以這些東西不會使他感覺為難，也不至於為了照應它們使他夜間失眠。但是到了一個時候，他要把他一年年聚集的一切物品作為一筆財產，傳給他的兒子——房屋、菓園、耕地、家畜、橋樑、五金器具、木器、地毯、布疋、食物、書籍、金錢——而他收集這些物品的技能與經驗，以及它們在他自己生活裏佔有的秩序與地位，他卻無法傳給他兒子，於是那兒子非常忙碌——不是忙著使用這東西，而是照管它們，保護它們，抵制它們天然的敵人。它們不是他的工具，而是他的主人。它們的敵人決不肯放鬆一步；鐵銹、霉斑、毒蟲、雨、太陽、洪水、火，個個掠奪各自的俘虜，使他充滿了煩惱，他由主人變成了一個看守人或是一條看家狗，看守著這些舊的新的產業。改變得多麼的厲害！那父親從前有一種熟練的興致，感覺到他自身裏面有權威與豐富的機智，他又有健壯的歷練的雙手，銳利的歷練的眼睛，靈活的身體，又有一顆偉大的有力的心；大自然愛他，怕他，雪與雨，水與陸地，獸與魚彷彿全都認識他，伺候他——而現在這裏有一個孱弱的，被保護的人，四周環繞著牆壁，簾幕，火爐與鴨絨的床，馬車，男僕女僕，使他不與天地接觸，他自幼的教養使他倚賴這一切，凡是可以危及這些產業的東西都使他憂慮，他不得不花費極多的時間去守護它們，竟使他忘了它們原來的用處，那就是：幫他達到他的目的——進行他的戀愛，幫助他的朋友，崇拜他的上帝，擴大他的知識，為他的國家服務，盡量發揮他的情操；於是他現在成為所謂「富人」——成為他的財富的僕役。

所以事實是這樣的：歷史的全部利害關係都在窮人的命運上。學識、道德、權能，是人克服了他的窮困的勝利品，是人向控制全世界的進軍。每一個人都應當有一個機會，為他自己征服這世界。我們只對這種人感到興趣，斯巴達人、羅馬人、撒拉遜人[5]、英國人、美國人，他們有被窮困所吞噬的危險，而用他們自己的智與力將自己解救出來，使「人」成為勝利者。

我不想誇張這種勞動的學說；我絕對不會教每一個人都做一個編纂辭典的人，同樣地，我也不會堅持每一個人都應當做一個農夫。大體上說來，務農是最早，最普遍的職業；一個人還沒有發現自己比較適合於哪一種工作的時候，也許還是務農的好。但是農場只給我們這一個教訓：每一個人都應當與這世界上的勞作保持著基本關係；應當自己做工，即使他剛巧口袋裏有一隻錢囊，或是他自幼學習的是某種不名譽的有害的職業，他也不應該讓這些偶然性的事件離間他這種責任；為了這理由：勞動是上帝的教育；每一個人是真誠地學習著的人，只有學到了勞動的秘密，用真正的機智把大自然的江山奪過來的人，才能夠成為主人。

我也不預備塞起耳朵來，不聽那些神學家，法學家，醫士，詩人，祭司，立法者，與一般的讀書人的申辯——他們說：在他們這一類人共有的經驗裏，足夠養活一家人的體力勞動使一個人不復適於智力活動，使他沒有資格從事於智力活動。我知道往往如果有一個人本質非常好，善於吟詩悟哲，這人就不得不慇懃侍候著他的思想；為了要增加某一天的價值，使它充滿了光榮，他需要浪費好幾天的時間；適度的細緻的運動，例如在田野中漫步、划船、溜冰、打獵，比農人與匠人純粹的苦工，對他有較好的教育。我決不會全然忘記那埃及秘傳的至理名言，它說，「人有兩雙眼睛，上面這雙眼睛在觀看的時候，下面的一雙必須閉起來；上面這雙閉起來的時候，下面這雙就必須張開。」然而我要建議：一個先知如果與勞動隔離，他多少總會損失一些威力與真理；我們的文學與哲學的錯誤與罪惡，它們過分的精緻，優柔，憂鬱，無疑的全都可以歸罪於文藝者群的傷了元氣的病態的習慣。寧可一本書不要這樣好，而寫書的人比較好，比較有能力，不要像現在這樣——作者往往和他所寫的一切，成為可笑的對照。

但是我們假定說：為了要達到這樣神聖而親切的目標，必須要稍微有點休息的時間；我想一個人如果覺得自己強烈地傾向於詩歌，藝術，沉思的生活，被這些事物吸引著，專心一志，使他不能同時好好地從事於耕種工作，這人就該早早自己打算著，得要尊重這宇宙內抵償的法則，就該養成一種堅苦貧困的生活習慣，從經濟的負担裏替自己贖出身來。他的特權是這樣稀有的，莊嚴的，他應當不吝於付出一筆重稅。他應當在僧寺存身，做一個窮人，如果必須的話，還要做一個獨身者。他應當學會站著吃飯，學會領略清水與黑麵包的滋味。讓別人去管理家務，享受那昂貴的設備，大規模地款待賓客，擁有各種藝術品。他應當覺得天才就是一種款待；他應當覺得，能夠創造藝術品的人不必收集藝術品。他必須侷處斗室，按捺自己的慾望，預先警告自己，預先將自己武裝起來，抵制天才常遇到的一種不幸——享樂的愛好。這是天才的悲劇——他嘗試著沿著太陽的軌道趕馬車，套著一匹天馬，一匹地上的馬，結果只有不協調，車輛與趕車的人一同傾覆，毀滅。

每一個人都應當立下他自己的誓願，應當責問社會制度，檢查它們對他是否合適——這是每一個人的責任；倘若我們將我們的生活方式驗看一下，這責任更增加了重要性。我們的家務是否神聖的，可尊敬的？它是否將我們提高，予以靈感，還是一種牽累，使我們成為殘廢？我家庭裏每一部份，每一種作用，我在社會上的一切職務，我的經濟，我的宴會，我的選舉，我的交際，全都應當於我有益，使我堅強起來。然而這一切幾乎全然與我無關。風俗習慣代我做這些事，不給我任何權力，並且還迫使我負債。我們將我們的收入花費在油漆、紙張，我說不上來的無數瑣碎東西上，而不是花費在一個「人」的東西上。我們的消費幾乎完全是為了服從習俗。我們為了糕餅而負債；價錢昂貴的並不是智力，不是心，不是美，不是信仰。為什麼一個人要富有？為什麼他一定要有馬匹，精緻的衣服，漂亮的住宅，到公眾場所與娛樂場所去的權利？只因為缺少思想。你給他的心靈一個新的形象，他就會逃遁到一個寂寞的花園或是閣樓上去享受它，這夢想使他那樣富有，即使給他一州作為采邑，也還抵不過它。但是我們最初是因為沒有思想，所以才發現我們沒有錢。我們最初是因為耽溺於肉慾，所以才覺得一定要有錢。我們不敢專恃我們的風趣來使我們的朋友覺得我們家裏很愉快，所以我們買冰淇淋。他用慣了地毯，而我們感召不夠，不能使他在我們家裏的時候忘卻地毯這樣物件，所以我們把地上鋪上許多地毯。我們應當使這房屋成為拉塞戴門[6]的復仇女神的廟宇，對於一切都是可畏的，神聖的，除了斯巴達人，誰都不許進來，甚至於不許看。一旦我們有了信心，一旦有人附和我們，那就只有奴隸才要糖果和軟墊。花費金錢的方式將是各人獨出心裁的，英雄氣概的，我們要吃粗劣的食物，睡硬的床，我們要像古代的羅馬人一樣，住在狹小的房屋裏，而我們公眾的建築也像他們的一樣，配得上它們在風景中佔據的比例，配得上交談，配得上藝術，音樂，禮拜上帝。面對偉大的目標的時候，我們是豪闊的；只有面對自私的目標的時候是貧窮的。

那麼，怎樣補救這些缺欠？一個只學會了藝術的人，怎麼能夠誠實地取得人生的一切衣食住行的便利？要不要我說老實話？——也許用他自己的手。假定他不善於採集，製造——然而他也已經得到了內中的教訓。如果他連這一點也做不到呢？那麼他也許可以不用這些東西。此中有極大的智慧與財富。與其出太高的代價得到一件東西，還是不要的好。我們需要知道節約的意義。如果我們節約是為了一種偉大的目的，或是由於愛好簡樸，或是為了自由，為了愛，為了信仰，那麼節約是一種高尚的人道的任務，一種聖禮。我們在許多人家看到的節儉是出於卑鄙的動機，那麼節儉最好掩藏起來不要被人看見。今天吃烤玉米，使我星期日能夠吃烤雞，這是卑鄙的；但是吃烤玉米，住一座裏外只有一間的房屋，使我能夠免除一切煩憂，使我能夠平靜馴良地聽從心靈的指示，隨時準備著執行求知或聯誼的使命，這是天神和英雄的節約。

我們是否不能夠學會自助麼？社會上充滿了虛弱的人，不斷的召喚別人來侍奉他們。他們在各處都為了他們個人的舒適而籌謀，用盡我們迄今發明出來的一切享受的工具，器物。沙發，軟墩，火爐，酒，獵獲的鳥，香料，香水，馳騁，劇場，娛樂——這一切他們都想要，他們都需要，而且在這一切之外無論什麼別的，只要你想得出來，他們都渴望著，彷彿它是食物，使他們不至於挨餓；他們如果錯過了其中任何一件什麼，他們就像是世界上最被虧待的、最苦的人。一個人必須是生下來就和他們在一起，才會知道怎樣為他們博學的腸胃預備一頓飯。同時他們決不肯動一動，為別人服務；他們不是那種人！他們要給自己做的事太多了，絕對不可能做完；他們也從來不覺得他們的生活是一個殘酷的笑話；而他們變得越可憎，他們抱怨與渴想的聲調越尖銳。倘若我們只需要很少的東西，並且自己供給自己的需要，好留下些許給別人，而並不永遠是迅速地搶奪著——有比這更高雅的事嗎？自己供給自己的需要，比豪闊的享受更為高雅；也許現在有少數人認為是不高雅，但是永久地在一切人看來是高雅的。

我並不提倡荒誕可笑的迂腐的改革。我並不想對我四周的一般情形批評得太過分，使我不能不自殺，或是與文明社會的一切利益完全隔離起來。如果我們突然堅決地說：我若是不能確定一樣食物或衣料是來歷清白的，我決不吃它喝它穿它；我決不與任何人來往，除非他整個的生活方式是純潔的，合理的——那我們只好站住不動。誰的生活方式是完全無罪的，合理的？我的並不是；你的也不是；他的也不是。但是我想我們必須為自己剖白，每個人都得回答這問句：我們有沒有將自己的精力真摯地獻予公眾的福利，賺來我們今天的食物？同時我們必須不斷地從事於矯正那些昭彰的過失，每天擺正一塊石頭。

但是現在開始激動社會的那種思想，範圍很廣，不限於我們的日常工作，我們的家庭，與財產制度。我們需要修正我們的社會構造的全部，國家，學校，宗教，婚姻，商業，科學，在我們自己的天性中發掘它們的基礎；我們要使這世界不但適合過去的人，而且適合我們；每一種習俗，如果它沒有在我們自己的心靈裏扎根，都必須掃除掉。一個人是為什麼而生的？不過是做一個改革者，將人所造成的東西重新創造過；否認謊言；恢復真理與善；模仿那擁抱一切的大自然，它是從不在它悠遠的過去上停留片刻，而是時時矯正它自己，每一個早晨都給我們一個新的日子，在每一個脈搏裏都給我們一個新生命。他應當否認一切他認為不真實的東西；應當將他的一切行為都追溯到它們原來的命意裏；應當不做一件不是為全世界著想的事。即使我們因為已經使自己變得這樣衰弱，殘廢，以致可能遇到阻礙與所謂「毀滅」；然而，為了要將日常的行為與神聖的神秘的生命深處重新聯繫起來，因之而遭滅頂，那是像在馥郁的馨香中悠然地死去一樣。

一切對於改革方面的努力，都有一種力量作為它的發條，同時也是它的調整器——這力量就是一種信念：相信人性中有一種無限的美德，可以應命運而生，相信一切個別的改革全都是移去某種障礙。我們最高的責任豈不是在自己身上保持「人」的尊嚴？我不應當讓任何大地主在我面前覺得他是富有的。我應當使他覺得我沒有他那些財產也過得很好，覺得我不能被他收買——用舒適也買不到我，用自傲也買不到我——我即使是完全赤貧，從他手裏接過食物來，也要使他覺得他和我比起來也還是個窮人。如果同時有一個女人或小孩發現一種虔誠的情操，或是一種比我更公正的思想，即使它將我整個的生活方式都改變了，我也應當以敬重與服從來表現我的欽佩。

美國人有許多美德，但是他們沒有信心與希望。我不知道還有哪兩個名詞比這更是失去了意義。我們使用這兩個名詞，就彷彿它們和「賽拉」與「阿門」一樣的陳腐。然而它們有極廣闊的意義，可以極確實地適用於今年的波士頓城。美國人很少信心。他們倚賴金元的能力；感情豐富的言語他們完全聽不進去。他們認為要提高社會，就像是要說服北風使它不要吹——不見得比後者更容易；而沒有一個階級比學者或是智識階級更沒有信心。我如果和一個真摯的智慧的人談話，而他是對我友善的，或是我和一個詩人談話，和一個有良心的青年談話——他年紀輕，仍舊被自己野性的思想支配著，還沒有套上籠頭，成為社會的馬匹，和我們一同拖著馬車在習俗相沿的溝道裏奔走——我立刻可以看出現在這一代缺少信心的人是多麼鄙陋，他們的制度多麼靠不住，等於紙牌搭的房子，我也可以想像一個勇敢的人和一個偉大的思想實施以後可能有多大影響。我看出那講求實際的人不信任一切理論，是因為他不能夠洞察我們工作的時候使用的工具。「看哪，」他說，「看這些器具，你要用它們創造你們那世界。我們用最好的木匠或工程師的工具，加上化學家的實驗室與鐵匠的鎔爐，也無法製造一顆行星，上面有空氣，河流與樹林——同樣地，我們也可能用愚蠢，病態，自私的男女（我們知道他們是愚蠢，病態，自私的）來製造你們嘮叨地說個不完的天堂似的社會。」但是有信心的人不但認為他的天堂是可能的，而且已經開始存在了——組成那社會的人不是被政治家操縱的人與材料，而是被正義將他們美化，提高了的人們。在正義的面前，可能另有一種力量，超過一切權宜的力量。

在這世界的歷史裏，每一個偉大的有威力的時代的產生，都是由於某一種熱誠得到了勝利。在穆罕默德之後的阿拉伯人的勝利就是一個例子。他們在寥寥幾年內，從一個微末的卑賤的開端，建立了一個比羅馬帝國更大的帝國。他們做出這樣大事，而自己都不知道自己在幹些什麼。峨瑪王[7]的手杖，看見它的人比看見別人的刀還害怕。他的食物是大麥製的麵包；他的調味品是鹽；他常有時候為了齋戒，吃麵包不擱鹽。他的飲料是水。他的宮殿是泥土築成的；他離開麥蒂那，去征服耶路撒冷的時候，騎著一匹紅駱駝，鞍上懸著一隻木製的碟子，還有一瓶水與兩隻口袋，一隻裝著大麥，另一隻裝著風乾的果子。

但是在我們的政治上，我們的生活方式上，博愛的情操不久就要漸露曙光，比那阿拉伯人的信仰更為高尚，這是唯一的補救一切邪惡的良藥，大自然的萬應仙方。我們必須要愛別人，而那不可能的事情馬上變成可能的。我們的時代與歷史，這幾千年來，不是仁愛的歷史，而是自私的歷史。我們相互不信任的代價非常昂貴。我們花費在法庭與監獄上的錢是非常不值得的。我們因為不信任別人，所以造成了那竊賊，那強盜，那放火的人，然後我們用我們的法庭與監獄來使他們終身做賊，做強盜，做放火的人。一切的基督教國家如果都接受博愛的情操，只要幾個月的工夫，就可以使那罪犯與無賴漢流著淚到我們這裏來，貢獻他們的能力為我們服務。你看這些勞動男女的廣闊社會，我們讓他們伺候我們，我們不和他們同住，在街上遇見他們的時候甚至於也不招呼。他們如果有才能，我們也不理會；他們運氣好，我們也不感覺喜悅；我們也不培養他們的希望，也不在人民的集會裏投其所好。所以自從這世界奠定基礎以後，我們就扮演著那自私的貴族與國王的角色。你看，這棵樹永遠結出同一個果子。在每一個家庭裏，傭僕的惡意，機詐，懶惰，離間，毒害了一對夫婦間的和平。任何兩個主婦碰到一起，你觀察她們的對話多麼快地就轉入這個話題：她們的傭人引起的麻煩。在一群勞動者之間，一個富人總覺得空氣不大友善——而在投票處他們排列起來成為一個明顯的集團，與他對抗。我們抱怨說群眾的政治是被有野心的人操縱著，為了他們自己的利益，領導群眾與公理及公共福利為敵。但是人民並不願意要愚昧卑鄙的人做他們的代表，或是統治他們。他們選舉這些人，僅只因為這些人用仁慈的聲音與外表來請求他們的支援；他們不會長期地選舉他們的，他們寧願要機智的正直的人——這是必然的。借用一個埃及的比喻，他們不願意長期地「抬高野獸的爪甲，撳低聖鳥的頭。」如果我們的愛情流向我們的友伴，它能夠在一天之內發動最偉大的革命。你要整頓那些制度，用太陽比用風好。國家應當顧到窮人，所有的聲音都該為他說話。每一個小孩一生下來，都應當有一個公平的機會可以有飯吃。我們改善那些關於財產的法律，應當是出於富人的讓步，而不是由於窮人的搶奪。我們開始的時候可以養成一種習慣，總把東西分給別人。我們要了解，公正的規則是：沒有一個人該拿得比他的一份更多，無論他多麼富有。我需要感覺到我應當愛別人。我為了自己的益處，需要使這世界變得好些，而這件事情本身應當就是我的報酬。仁愛會給這疲乏的老世界換上一副新的面容；在這世界上，我們像異教徒與仇敵一樣地生活得太久了；政治家的手腕是毫無益處，陸軍與海軍，與防線都是無用的，這一切都將要作廢，由仁愛——這手無寸鐵的小孩——來代替，使人看了心裏溫暖起來。仁愛不能夠走進去的地方，它能夠爬進去，它能夠在人不知不覺中做成這件事——因為它是它自己的槓桿，支柱與力量——暴力是決做不到的。你沒看見過麼，在樹林裏，在一個深秋的早晨，一朵可憐的菌或蘑姑——這種植物是一點也不堅實的，不，簡直看著像一團粉糊或是凍子——它專靠它那不停的推擠，柔和得不能想像的推擠，竟能夠打出一條路來，穿過那凝著霜的土地，而且真的頭上頂起一塊堅硬的地殼。這是仁愛的力量的象徵。這條原理在人類社會裏能夠應用到極大的利害關係上，然而它那效力現在是被認為過時了，被忘懷了。在歷史上有一兩次，在著名的實例裏，它曾經被試用過，得到顯著的成效。我們這龐大的，蔓延過度的，而現在是名存實亡的基督教界，至少仍舊紀念耶穌的名字，而他是一個愛全人類的人。但是有一天一切人都要愛全人類；每一種災禍都將要消融在普照的陽光裏。

你肯不肯讓我在這「人——天生是改革者」的畫像上再添一筆？一個人要使心靈的世界與現實的世界協調，就應當有一種偉大的，有先見的深謀遠慮。一個阿拉伯人這樣描寫他的英雄：

在冬季裏，
他是陽光；
而在仲夏，
他是陰涼。

一個人如果要幫助他自己，幫助別人，他就不應該被不規則的，間斷的為善的衝動所支配，而應當做一個有自制力的，持久的，不可動搖的人——我們曾經看見過這樣的人，有這麼幾個，散佈在上下幾千年裏，降福於世界；這樣的人，他們天性裏有一種沉著的性質，相等於磨坊裏的飛輪，將動作平均分佈到一切輪盤上，不讓它失去調節，而發生破壞性的震盪。快樂應該攤開來，罩滿整個的一天，或為一種力量，而不要集中起來成為狂喜，充滿了危險，而且隨後就有反應作用。有一種崇高的審慎，那是我們所知道的人性中最高的一種；它相信一個龐大的未來——確信將來的比眼見的要多得多——永遠認為整個的生命比目前一刻更重要，稟賦比才幹重要，人格比結果重要。正如商人欣然地從他的收入裏取出錢來，加到他的資本裏，偉大的人也非常願意喪失個別的能力與才幹，使他能夠在提高他的生命力方面進益。心靈的知覺一旦開放，人們就永遠願意作更大的犧牲，放棄他們顯著的才能，以及最能幫助他們獲得目前的成功的工具與技巧，還有他們的權力與他們的聲譽——將一切都丟在腦後，因為他們渴望與神靈交通，永遠沒有滿足的時候。有一種更純潔的聲名，有一種更偉大的能力，作為這犧牲的酬報。這是我們的收穫又化為種子。正如農民將他最好的稻穗種到地裏去，將來有一個時候，我們也不吝惜任何東西，而會熱心地將我們現在所有的一切——甚至於比這更多的——都換成工具與能力，那時候我們情願將太陽與月亮也當作種子播種。

1：Herrnhutters，摩拉維亞教徒派之一，於一七二二年受迫害時期移植德國赫恩赫特，故名。

2：John Knox（1505～1572），蘇格蘭人，宗教改革者。

3：John Wesley（1703～1791），英國教士，監理會（即美以美會）之始創者。

4：Jeremy Bentham（1748～1833），英國哲學家及法學家。

5：Saracens，中世紀歐洲人對信奉回教的阿拉伯人的稱呼。

6：Lacedaemon，即斯巴達。

7：Caliph Omar（581～644），回教第二代教主。

三　保守黨

（一八四一年十二月九日在波士頓共濟會〔Masonlo Temple〕發表的演說）

將一個國家分為兩部的這兩種政黨——保守黨與革新黨——都是非常古老的，自從開天闢地以來就爭論著這世界是屬於誰的。這場吵鬧是一切國家人民史的主旨。保守黨建立了遠古的世界裏最可尊敬的政治體系與君主政體。貴族與平民之間的鬥爭，祖國與殖民地之間，舊的習俗與適應新事實之間，富人與窮人之間的鬥爭，在一切國土與時代裏不停地重新出現。這戰爭不但在戰場上進行，在國會與宗教會議裏進行，而且時時刻刻擾亂每一個人的心胸，爭一日之短長。同時那古老的世界繼續滾動著，這兩黨此起彼伏，戰鬥依然一如當初的進行著，用著新的名義與激烈的人物。

這樣一種無法和解的對立，當然一定是在人性裏也有一種相等的根深柢固的來源。它是過去與未來的對抗，回憶與希望，了解與理智的對抗。它是最原始的對立，在瑣事中表現出來的天性中的兩極。

有一個古老寓言的片段，不知道它怎樣被人從流行的神話裏刪削掉了；它彷彿與這題目有關，也許值得注意。

薩騰神（Saturn）覺得厭倦了，獨自坐在那裏，只有那偉大的尤雷納斯神（Uranus）在那裏看著他，此外什麼人都沒有。於是他創造了一隻牡蠣。然後他想再做點事情，但是他沒有再製造什麼，而繼續製造牡蠣的種族。然後尤雷納斯神叫喊著，「呵，薩騰，來一個新的作品！老的不好了。」

薩騰回答說，「我害怕。不但有製造與不製造這兩條路可以選擇，還有破壞。你看見這大海吧，看它怎樣漲潮退潮；我也是這樣；我的能力減退了；如果我伸出手去，我並不製造，卻會破壞。所以我做我曾經做過的事；我保住我已有的東西；我用這方法來抵抗黑暗與混亂。」

「呵，薩騰，」尤雷納斯回答，「你必須再多製造些，才能夠保住你自己的東西。你的牡蠣就像螺螄與蚌殼，下次潮來的時候牠們將要變成石子與海水的泡沫。」

「我明白了，」薩騰這樣答覆，「你是黑暗的同黨，你成了一隻毒眼，被你看一看就有災難；你從前發言是出於友愛；現在你的言語打擊我，充滿了仇恨。我要向命運呼籲：難道不能夠有休息的時候麼？」

「我也向命運呼籲，」尤雷納斯說，「難道不能夠有動作麼？」

但是薩騰沉默著，繼續製造牡蠣，造了一千年。

然後，尤雷納斯的話像一線陽光似地射入他的心靈，於是他造了天神裘辟忒（Jupiter）；然後他又害怕了；於是大自然凍結了，製造出來的東西住後退；為了拯救這世界，裘辟忒殺了他父親薩騰。

這可以當作一個保守黨與急進黨談論政治的對白的最早的記錄，傳到我們這時候。永遠是這樣的。這是向心力與離心力的反作用。革新是活躍的力；保守主義是停頓在上一個運動上。

「現存的東西全是上帝創造的。」保守主義說。「他已經離開那個了，他正在走進這一個。」革新這樣答覆著。

保守主義的議論總有一種卑鄙的成分，而參有相當的事實上的優勢。它肯定，因為它佔有。它的手指抓住事實，而它不肯張開眼睛來看一個更好的事實。保守主義需要護衛的保壘是現實，不管是好是壞。革新思想所計畫的是最好的情形，能多麼好就多麼好。當然保守主義在辯論中總是吃虧的，它永遠在道歉，聲稱這是必須的，聲稱如果改變一定變得更壞，它必須馱著社會上堆積如山的暴行與罪惡，必須否認善是可能的，否認種種觀念，懷疑先知，用石頭擊斃他；而革新思想是站在對的一面，永遠是勝利的，永遠在進攻，並且確定可以得到最後勝利。保守主義的基礎是：人自己承認能力有限。改革的基礎是：人分明是前途無量。保守主義的基礎是環境，自由主義的基礎是力量。前者的目的是製造社會體制內幹練的一員；後者卻認為和人自身比較起來，一切都屬次要。保守主義是文雅的，善於交際的；改革是個人主義的，專橫的。我們在春天與夏天是改革者，在秋天與冬天我們擁護古老的東西；在早晨是改革者，在夜裏是保守者。改革是肯定的，保守主義是否定的；保守主義企圖得到舒適，改革企圖得到真理。保守主義比較肯坦白地承認別人的價值；改革比較傾向於支持推進自身的價值。保守主義不作詩，不祈禱，也沒有新發明，它完全是回憶。改革不知道感恩，不審慎，不節儉。你的腳向前邁進或是向後退，於你的體態與思想有很大的影響。保守主義永遠不向前邁進；一旦它向前邁進了，它就不是法制，而是改革了。保守主義傾向於普遍地注意外表，不忠實，因為它相信一個否定性的命運；它相信人們是被他們的脾氣所支配的；相信我自己信任正義是沒有用的，正義會辜負我，我必須稍微從權妥協一下；它不信任大自然；它以為有一種通常的定律並不適用於個別的情況——適用於一切人的定律，然而並不適用於任何人。改革則是處於敵對的地位，傾向於愚頑的抵抗，像驢子似的用蹄子踢人；結果流為自大，自命不凡；流為一種沒有內容的抱負，流為不自然的精鍊與提高，結果成為假道學，與肉慾的反激作用。

因此我們可以肯定地說：一般地說來，這兩個抽象的敵人，每一個都是很好的半個東西，但是作為一個整體，卻是不通的。每一個人都暴露另一個的弊病，但是在一個真實的社會裏，在真實的人性裏，兩個都需要聯合起來。大自然決不將讚許的皇冠——就是「美」加在一件動作，一個典型，或是一個做事的人的頭上，除非它把這兩種原素合在一起；不是那千年萬代抵抗著波浪的岩石，也不是那不住鞭打著岩石的波浪；具有最崇高的美的是那橡樹，它站在那裏，用它的一百隻手臂抵抗著一百年來的風雨，而仍舊像一棵小樹一樣地每年生長著；或是那條河，永遠流動著，而千年萬代仍舊在同一河床裏；而最偉大的是那人，在大自然的變遷中已經生活了若干年，卻超過了他自己，因此你若是記得他從前是怎樣的，再看見他現在的情形，你會說：多麼大的進步！多麼大的分別！

大自然徹頭徹尾是這樣的：在每一個生物裏，過去與現在都合併在一起。蚌殼上每一條迴旋的紋路，每一個結節與棘狀的突起物都是這種魚類多活了一年的標誌；在某一個季節內曾經是這蚌殼的嘴，而因為這動物生長著，加上了新的物質，就成了一個裝飾性的結節。今年夏天的植物只製造出一些樹葉和一層柔軟的木殼；但是那堅實的圓柱形的樹幹——是它把那一層層枝葉舉到空中，吸引我們的眼睛，讓我們在它的綠蔭下乘涼——那樹幹是死去的埋葬了的歲月贈予我們的，遺傳下來的。

在大自然裏，既然這兩種原素同是永遠存在，那麼兩種學說同是有一種天然的理由支持它們。我們如果站在「必須」的立場上，或是站在「倫理」的立場上，我們還是擁護保守黨，還是擁護改革者？如果我們從歷史的觀點看這世界，我們就會說：現在的時代與情況是一切時代累積的結果；這是迄今擲骰子擲出來的最好的點子，再好是也不可能了。如果我們從「意志」的一方面看來，或是從「道德的情操」方面看來，我們將要控訴「過去」與「現在」，而要求「未來」做那做不到的事情。

這雙層事實在真正的天性裏這樣聯合在一起，而且聯合得這樣緊密，以至於一個人內心裏這兩種原素如果不是同時工作著，他就不可能繼續生存。雖然如此，然而人不是哲學家，而是相當愚笨的兒童，因為他們有偏見，他們用最荒誕可笑的態度觀看一切，而且永遠被距離最近的物件所欺騙。就連哲學家，也沒有一個是經常地是個哲學家。我們的經驗與我們的觀察都被我們部份地繼續不斷地吸收進去的所制約，這就是說，每次吸收進去的真理都夾雜著一些虛偽的東西。我們的訓練既然永遠是用這種方式，我們必須承認這一點，容許人們照他們過去六千年來的方式學習，一次學會一個字；容許人們雙雙對對組成瘋狂的政黨，交互學習對方所知道的一點真理，而否認相等數量的真理。因此，在目前，我們要得到一切可能得到的真理，必須要聽這兩個政黨以政黨的身份來辯論。

保守黨最大的優點，雖然不能夠詳細地表現出來，卻使一切人都感到尊敬；這優點就是必然性。不但有人要問保守黨怎樣為自己辯護，而且還要問他為什麼一定要這樣說。有什麼無法克服的事實將他束縛在這一邊？這事實就是人們稱為「命運」的東西，不同程度的可怕的命運，命運後面的命運；我們認為「良心」命令我們做這樣，做那樣，但是仍舊無法擺脫命運，使我們不能不問，人的才力是否會效忠於他，抵抗一切人都經驗到的事實？因為良心的命令雖然在本質上是絕對的，在歷史上卻是有限制的。智慧的人並不要求呆板的公正，而是一種有益的公正，那就是說：是有條件的；是人的能力與事物的構造都許可的。那改造者，那黨員，他將某種特殊的正當行為推到極端，於是他迷失了自己，以至於他自己的天性與一切人的天性都抗拒他；而智慧的人決不嘗試太大的而與他的能力不相稱的事，也不嘗試不會做的，或是差不多會做的事。我們對於改造，都有一種了解或是預感，在我們的心靈裏存在著，但是還沒有吸收到個性裏去；盲目地依憑這一點的人，勢必要迷失了自己。他們往這方向做去的一切嘗試都會失敗，而且帶自殺性質地反擊到做這事的人的身上。這是超越了大自然的懲罰。因為這存在著的世界並不是一個夢，也不能夠將它當作一個夢而不受懲罰的；它也不是一種疾病；它是你站立在上面的土地，它是生你下來的母親。改造所交接的有各種可能的事物，偶然也有不可能的；但是現在的情況是神聖的事實。這些事實也一度曾經是真理，否則也不會有它；它裏面曾經有過生命，否則它也不會存在；它裏面現在還有著生命，否則它也不會繼續下去。你的計畫也許能實行，也許不能；然而這現存的事實是大自然贊同的，與各種自然界的力量都有悠久的友誼與同居的歷史。這個將要繼續存在，除非骰子擲出更好的點子來。「未來」與「過去」的競爭是正要進來的上帝與正要離去的上帝，兩者之間的競爭。我們歡迎你來進行你的試驗，如果你能夠的話，用你所宣佈的那理想與共和國來代替現存的制度，因為只有上帝才能逐出上帝。但是顯然地，提出證據的責任應當落在發起人身上。在你能夠證實某種更好的意見之前，我們保持我們現在的見解。

財產與法律的制度的來源，可以追溯到野蠻的神聖的時代；它像礦物或是動物的世界一樣，是同一個神秘的原因結出的果實。我們天性中有一種情操，一種先入之見，偏愛古老的一切，愛祖先，愛野蠻與原始的習俗；它們本來具有一種必要與神聖的因素，我們是向這種因素致敬。尊敬地方與山川的古老名字，這是非常普遍的。印第安與野蠻的名字倘若更換了，總像損失了一些什麼。古人告訴我們說，諸神愛伊西峨比亞人[1]，因為他們的風俗經久不變；埃及人與迦勒底人[2]——他們的來源是查考不出的——希臘與義大利後起的民族將他們當作神聖的國家。

而且現存的社會制度的基礎這樣深，它把一切人都包括在內，一個也不遺漏。我們也許有偏見，但是命運並沒有。一切人都在裏面生了根。你儘管不贊成社會的措置——你甚至於情願擾亂一切人，改造社會，明知也許會喪失現存著的不可否認的善，但是情願冒這個險，為了要有個機會可以得到更好的東西——然而你生活在這社會裏，在這裏活動，你整個的人都在裏面，所以你的言行都是矛盾的。你不用地面的抵抗力，就不能夠從地面上跳躍；不從岸上推一把，也不能將船划到海裏去；不拒絕職責，也就無法得到自由——同樣地，你必須利用事情的現實情形，方才能夠不用它；你必須照它的樣子生活，一方面希望能夠消滅它的生命。「過去」替你烤熟了麵包，它的麵包給你長了力氣，使你能夠打破它的灶。但是你自己的天性背叛了你。你也是保守黨員。不論人們樂意稱他們自己為什麼，我只看見一個保守黨。你不但在你的需要上和我們一樣，而且在你的方法與目標上也和我們相同。你不贊成我的保守主義，目的卻是要造成你自己的保守主義；它的出發點是新的，但是有同樣的經過與結局，同樣的磨難，同樣的熱情；熱愛新事物的人，我觀察到他們對於最新的東西有一種妒忌，叛教的人認為背叛他的人也和教皇一樣地該下地獄。

根據上述的理由，與一般說法類似的理由，保守主義是根深柢固，沒有被廢除的危險。尤其是它對於個人有一種吸引力，在這一點上，革新者必須承認他的弱點，必須承認沒有一個人是夠善良的，可以有資格稱為正義的戰士。但是這偉大的傾向一旦發生實際的衝突，被年青人挑戰——對於年青人，它並不是一種抽象的觀念，而是飢餓，困苦，沒有進取的機會的事實——這時候必定顯出它是有害的。當然，年青人生來就是革新者。他站在那裏，他新近才生到地球上，他是向整個宇宙乞食的人；我們可以說，一切事物的理由都是袒護他的。他最初考慮到怎樣餵飽自己，給自己穿上衣服，使自己暖和，這時候他就在各方面得到警告，說這樣那樣東西都是有主人的，他必須到別處去。然後他說，「如果我是生在地球上的，我的一份呢？這世界上的紳士們：請你們指點給我看我的小樹林，我可以在哪裏砍木材，我的田地，我可以在哪裏種穀子，我的愉快的土地，可以在哪裏造我的小屋。」

「你敢碰一碰任何樹林，或是田地，或是造房子的空地，你就要遇到危險了，」這世界上一切的紳士都叫喊著，「但是你可以來我們這裏工作，為我們工作，我們會給你一塊麵包。」

「那危險是什麼呢？」

「刀與鎗，如果我們當場抓住你；監禁，如果我們事後找到你。」

「誰給了你們這權力，仁慈的紳士們？」

「我們的法律。」

「你們的法律──它是公正的麼？」

「反正它對你也和從前對我們一樣。我們遵守這條法律為別人工作，這樣我們才得到我們的土地。」

「我還要問：你們的法律是公正的麼？」

「不是絕對公正的，然而是必須的。而且，它現在比我們誕生的時候公正些了；我們把它改得溫和了些，而且比較平等。」

「我不要你們的法律，」那青年回答，「它妨害我。你們的法律有那麼許多無用的書，我不能夠了解，也沒有工夫去讀它。大自然已經給了我夠多的報酬與嚴厲的懲罰，阻止我犯罪。我也像古代的波斯貴族，我要求『不命令別人也不服從別人。』我不想加入你那複雜的社會制度。我能夠為誰服務就為誰服務，能為我服務的人就為我服務。我要尋找我愛的人，遠避我不愛的人；除此之外，你們那些法律還能給我些什麼？」

擁護這制度的人，他也是一個有許多美德的人，他以同樣的懇切的信實的態度答覆這原告：「你的反對是愚妄的，而且太微妙了。年青人，我沒有那口才和你辯駁，但是你看我；我起早睡晚，誠實地，苦痛地操作了許多年。我從來做夢也沒想到什麼演繹法，歸納法；我努力操作，我所有的東西都是我做苦工賺來的；不是騙來的，也不是靠運氣，而是靠工作；你也需要拿出點證據來給我們看（也像這些鐵硬的事實一樣），證明你自己的忠實與勤勞，否則我決不會單憑幾句漂亮的話，就讓你騎著馬衝進我的產業裏，當它是你自己一樣的播種。」

「現在你觸及事情的中心點了，」那改革者回答，「我向你那忠實勤勞的品性致敬。我還沒有受過考驗，我不配責問你的生活方式。但是我必須告訴你我為什麼不能走你這條路，否則我這人更是沒有價值了。我發現這巨大的網——你所謂產業——展開在整個的地球上。我即使佔用某窮山峻嶺最荒涼的巖石，也會有一個人或是公司走上前來，向我指出這是他的。我雖然是非常安靜和平的人，而且現在既然看上去似乎上帝創造我是一個錯誤，把我送錯到地球上來，這裏所有的座位都坐滿了，為我自己設想，也很可以死掉——然而為了我們天賦的理性（我代表這理性），我覺得是我的責任，應當向你宣佈我的意見：如果這地球是你的，它也是我的。對於我，你們所有的生命聚集在一起，在事實上還不過我自己的生命；我既然生在地球上，這地球也就是給了我的，我所要的一部份是我的，可以用來耕種；我也不能不要求我應得的權利，否則我是卑怯。我不是僅僅有一個姓名就能夠活著，我必須生活。我的天才使我建立另一種生活，與你們任何哪一種都兩樣。因此我不能把整個的世界都讓給你們。我只有更愛你。我必須把真理切實地告訴你；然後把你說是你的東西奪過來。這是上帝的世界，也是我的；你要多少，就是你的；我要多少，就是我的。而且，我知道你的脾氣；我知道這疾病的徵候。一息尚存，你一定要竭力為這欺騙你的謊言服務。你的需要是一個深坑，即使你佔有了這廣闊的世界，也還填不滿它。那邊天上的太陽，只要你能夠，你也想把它摘下來，不復照耀在宇宙間，而使它成為私人的產業；月亮與北斗星你也很快地就會用得著它們，掛在你的便所與寢室裏。你不要用的東西，你就渴望用它作為裝飾；有些東西並不能夠使你更舒適，然而你因為驕傲，卻不肯放棄它。」

在另一方面看來，人們為英國的憲法辯護，說它雖然有些大家公認的弊病，例如腐敗的自治市邑，壟斷專利，然而它很有效用，也不知道它用的是什麼方法，反正結果它大體上是公正的；有智慧有價值的人確是選入了議會；每一種行業確是有代表出席——不論他們的當選是憑正義還是勢力還是權術。同樣地，人們也為現存的一切制度辯護。它們不是最好的；它們不是公正的；而對於你，呵，勇敢的青年！就你個人而言，它們實在是不公平的。它們確實是一畝地也沒有留給你，也沒有法律，除了我們的法律——而當初制定這法律的時候你並沒有參與。但是這些制度確是有用處，它們實在是對好人友善，對壞人仇視；它們援助勤勞的仁慈的人；它們培養天才。它們確是有極大的伸縮性，因之在大體上也給你的才能與個性相當好的表現與成功的機會；一如完全沒有法律，沒有財產，你所能得到的機會。

你若是說什麼也沒給你，沒有配備，沒有補助，你這話是太淺薄了，而且僅僅是執迷不悟；因為在這「信用」制度裏——這制度是極普遍的，只要一個人的面相看上去是誠實的，彷彿他前途有希望，往往就有人信任他——一個年青的冒險家，他旁邊永遠有些人願意供給他麵包、土地、工具、設備。如果他們在任何一方面有些缺點，你看他們做了多少善事作為補償。他們沒有耽擱時間，也沒有省錢，收集了圖書館，博物院，美術陳列館，大學宮殿，醫院，天文台，城市。過去的時代並沒有偷懶，國王們也沒有懶怠，富人們也沒有吝嗇。我們唯一的罪名就是：不給你土地所有權——其實那也並不怪我們，我們也是沒有辦法——現在我們用這祖傳的國家的財富作為豐厚的賠款，難道還抵補不了我們那小小的過失？難道你寧願像個吉普賽人一樣，在矮樹叢裏生下來；寧願在草莽中自由自在地生活著，在整個地球上漫遊著，而地球上連遮蔽太陽與風的草棚和叢林都沒有——你寧願那樣，而不要這有高塔有城市的世界？羅馬、曼菲斯、君斯坦丁、維也納、巴黎、倫敦、紐約的世界？那不勒斯、佛羅倫斯、威尼斯，都是你的；美麗的地中海，陽光燦爛的亞德里亞海，都是你的；東印度西印度都向你微笑；北方熱誠地招待你，在北極圈下大開著它溫暖的宮殿；地面上為了你闢出路來，四通八達；一群群的船隻，等於水上宮殿，每一種安全設備，每一種享樂的裝置都齊備，用帆或是用蒸氣，在這世界上一切的水面上游泳著。為了你，每一個島嶼上都有一個城市；每一個城市裏都有一個旅館。雖然你生下來是沒有田地的，你只要勤勉，節儉，向制定的習俗略微謙遜一些，就有幾十個僕人挨挨擠擠在每一個陌生的地方向你脫帽，屈膝，聽候吩咐；豈止幾十個，幾百幾千，照料你的衣服，伺候你吃飯，打掃你的房間，整理你的書齋，陪伴你消遣；你的每一個狂想都有人先意奉承，每一個國家一切人民裏能力最高的人為你服務。國王坐在寶座上，為你治理國家，審判官為你審判；律師為你辯護，農民為你耕種，木匠為你揮動釘鎚，郵差為你馳騁。有人保證這些實際上的利益全是屬於你的，你卻堅持著要人家正式承認你的要求，豈不是將一件小事過分誇張了？現在你的孩子們可以受教育，你的勞動可以使他們得到益處，你死了以後，你的勞動的果實穩是屬於他們的。你沒有一塊數學測量出來的田地，你就說你沒有田。這是輕率的見解。天道照應你，總使你有地方住，有人等候你，也給了你使命；一旦你把你的才能使用出來，看你表現得好或壞，你就會得到相等的田地，或是田地的代價——田地，如果你需要田——田地的代價，如果你不願種田，寧願繪畫，或是彫刻，或是製造皮鞋或車輪。

並且，你認為社會害了你，但是你的憤怒也許會沖淡一些，如果你時刻記得這問句：社會怎樣落到這個地步的？是誰將事物安置在這錯誤的基礎上？不是任何一個人，而是一切人。不是任何人自動地，故意地這樣做；這是地球上的文明發展到了一個程度必有的結果。一切秩序的好壞，都以人民的品性的好壞為轉移。這些秩序，我們可以當它是一種偉大仁慈的進步的必然性所造成的，那種必然性從第一個動物的脈搏初次跳動以來，直到現在最好的國家的高級文化，已經進步到了這一個程度。你應當感謝你那粗野的繼母，她教給你比她自己更大的智慧，使你心裏有了許多希望，再下一個時代這些希望就要成為歷史了。你自己也是產生於這種生活方式，這醜惡的妥協，這被咒罵的萬惡的城市；它曾經愼重地愛護地養大了你，它也曾經養大了許多愛好正義的人與許多詩人，先知，與人類的導師。它是壞到不可救藥的麼？而且，你只要想到那麼些使情況緩和的補救方法，豈不就覺得一切的害處實際上等於不存在？那形式是壞的，但是你是否看見每一個人的個性都向那形式起一種反應，使它變成新的？一個堅強的人使法律與風俗在他自己的意志之前統統變成無效。然後，愛與真理的元素在時髦與富有的人們最最壁壘森嚴的宮廷裏重新出現了。即使是歐美貴族精選的小圈子裏最孚眾望的人，在他那最華貴的衣服下面，一顆堅強的心必定會為了愛人類，為了不能忍受偶然的區別，為了完成它自己的命運而跳動，使它的一切粉飾都成了可靠的，真實的。

而且還有一層：我們已經指出，沒有一個人是純粹的改革者，同樣地我們也許可以說，沒有一個人是純粹的保守黨，沒有一個人是一生自始至終擁護那些有弊病的制度；儘管一個人板著臉反對每一種新奇的事物，然而你在傾心吐胆的會談裏向他提起這些事來，如果在座的都是些友善的寬大的人，他也有他的慈悲的寬容的一剎那，暫時擁護人道；即使這不過是一個短暫的感情衝動，但是他在單獨一個人的時候對於它的回憶，減輕了他的自私與他服從風俗習慣的程度。

柏納德神父在賽尼山上他的斗室裏嗟嘆人類的罪惡，有一天早晨，天還沒亮，他從他的青苔與乾枯的樹葉鋪成的床上起來，咬嚙了他的草根與漿果，喝了泉水，出發到羅馬去改革人類的腐敗。在路上他遇見許多旅行的人，都很有禮貌地向他招呼，農民的小屋與貴族的堡壘都供給他的寥寥幾件必需品。當他終於到了羅馬的時候，因為他是虔誠慈善的，很容易地就有人把他介紹到許多富人的家庭裏去。第一天，他看見一些溫柔的母親抱著嬰兒在那裏哺乳，他和她們談話，她們告訴他她們多麼愛她們的孩子，每天她們散步的時候總感到困惑，唯恐她們不能夠盡到做母親的責任。「什麼！」他說，「這樣的心理，而是在富麗的綉花地毯上，在大理石鋪的地上，四面都是靈巧的彫刻，彫花的木器，富麗的圖畫，成堆的書籍？」——「神父，你看看我們的圖畫與書籍，」她們說，「然後我們來告訴你，我們昨天晚上作了些什麼消遣。這些都是故事，關於虔誠的兒童與神聖的家庭，古代與近代偉大的高貴的人物浪漫性的犧牲。昨天晚上我們一家都聚集在一起，我們的丈夫和兄弟們悲哀地談論著，我們能夠在這艱難的時代節省些什麼捐助給別人。」此後那些男子進來了，而他們說，「兄弟，你好嗎？你的修道院要募款嗎？」於是柏納德神父迅速地回家去了，心裏所想的與他來的時候的思想完全不同。他說，「這種生活方式是錯誤的，然而這些羅馬人——我曾經禱告上帝毀滅他們——他們愛人類；他們愛人類；我怎麼辦呢？」

改革者承認這些緩和情況的成分是存在的，如果他想要舒適的話，他應當站在制度這一邊。你的話是非常好，但並不是全部事實。保守主義是闊綽，慷慨的，但是它可以巧妙地用財富來變戲法。我觀察到他們每次給人什麼，總拿回一些。我看上去個子比較大，其實是比較小；我穿的衣服比較多，但是並不怎麼暖和；盔甲比較多，但是勇氣比較少；書籍比較多，但是才智比較少。你說的你們那種著樹，造著房子，點綴著種種裝飾品的世界，那是真的，我欣然地利用它的種種便利；然而我注意到這一點：一件事如果在個別的情形下是這樣，在一般的情形下也是這樣；要「人」開出他光榮的花朵，並不需要這富麗堂皇的設備與種種便利，而是需要一些乞丐似的詩人荷馬的思想，他流浪著，也不知道是在哪一個時代，在古老的世界的幼年與野蠻時代裏；也需要一些人，像奴隸摩西一樣地莊重，有見識，他領導別的奴隸從他們的主人那裏逃出來；也需要像某些賽西亞[3]無政府主義者的沉思；斯巴達城居民的正直可畏的勇敢；法蘭克人克羅維斯[4]，撒克遜人阿爾弗列德，哥特人阿拉列克[5]，阿拉伯人穆罕默德，阿里[6]，與峨瑪，克德人撒拉丁[7]，土耳其人鄂曼[8]，他們的精力，足夠隨時隨地造成你所謂的社會，只要一個健全的身體裏健全的心靈一出現，就大功告成了。呵，保守主義，你的衣服是華貴精緻的，你的馬匹是最優的品種；你的道路築得很好，砌得很好；你的伙食房裝滿了肉類，你的地窖裝滿了各種酒，你對於紳士淑女們是一種非常好的生活條件；但是這些貨品裏每一種都偷去我一滴血。我要供給我自己的需要，我認為這應當是必要的。你這一切價值昂貴的文化都是不必要的。偉大的品性並不需要它。因為人是自然界的目標；沒有一樣東西能像他這樣容易地將自己組織到宇宙的每一部份中；沒有一種苔蘚像他這樣容易生出來；而他隨身攜帶著發揮著整個社會的裝置，隨機應變，如同一支軍隊在沙漠裏紮營，剛才這裏一切都是風沙，他們卻可以在一小時內創造出一個白色的城市，一個政府，一個市場，一個供人筵飲，會談，戀愛的場所。

這些意見，由個性與命運都還沒有形成的青年提出，總應當引起一切有理性的人的同情。

由於一種慈悲心，一切成年人都應當對青年關懷，照料他，使他在踏進人生的時候有自由的活動範圍，得到公正的待遇。但是除了這種慈悲心之外，我們總該看出，我們身為它的一份子的這社會，是不容許人們形成或是繼續某種於人類的榮譽與福利有害的觀點或行為的。保守主義以一種政黨的形式出現的時候，我們反對它的理由是：它由於愛好行動，因而憎恨原理；它在感覺中生活著，不是在真理中；它為絕望而犧牲；它選擇它的候選人，條件是合用，而不是品德；它的措施也都是權宜之計，而不是主持正義。它藉口說要避免摩擦，在社會的機器裏添上那麼許多附加的東西，使它滑澤地柔和地轉動著，然而它不能磨粉了。

全世界的保守黨都承認：急進黨的話並不是白說的——如果我們仍舊是在伊甸樂園裏。急進黨員制定的法律是為一個太理想的人而設的；他的理論是對的，但是他沒有顧慮到可能的摩擦；忽略了這一點，就使他整個的主義都變成錯誤的。理想主義者反駁說：保守主義者堅持另一個極端，犯的錯誤為害更大。保守黨假定疾病是不可避免的，他的社會機構是一個醫院，他制定法律整個地是針對著目前的困苦，全宇宙都像病人似地穿著拖鞋與睡衣，戴著圍涎，拿著吃粥的匙子，吞嚥著藥丸與草藥煎的茶。不但健康被組織起來，疾病也被組織起來了，罪惡也與善行一樣地被組織起來。一種惡毒的商業系統既然已經存在了這樣久，它在一代代的人類中成了一種刻板的定型，造出許多吝嗇的人。疾病既然生了根，痲瘋症也變得狡猾起來了，侵入了投票箱；痲瘋病患者比健康的人票數多；社會將它自己化為一個醫院董事會，它一切的法律都成了檢疫條例。如果任何人敢抵抗，而且抱著一種憨厚的希望，與普遍的絕望對抗，社會就向他皺眉，禁止他享有進取的機會，以及它的米倉，它的食堂，它的水與麵包，給他一種下等僕役的待遇。保守主義對於人類每一部份的行為與熱情同樣地看不起。它的宗教也一樣地壞；它是給病人吃的一粒藥糖；一種悲哀的曲調，給煩惱的人解悶；多墊一隻枕頭，吃一點止痛劑，來減輕痛苦；永遠是減輕痛苦，從來不是治療；赦免罪惡，榮耀的喪禮——而從來不是自助，革新與美德。它的社會活動與政治活動也沒有更好的目標；阻擋風雨的侵襲，度過這一星期，這一年，使這世界在我們這一輩子裏不會毀滅；而不是坐在這世界駕駛它；不是將過去的回憶淹沒在一個新的，更優良的創造的榮光裏；它是一個個胆怯的皮匠，一個打補釘的人，它無論觸及什麼，都使那件東西貶了值。

我不擬再列舉雙方的理由，擁護或反對現存的制度。如果有人仍舊要問，既然一種偏頗的組織是不可避免的，那麼究竟哪一個政黨大體上最有資格得到我們的同情——我歸之於個人的心中，一切這一類的問題必須在那裏作最後的裁決。每一個堅強的寬大的心靈怎樣選擇它的立場——與舊社會的保衛者站在一起？還是與尋求新社會的人站在一起？在哪一種情況下，可以有希望啟迪一個偉大勇敢仁慈的人；迫使他們發揮他的機智，考驗他個性的力量？我們每一個人在健康的時候，富於進取心的時候，自然而然地會站在哪一面？

我很了解人類對於戰爭的敬意，因為戰爭打破了社會上的停滯，並且一切個人的長處都可以在戰爭中表現出來。一種戰爭的狀態，或是無政府狀態——法律在這裏沒有什麼力量——使每一個人都經過考驗，它這一點是可貴的。一個有正義感的人，大家都知道他是那樣的人，即使在黨派紛爭的憤怒中也仍舊被人尊敬。在法國的內戰中，一切法國的縉紳之間只有蒙泰恩一個人不門上他的堡壘的大門，他個人的正直至少等於一旅人的力量。一個有毅力有機智的人顯出他的能力，那柔弱的卑劣的人也現出原形。可以很容易地辨認超出戰爭之上的人，與墮落到戰爭以下的人，以及另一種人，他們接受戰爭的粗暴的情形，用他們自己的刀使自己鎮定。

但是在和平的時候，在商業的狀態下，我們應當依恃這一種信心：我們自己知道我們是誠實的人，一切人也都知道我們是誠實的人。然而我們並不這樣，卻怯懦地依恃別人的美德。因為追溯到最後的根源，永遠是社會上某些人的美德在那裏維持著法律，使法律被人尊敬，使法律有威權。這豈不是可恥的麼，我能夠平安地佔有我的房屋與田地，並不是因為我國的人民都知道我是一個有用的人，而是因為他們尊重各種別的有聲譽的人，我也不知道是些什麼人，是他們共同的美德使法律至今仍舊有聲望。

一個英雄決不把法律放在心上。不論法律是否贊助他，他的偉大將要發出光輝，完成它的目的。如果他曾經做苦工掙飯吃，而且不得已而走的是狹窄的邪路，他可以設法使他過去的行為至少變成正當的。過去的一切他都不理會；過去的錯誤他都不負責；他將要說，我要使現在這時候與眼前這一群人成為美麗，幸福的；我的祖先一切的卑鄙的行為都不能剝奪我這權利。不論什麼權力與財貨源源不絕地流到我這裏來，都將從我這裏得到一種治療性的力量，成為安全的泉源。我也來做一個降生人世的救世者，不行麼？此後無論什麼人提起我的名字，總不會將我當一個惡人記錄下來，而是大地上的一個施恩的人。好的用意，忠誠，辛勞，如果這些品質是有力量的，那麼北風應當更清純，天上的星應當發出更慈愛的光輝，因為我曾經在這世上活過。我主要的工作是誓為所有的天神的公僕，證明給一切人看，事物的中心裏面有智慧與善意，有一種精神領導我們，有一種不斷地提高，更高更高的精神。這些都是我的任務；我要把人類怎樣處置，你的法律怎麼能夠幫助我或是妨礙我呢？從另一方面說來，我這種傾向建立了人們與我的關係。只要是有價值的事，就有人招呼我。不論哪裏有人，那地方就成為我的研究與愛好的對象。遲早一切人都將成為我的朋友，將用一切方法證實他們對我有多麼強烈的好感。我不能感謝你們的法律保護我。我保護了法律。法律沒有保護我的能力。這是我的任務：使我自己被人尊敬。我全靠我的榮譽，我的勞作，與我的性情，使我能夠在人類的好感中佔有一個地位，而不是靠任何習俗，或是你們羊皮紙上的文書。

但是如果我自甘暴棄，變得怠惰而放蕩，我很快地就會愛好一種強有力的法律的保護，因為我覺得我自己沒有資格享有這些利益。那種縱慾的貪心的人，沒有人愛他；只要武力一鬆弛下來，人類對他就不付房租，不付股息；不但如此，而且如果他們能夠下一個批判，他們將要說他的縱慾與他的壓迫應當得到社會的責罰，而不是得到他現在享受著的豐富的膳食與房屋。於是法律成為他的穢德的屏障，它保護他越長久，越是使他變得更壞。

我要作一個結論，所以我不再交替地表現兩種偏頗的觀點，而回到普遍的必然性的歷史的遠大觀點上。人類應當覺得快樂，革新的運動有了這樣大的成就，而且面臨著這樣自由的活動範圍。人們抱著那樣大胆的希望，超過了一切過去的經驗。這種希望使他們鎮定下來，使他們愉快，因為它給他們描繪出一個簡單的平等的生活，充滿了真理與虔誠。這希望是在什麼樹上開花呢？它不是什麼移植過來的瑤草琪花，而是生長在保守主義的野蘋果樹上。這古老的被詛咒的制度竟會生出這樣美麗的孩子來，真是了不起。它預言：在一個住滿了保守黨的世界裏，也許還會有一個改革者生下來。

1．Ethiopians，阿比亞尼亞人之古稱。

2．Chaldeans，古代波斯灣沿岸的閃族人，後為巴比倫人之大多數。

3．Scythian，此處所謂賽西亞疑指舊俄。

4．Clovis（481～511），建立古日耳曼民族之法蘭克帝國。

5．Alaric the Goth（376～410），曾征服東西羅馬帝國。

6．Ali（602～661），穆罕默德後四世，六五六年即回教主位，六六一年遇刺死。

7．Saladin（1137～1193），埃及與敘利亞回教君王，曾與十字軍對抗。

8．Othman（1259～1326），土耳其王國之祖。

第二章　生活

一　歷史

在創造一切的聖靈看來，
世上的萬物都不分大小：
它到了哪裏，萬物就生出來了；
而它到遍一切的所在。

我是宇宙的主人，
也佔有七星與太陽年，
凱撒的手，與柏拉圖的腦筋，
基督的心，與莎士比亞的聲音。

一切個人都有一個共同的心靈。每一個人都是一個小小的海灣，引到同一個海，和它的一切，一個人只要獲得了說理的能力，立刻就可以在這整個的區域內自由活動。柏拉圖所想的，他也會想到；一個聖徒所感覺到的，他也會感覺到；在任何時候任何人遭遇到的事情，他都能夠了解。無論誰只要能夠接近這「天心」（Universal mind），就參與了目前存在的一切，或是可能做到的一切，因為這是唯一的最高的媒介物。

歷史是「天心」工作的記錄。它的天才有整個的一連串的歲月作為例證。要解釋人性，必須看他整個的歷史。人的心靈從最開始的時候就出發——不慌不忙地，也從不休息——把一切屬於它的天賦的功能，思想，感情，都具體化起來，表現在適當的事件中。但是思想永遠是在事實之先；所有的史實都以定律的方式預先存在於心靈中。而每一條定律又都是由當時左右社會的環境製造出來的；同時由於自然界的限制，每次只能有一個定律產生。一個人是全部的事實的百科全書。一顆橡實可以創造出一千個樹林；埃及，希臘，羅馬，法國，不列顛，美國，已經蘊藏在第一個人裏面了。一代一代，軍營，王國，帝國，共和國，民主國，不過是將他的多方面的精神應用在這多方面的世界上。

這人類的心靈寫出歷史，而它也需要讀歷史。埃及的獅身人面獸必須解答它自己的謎語。如果整個的歷史是包藏在一個人裏面，那麼我們完全能以個人的經驗來解釋它。我們生活裏的時刻與一世紀一世紀的時間有一種關係。正如我所呼吸的空氣是從自然界偉大的貯藏所裏取來的，正如照在我這本書上的光是來自一萬萬哩外的一顆星球，正如我身體的穩定全靠離心力與向心力的均衡——同樣地，時刻也應當從世紀那裏得到教訓，世紀也可以用時刻來解釋。每一個人都是那「天心」又投了一次胎。它所有的性質在他的內心裏共同存在。他個人的經驗裏每一個新的事實都映照出一大群人曾經做過的事情，他的生活裏的危機可以與國家的危機互相印證。每一個革命最初都是一個人心裏的思想；等到另一個人也想到了這同一個思想，它就是這時代的關鍵了。每一種改革當初都是一個私人的意見；等到有一天，它又是另一個人的私人的意見，它就會解決那一個時代的問題了。別人敘述的一切事實，我內心必須有一點與它符合，我方才會認為它是可信的，或是可以了解的。我們讀書的時候，必須成為希臘人、羅馬人、土耳其人、祭司與國王，殉教者與劊子手；必須將他們的形象拴縛在我們秘密的經驗裏某種實物上，否則我們不能夠正確地學到任何東西。每一種新的法律與政治運動對於你都是有意義的。你應當站在它們每一個招牌前面說：「我那心靈是有無數化身的，它曾經躲藏在這面具下。」這補救了我們太接近自己的這個毛病。這使我們從相當距離外看我們的行為，有了正確的比例。螃蟹、山羊、蠍子、秤與水壺被用作十二種命宮的標誌，就不復是卑不足道的東西了；同樣地，在所羅門，阿爾西拜阿地斯[1]，與凱泰蘭[2]，這些遙遠的人物之中，我也能夠冷靜地看到我自己的罪惡。

普遍的天性使特殊的人們與事物有價值。因為人的生命含有這種普遍的天性，所以它是神秘的，神聖不可侵犯的，我們用各種懲罰與法律來護衛它。所以一切法律都是起源於這最基本的理由；一切法律都多多少少清晰地表示它們常握著這種最高的不可限量的要素。財產也把持著我們的靈魂，包含著偉大的精神方面的事實；起初我們就本能地用刀與法律，以及廣泛複雜的工具來掌握它。我們對於這件事實也隱隱地有些知覺，這種知覺就是我們這一生一世的一線光明，是我們最大的主張；是受教育，求公道，得慈善的口實；是友誼與愛情的基礎，也是自己靠自己的行為所有的英勇與莊嚴的基礎。我們讀書的時候，總是不自覺地自處於超人的身份——這一點是很可注意的。宇宙的歷史，詩人，傳奇作家，他們所描繪的最堂皇的場面——在祭司與帝王的宮殿裏，以及堅強的意志的勝利，天才的勝利——從來不使我們失去興趣，不使我們感覺到我們是局外人，覺得我們不配欣賞這種故事；倒是在他們最偉大的筆法裏，我們最覺得舒適自如。莎士比亞所說的關於那國王的一切，坐在那邊角落裏讀的小男孩也覺得可以應用在他身上。歷史上重要的一剎那，偉大的發明，偉大的抵抗，人類偉大的富庶的時期，都能喚起我們的同情——因為那裏有人為了我們而制定法律，在海洋上探險，發現陸地，或是打擊敵人，而我們自己處於同樣地位也會這樣做，或是拍手贊成別人這樣做。

我們對於環境和品性也同樣地感到興趣。我們尊敬富人，因為他們外表上有一種自由，權力，與風度——我們覺得那一切都是人類應有的，我們應有的。同樣地，古希臘的禁慾主義者或是東方或是現代的散文作家筆底的智慧的人，在每一個讀者看來，都描寫了他自己的觀念，描寫了他尚未達到但是可能達到的自身。一切文學都寫出智慧的人的個性；書籍，紀念碑，圖畫，會話，都是畫像，他可以在裏面找出他將要形成的容貌。無論是靜默的還是長於口才的人，全都頌讚他，招呼他，他無論到哪裏都感到興奮，好像聽見人家提到他。因此一個真正有志向上的人從來用不著在談話中希望對方說到他，讚美他。他聽見人家稱讚他所追求的那種品性，比稱讚他還更甜蜜。在人們談到品性的每一個字句裏他都可以聽見這種讚揚，而且更進一層，在每一件事實與環境中——在河流裏，在綷縩響著的麥子裏，也都可以聽見這種讚揚。喑啞的自然界，山，與天上的日月星辰，也都在顧盼的神情中表示讚美，臣服，愛戴。

這些暗示，在幽暗的下意識中透露給我們的暗示，我們應當在清醒的時候利用它。一個學生應當以主動的態度讀歷史，而不是被動地；將他自己的生活視為正文，將書籍當作註解。這樣，司史的女神就被迫吐出實話，她對於不尊重自己的人從來不說實話的。無論什麼人，如果他認為遠古馳名的人物所做的事比他今天所做的事有更深的意義，我不相信他能正確地了解歷史。

這世界之所以存在，是為了教育每一個人。歷史上沒有一個時代或是社會狀況或是行為的方式，不是在他的生活裏都有某種與它相符之點。每一件事物都有一種傾向，會奇妙地自行減略，將它自身的優點貢獻給他。他應當看出他可以在自己本身內體驗到整個的歷史。他必須堅定地坐在家裏，不讓那些國王與帝國欺凌他，他知道他比世界上的一切地理，一切政府都偉大；他必須將普通讀史的觀念轉移過來，從羅馬與雅典與倫敦移到他自己身上；他必須相信他是法庭，如果英國或是埃及有話對他說，他就審判這案件；如果它們沒有話對他說，那就永遠緘默吧。他必須養成與保持一種崇高的見地，由這種見地，一切事實都透露它們秘密的意義，而詩與歷史是相同的。我們利用歷史上重要的記載，就可以知道心靈的本能，大自然的目標。時間將堅固的，有稜角的事實，化為閃耀的精氣。無論什麼鐵錨，巨纜，籬笆，都無力將一件事實永遠保存為事實。巴比倫，特洛依，泰雅，巴勒斯坦，就連早期的羅馬，都已經逐漸轉變為虛構的故事了。伊甸樂園，日頭在基遍站住不動[3]，這些事蹟後來對於一切國度的人都成為詩歌了。誰也不管原來的事實是怎樣的，我們已經把它化為一個星座掛在空中，一個不朽的標誌。倫敦與巴黎與紐約必須走同一條路。「歷史是什麼？」拿破崙說，「不過是一個大家都同意的寓言。」我們這生命四周插著埃及，希臘，法國，英國，戰爭，殖民地，教會，宮廷，商業，就像是插著許多花朵與天然的裝飾品，有些是嚴肅的，有些是愉快的——如此而已。我不想誇張它們的價值。我相信永生。我能夠在我自己的心靈中找到希臘，亞洲，意大利，西班牙與英倫三島——每一個時代與一切時代的天才與創造性的原理。

我們永遠在我們私人的經驗中遭遇到歷史上顯著的事實，在我們私人的經驗中證實它們。一切歷史都成為主觀的；換一句話說，實在是沒有歷史，只有傳記。每一個心靈必須自己學會這一課——必須親自察看整個的地域。凡是它沒有看見，沒有體驗到的，它就不會知道。前一個時代將一件事摘要納入一個公式或是一條規則，便於管理操縱。但是那條規則外面彷彿圍著一堵牆，我們的心靈沒有機會為自己證明這件事實，而由此得到益處。在某種場合，某種時候，它必定會要求補償它這損失，並且會得到補償，那就是由自己來做這件工作。某人發現了天文學裏的許多事物，都是人們久已知道的，但是他本人得益不淺。

歷史必須是這樣的，否則它毫無價值。國家制定的每一條法律，都指出人性中的一件事實；不過如此。我們必須在我們自身內看出每一件事實的必要的理由——看出它能夠怎樣，必須怎樣。你應當以這種態度對待每一種行為；對待一個政論家的演說，一個軍事家的勝利，一個為主義或宗教殉難者的精神；對待革命期間的恐怖，宗教復興的熱狂。我們假定我們在同樣的影響下也會受到同樣的感染，做出同樣的事情；我們的目的是要在精神上熟諳每一個階段，達到我們的夥伴（也是我們的替身）所達到的同一個崇高或墮落的階段。

一切對於古代的研究——金字塔，發掘出的城市，英國遠古遺下的巨大石柱群，印第安人史前在俄亥俄州築的土墩子，墨西哥與埃及曼佛斯的古蹟，我們對這一切的好奇心，都是一種慾望，要消滅這野蠻的，荒誕的「那裏」與「那時候」，以「這裏」與「現在」來代替。貝爾桑尼[4]在埃及蒂卜斯的木乃伊坑與金字塔裏挖掘，測量，終於可以看出那異形的建築與他自己之間並沒有什麼分別。到了一個時候，他無論在大體上還是細節上都確信創造它的人也是像他這樣的，有同樣的器械，同樣的動機，而他自己也可能為了同樣目的而工作——這時候問題就解決了；他的思想在整排的廟宇與獅身人面獸與地下墓窖中活動著，心滿意足地在這一切之間穿過，而它們在他心靈中復活了，或者可以說，它們成了「現在」。

一個哥德式教堂，它顯然是我們造的，而又不是我們造的，當然它是人類造的，而我們這些人卻造不出它。但是我們研究它產生的歷史。我們將我們自己置身於建築它的人的地位與狀況中。我們回憶到樹林裏的居民，最初的廟宇，此後仍舊保持著最初的典型，而一方面國家的財富增加起來，就加上了許多裝飾；木頭經過彫刻立刻身價十倍，於是一個教堂堆積如山的石頭都經過彫刻。我們溫習了這過程之後，再加上天主教，它的十字架，它的音樂，它的遊行，它的聖徒紀念日與偶像崇拜，我們就是那建造大教堂的人了；我們看出它是怎樣一回事。我們的理由很充足。

人與人之間的分別是在他們聯繫事物的原則上。有些人將物件分類，是根據它們的顏色與大小，與其他偶然性的外表上的區別；有些人是根據內在的相似之點，或是根據因果關係。智力越進步，就把原因看得越清晰，而並不注意表面上的分別。在詩人與哲學家與聖徒看來，一切物件都是友善的，神聖的，一切事件都是有利的，一切日子都是聖日，一切人都是神聖的。因為他們的眼睛凝視著生命，而忽視了境遇。每一種化學物質，每一種生長著的植物動物，都證實裏面的原因是一致的，而外表是不同的。

這創造一切的大自然，像一朵雲或是空氣一樣地柔軟流動，托著我們，包圍我們；為什麼我們要做固執的腐儒，將寥寥幾種形式特別放大？為什麼我們要注重時間，或是大小，或是模樣？靈魂並不認識這些，而天才服從天才的定律，它知道怎樣玩弄它們，像一個小孩和老人們玩耍，在禮拜堂裏嬉戲。天才研究偶然想到的東西；天才在事物還未孕育出來的時候，就可以看出從同一個日輪中射出的光線，在落下來以前已經隔開無限的距離。天才觀察著單元在自然界裏變幻無窮，推陳出新，輪迴不休，無論它採取什麼形式都逃不過他的眼睛。天才在蒼蠅，毛蟲，蠐螬與卵之中看到那永恆的個體；在無數個體之中看到那固定的種族；在許多種族中看到那種類；在一切種類中看到那不變的典型；在一切有組織的生命的各界中看到永恆的統一。大自然是一朵易變的雲，永遠是一樣的，而又從來不是一樣。它將同一個思想鑄成無數形式，正如一個詩人將一個寓意寫成二十個寓言。一種微妙的精神能夠克服物質的獸性與韌性，將一切物件都任意扭曲，隨心所欲。最堅硬的東西在它面前也化為柔軟的，而仍舊有一定的形式；我正在這裏看著它的時候，它的輪廓與質地倒又改變了。形式這樣東西是最不耐久的；然而它從來不完全否認它自己。在人類裏面，我們仍舊可以發現下等動物的遺跡或是暗示；在下等動物中，我們認為這些性能都是奴役的標誌，然而在人裏面，卻更加襯托出他高貴與優雅。

歷史上相同之點也是蘊藏在內的，不同之點也是突出的。表面上看來，有無數種類的事物；而在中央，卻有一個單純的原因。一個人無論做出多少件事來，我們都可以在裏面認出同樣的性格。你觀察我們關於希臘天才的知識的來源。根據希羅多忒斯[5]，蘇西戴狄斯[6]，冉諾芬[7]，與普魯塔克[8]的敘述，我們知道那民族的「人文史」；他們是什麼樣的人，做了些什麼事，都說得很夠詳細。他們的「文學」又將這同一個國家的心靈表現給我們看，在史詩與抒情詩，戲劇與哲學裏；非常完備的形式。我們在他們的「建築」裏又有同樣的收穫——一種有節制的美，限於直線與方塊——建造出來的幾何學。在「彫刻」中我們再有同樣的收穫——那「欲言又止的舌頭」，成群的人體，動作極自由，然而從來不越出一種理想的平靜的規範；如同熱心的信徒在諸神之前表演某種宗教性的舞蹈，即使是感到痙攣性的痛苦，或是在以性命相撲的戰鬥中，也從來不敢破壞他的舞蹈的姿態與儀節。於是一種優秀的民族的天才以四種方式表現給我們看；而根據我們的感官，還有比這些東西更不同的麼？——萍達[9]的一首抒情詩，一隻大理石彫的半人半馬的怪物，巴特農殿（Parthenon）的列柱廊，福西昂[10]臨死之前的行動。

每一個人一定都曾經觀察到有些相貌與形體，並沒有任何相像的特徵，卻給人同樣的印象。一幅圖畫或是一部詩集會使人想到荒山中的一條路徑；即使它並不使人聯想到同樣的一串形像，也仍舊能疊印上同一種情操；雖然這相似之點在我們感官上並不覺得顯著，但是它是玄妙的，我們無法了解的。大自然不過是寥寥幾種定律，變化多端地聯合著，重複著。它哼著古老的著名的曲調，而予以無窮的變化。

大自然一切的作品都像一家人一樣，有一種崇高的相像之點；大自然最喜歡在意想不到的地方給它們相像，使我們驚奇。我曾經看見過一個森林中的老酋長的頭，立刻使我想起一座光禿禿的山巔，額上的皺紋則使人聯想到巖石的地層。有些人的態度裏有一種本質的莊嚴華美，像巴特農殿簡單而使人敬畏的彫刻，與最早期的希臘藝術的遺蹟。在一切時代的書籍裏，可以找到同樣格調的作品。紀多的「曙光的女神」[11]不過是描繪一個早晨的思想，正如裏面的馬匹不過是早晨的一朵雲彩。如果任何人不怕麻煩，肯去觀察他在各種心境中想做與不想做的各種各樣的動作，就可以看出其中深切的關係，若合符節。

一個畫家告訴我沒有一個人能畫一棵樹，除非他先多少成為一棵樹；也不能僅只研究一個小孩的形體的輪廓，而去畫那個小孩子——畫家必須費相當時間研究他的動作與遊戲，藉此進入他的天性裏，然後可以任意地畫他，畫出每一種姿態。同樣地，魯斯[12]也「進入一隻羊的天性的最裏層。」我認識一個製圖員，被僱作一種測量工作，他發現他一定要別人先把巖石的地質構造解擇給他聽，否則就不能畫那些巖石。有許多種非常不同的工作，同是起源於某種思想狀況。相同的精神而不是事實。一個藝術家由於一種較深的了解，而不是著重於辛辛苦苦獲得許多手工上的技巧，終於得到一種力量，能夠喚醒別人的靈魂到既定的活動程度。

有人說過：「平凡的人用他們的作為來付賬，較高尚的人用他們本身來付賬。」為什麼呢？因為一個造詣深的性格用它的動作與言語，甚至於它的狀貌與態度，來喚醒我們內心的力與美，就像是一個塑像或圖畫陳列所給予我們的影響。

人文史或是自然史，藝術史與文學史，都必須以個人的歷史來解釋它，否則它只是許多字眼而已，沒有一樣東西不是與我們有關的，沒有一樣東西是我們對它不感興趣的——王國、大學、樹、馬、或是蹄鐵——一切事物的根源是在人裏面。聖克羅奇[13]與聖彼德大教堂的圓頂是仿照一個神聖的模型造成的，而模仿並不神似。斯忒拉斯堡大教堂是斯坦巴赫人歐爾文的靈魂的具體化的副本。真正的詩是詩人的心靈；真正的船是造船者。我們倘若能把人剖開來，就能夠在他裏面看到他的作品裏最微末的一撇一鈎的理由；正如蚌殼裏每一個棘狀突起物，每一種色彩，都預先存在於這魚的分泌器官裏。整個的紋章學與武士制度都存在於禮貌裏。一個有優良的禮貌的人說起你的名字，自會使它成為光榮美麗的，抵得過任何貴族頭銜。

日常的瑣碎經驗永遠向我們證實某些古老的預言，並且將我們聽到過而沒有注意的字句與徵象化為實物。和我一同在樹林裏騎馬的一位女士向我說，她總覺得樹林在那裏等待著，彷彿住在林子裏的精靈停止了它們的活動，等著行路的人走過去；這思想已經有詩歌宣揚過了，詩裏說到人類的腳步打斷了仙人的舞蹈。如果有一個人曾經在午夜看見月亮升起來，衝破雲層，他就好像是天使長，上帝創造光，創造世界的時候他也在場。我記得有一個夏日在田野中，我的同伴指給我看一條寬闊的雲彩，它可能有四分之一英里寬，與地平線平行，式樣像禮拜堂上畫的小天使，相當精確——正中一個圓塊，很容易就可以加上眼與嘴，使它栩栩如生，兩邊有張開的對稱的翅膀支持著。在天空出現過一次的東西，可能會常常出現，無疑地，它是那熟悉的裝飾品的原來的模型。夏天我在天空裏看到過一串閃電，它立刻向我指出，希臘人所畫的天神手持的雷電，是大自然的忠實寫生畫。我看見過一堵石牆兩邊的積雪，顯然是像普通建築中鑲襯著一座塔的渦卷形裝飾品。

我們置身於原來的境遇裏，就可以將建築的程序與建築上的裝飾品一件件重新發明出來，因為我們看出每一種民族不過在那裏裝飾他們原始性的住所。陶麗克式（Doric）的廟宇保存著陶麗安人住的小木屋的式樣。中國的寶塔顯然是韃靼人的帳篷。印度與埃及的廟宇仍舊流露某種痕跡，使人想起他們祖先的塚與地下房屋。希倫[14]在《對於伊西峨比亞人的研究》一書中說：「在巖石裏面造房屋與墳墓的習慣，自然而然地造成了埃及努比亞（Nubian）式的建築的主要性格——它的龐大的形式。在這些自然形成的洞窟裏，人們的眼睛看慣了巨大的式樣與塊體，因此一旦用藝術來幫助自然，這藝術如果施展在較小的規模裏，就彷彿是貶低了身價。那些碩大無朋的廳堂，只有巨人才配坐在堂前做看門的人，或是倚在內室的柱子上——普通尺寸的塑像，或是整潔的走廊與房屋的兩翼，如果和那種大建築結合在一起，成什麼樣子呢？」

哥德式的禮拜堂的起源，顯然是將森林裏枝枝椏椏的樹木簡陋地改造為慶祝節日的拱廊，或是嚴肅性的拱廊；因為那些分裂的柱子上的扁帶依舊象徵著從前捆縛著它們的綠色枝條。任何人在松樹林中闢出的一條路上走著，都會感覺得這叢林多麼像一個建築，尤其是在冬天，一切別的窗都是光禿禿的，更加顯出撒克遜松樹的低低的穹門。在樹林裏，在一個冬天的下午，我們也可以很容易地看出哥德式教堂裏點綴著的五彩玻璃窗的起源——在樹林裏交叉著的禿枝之間看到西方天空的色彩。任何愛好大自然的人，走進牛津的一群古老的建築與英國的教堂，也都會感覺到樹林征服了建築師的心靈，他的鑿子鋸子刨子仍舊仿製樹林裏的羊齒草，穗狀的花，蝗蟲，榆樹，橡樹，松樹，樅樹，與針樅。

哥德式的教堂是石頭開了花；然而因為人類無饜地要求和諧，這爛漫的春光又被這種要求所節制。堆積如山的花崗石開成一朵永生的花，它有植物的美，有凌雲的高度與遠景，同時也有輕靈與細緻的完整。

我們應當用同一種態度將一切公眾的事實個人化，將一切個人的事實普遍化。那麼歷史立刻變成流動的，真實的，而傳記變成深沉、崇高。波斯人用他們的建築裏纖細的小柱與柱頭來模仿蓮花與棕櫚的莖與花；同樣地，波斯國的宮廷在它偉大的時代也從來沒有放棄它的野蠻部落的遊牧生活，它在愛克巴塔那過春天，從那裏旅行到蘇薩過夏天，到巴比倫過冬天。

在亞洲與非洲的早期歷史裏，遊牧生活與農業是兩種敵對的事實。亞洲與非洲的地理使遊牧生活成為必要的。一方面也有人因為土地，或是因為市場的便利，因而建造了城市；他們都非常懼怕遊牧民族。所以教人民必須務農，因為遊牧生活危害國家，就成了一種宗教性的訓諭。在近代的開化的國家，英國與美國，這種種傾向在國家與個人內心裏仍舊像從前一樣地鬥爭著。非洲的遊牧民族不能不永遠流浪著，因為他們的牛群被牛虻襲擊得發狂，因而迫使那部落在雨季移殖，將牛群趕到較高的沙土區域。亞洲的遊牧民族逐月跟從著有水草的地方轉移。在美國與歐洲的那種遊牧生活則是由於商業與好奇心；從阿斯塔波拉期的牛虻到波士頓灣的英國迷與意大利迷，的確是一種進步。古代的流浪者不能走得太遠，因為有些神聖的城市，每隔一個時期必須到那裏去進香，或是有些嚴厲的法律與風俗，傾向於加強民族的聯繫；而久居在一個地方累積的益處，對於現代的漫遊者也是一種限制。這兩種對立的傾向在個人的內心裏也非常活動，有時愛冒險，有時愛休息，全看哪一種衝動當時更佔優勢。一個體質強健，心境舒暢的人，能夠很快地就適應環境，住在他的車裏，南北浪遊，到處一樣地感到舒適。在海上，或是在樹林裏，或是在雪地裏，他照樣也睡得暖和，吃得有味，愉快地與人交往，就像在自己家裏一樣。或者他的機敏是有更深的根源，他的觀察力範圍較廣，不論看到什麼新鮮的事物，都有引起他興趣之點。畜牧的國家是貧困的，飢餓到絕望的程度；而這種精神上的遊牧生活，倘使發展過度，會使力量浪費在各種雜亂的物件上，而致心靈破產。在另一方面，那守在家裏的聰明人，他的智慧是一種自制力，一種滿足，他能夠在自己的土地裏找到一切生命的元素；但同時，如果沒有外面灌輸進來的思想刺激他的智慧，它也有日趨單調與墮落的危險。

個人所看到的他外面的一切東西，都與他的心境相符合；他向前邁進的思想將他領到某一件事實或某一串事實所屬的真理，於是凡事對於他都成為可以理解的了。

原始的世界——德國人所謂「前一個世界」——我在自己內心裏也可以跳到那裏面去，不一定要暗中摸索，去研究地底墳墓，圖書館，毀滅了的別墅中破碎的浮彫與無頭無臂的石像。

一切人都對希臘歷史、文學、藝術與詩歌感到興趣，不論哪一個時期的，從那英雄時代，又稱荷馬時代，一直到四五百年後，雅典人與斯巴達人的家庭生活。這種興趣的基本原因是什麼呢？不過是因為每一個人本身都經過一個「希臘時期」。「希臘狀態」是「身體的天性」的時代，是感官的完美——心靈的天性與身體絕對一致地擴展開來。在這裏面生存著那些美麗的人體，使彫刻家能夠照他們塑出赫寇利斯（Hercules），菲柏斯（Phoehus），與喬甫（Jove）；他們五官端正，線條明晰，毫無腐化的氣息，眼窩的形式使這種眼睛絕對能睇著眼向這邊那邊斜視著，而不須將整個的頭都轉過來，不像現代都市的街道上充斥著的形體，面容是一團模糊。那一個時期的態度是直率，粗豪的。人們對於個人的品質表示敬仰的是：勇氣，談吐，自制，公義，毅力，動作迅疾，響亮的喉嚨，闊寬的胸膛。他們不知道享受與文雅為何物。人口稀少，生活貧困，使每一個人都做他自己的傭僕，廚子，屠夫與兵士，而這種自給自足的習慣教育著他的身體，使它能做出神奇的事來。荷馬詩中的阿迦曼能（Agamemnon）與戴峨篾德（Diomed）就是這樣的。冉諾芬在「一萬人的大退兵」裏描摹他自己與他的同胞們也差不多一樣。他說：「軍隊渡過了阿美利亞的泰利波阿斯河之後，下了很大的雪，部隊悲慘地躺在雪地上。但是冉諾芬赤裸著身子爬起來，拿起一把斧頭，開始砍柴；於是別人也都爬起來照做了。」在他的軍隊裏，上上下下，都有無限的發言的自由。他們為了戰利品而爭吵，每次發出新的命令，他們都要與將軍們爭論。冉諾芬的利口並不輸於任何人，而且勝過大多數人，所以他受人家很厲害的話，也還敬人家很厲害的話。誰都能看出，這是一群大孩子，也像大孩子們一樣，有他們那一套榮譽的法典與鬆弛的紀律。

這古代悲劇的寶貴的魅力——實在也是一切古老的文學魅力——是劇中人物很質樸地說話，說話的態度表示他們是非常有見識的人，而自己並不知道；那時候，反省的習慣還沒有成為心靈的主要習慣。我們欽佩古代，並不是欽佩古老的東西，而是欽佩自然的東西。希臘人不是反省性的，而他們的感官與他們的健康都是完美的，有世界上最好的形體構造。成人的動作也和兒童一樣的質樸，優美。他們以健康的官能、應有的態度製造花瓶、悲劇與石像——這就是說，他們的作品是有風趣的。這樣的東西在一切時代都有人繼續製造，現在，在任何地域，只要有一個健康的體格生存在那裏就仍舊有人製造著；但是，作為一個等級來說，因為它們優越的構造，它們超過了一切。它們把成年人的精力與童年的可愛的天真合併在一起。這種態度之所以具有吸引力，是因為它是屬於人的，是每一個人都知道的，因為他從前曾經是一個小孩；而且，任何時代總有人終身保存著這種性格。一個人如果有一種稚氣的天才與天賦的精力，他其實就是一個希臘人，他重新激起我們對於希臘藝術女神的愛情。我欽佩《菲洛克提梯斯》[15]裏面對於大自然的愛戀。讀著那些優美的語句，向睡眠，向星辰，巖石，山與波浪致辭，我覺得歲月像退潮的海一樣地消逝了。我覺得人的永恆性，覺得他的思想的本體。似乎希臘人的夥伴就是我們的夥伴。太陽與月亮，水與火，它們與他的心相遇合，正如它們與我的心相遇合一樣。於是人們炫示著的希臘與英國的分別，古典派與浪漫派的分別，顯得是淺浮迂腐的了。有時柏拉圖的一個思想成為我的一個思想——使萍達的靈魂燃燒起來的一種真理，使我的靈魂也燃燒起來，這時候時間不存在了。我覺得我們兩人在一種知覺裏相遇，我們兩人的靈魂都染上了同一個色彩，而且像是合而為一那樣的動作，這時候我為什麼要測量緯度，我為什麼要數埃及的年代？

一個學生用他自己武士的時代來解釋武士時代；也可以用他自己的相仿的小型經驗來解釋那海上冒險，環繞地球航行的時代。對於世界的宗教史，他也有同樣的鑰匙。當那遠古的一個先知的聲音在他聽來，僅只是他幼年的一種情操的回聲的時候，他就可以戳穿一切傳統的混亂與制度的歪曲性，滑稽性，獲得內中的真理。

每隔一個時期，有些稀有的，不可理解的靈魂出現在我們之間，向我們啟示大自然裏新的事實。我曉得上帝的使者常有時候在人間行走，使最平凡的聽眾的心與靈魂裏都感覺到他們的使命。於是有了祭壇，祭司，女祭司，顯然是被聖靈感召了的。

耶穌使注重肉慾的人感到驚奇，也制伏了他們。他們無法把他與歷史結合在一起，或是使他與他們自身調和。然而只要有一天，他們漸漸知道尊重他們的良知，立志要過神聖的生活，這時候他們自己的虔誠就會解釋每一個事實，每一個字句。

古代波斯的僧人，印度的婆羅門，古代不列顛的祭司，秘魯的古代王族，這些東方與西方的教士的政略，在個人的私生活裏都可以獲得解釋。一個嚴厲的形式主義者對於一個幼小的孩子有一種束縛性的影響，壓制他的精神與毅力，癱化他的理解力，而這並不使那孩子感到憤怒，只使他畏懼，服從，甚至於對這種專制很感同情——這是很普通的事，當孩子長成以後，他就明白了，他看出他年青的時候壓迫他的人自己也是一個孩子，被某些名字與字句與形式所役使著；而壓迫他的人不過是這些名詞與形式勢力的工具而已。

還有一層——每一個深思熟慮的人都向他那一個時代的迷信提出抗議，於是他一步步追隨古代的改革者，在追求真理的途中他發現許多道德的新危機。他重新發覺我們需要多麼強的道義的力量來代替迷信的束縛。緊跟著改革，總有一個放蕩淫亂的時代。世界史上已經有多少次了，當代的革命偉人不得不慨嘆，連他自己家庭裏的虔誠也減退了。馬丁·路德的妻子有一天向他說，「博士，為什麼我們在教皇治下的時候，祈禱的次數這樣多，而且這麼熱烈，而我們現在祈禱起來這樣冷淡，而且次數這樣少？」

進步的人發現文學是一個深邃的寶藏——不但一切歷史是如此，一切寓言也都是如此。他發覺詩人並不是一個奇怪的人，描寫奇異的不可能的局面，而是普天下的人，用他的筆寫出一篇自白書，不但適用在一個人身上，而且適用在一切人身上。他在詩句中發現他自己的秘密傳記，在他出生之前就寫下來的句子，然而很奇妙地，他能夠了解他們。他在他私人的冒險裏逐一經驗到每一篇伊索寓言，荷馬，海菲斯[16]，阿里奧司托[17]，喬瑟，斯各特[18]的故事，用他自己的頭腦與雙手來證實它。

希臘人的美麗的寓言，因為它們是真正想像力的創作，而不是幻想，所以是普遍的真實的陳述。普洛米修斯[19]的故事寓意多麼廣闊，多麼永久的切當。它是歐洲歷史的第一章，（那神話用一層薄幕遮住了真正的事實，機械工藝的發明，與向殖民地移民。）除了它這主要的價值之外，它同時也是宗教史，相當接近後世的信仰。普洛米修斯是古老的神話中的耶穌。他是人的朋友；站在永恆的天父的不公平的裁判與人類之間，情願為他們忍受一切痛苦。但是這神話將普洛米修斯表現成向天神挑戰的地方，就和宗教改革主義的基督教略有出入，在這裏它代表一種精神狀態；無論什麼地方，如果人們以一種淺薄的客觀的形式宣揚有神論，很快地就會產生這種精神狀態；這似乎是人的自衛，抵抗一種謊言，就是：一般人都對於相信有一個上帝存在的事實感到不滿，也對於必須敬仰上帝覺得麻煩。如果可能的話，他會把造物者的火偷了來，與上帝分居，不倚賴上帝。〈普洛米修斯被縛記〉是懷疑主義的浪漫故事。這莊嚴的寓言，就連裏面的細節也都適用於一切時代。詩人們說，阿波羅曾經替阿德米忒斯牧羊。諸神到人間來的時候，是沒有人知道的。耶穌就不是；蘇格拉底與莎士比亞也不是。安泰耶斯[20]快被赫寇利斯扼殺了，但是他每次碰到土地——他的母親——他又重新得到力量。人是衰頹的巨人，在他衰弱的狀態中，他的身體與精神全靠與大自然交通的習慣而強健起來。音樂的力量，詩的力量，陶冶性情，引人入勝，海闊天空，任意遨遊，這就解答奧菲斯[21]的謎語。哲學的理解能夠在無窮盡的形式的變化中看出相同之點，這使他能夠明瞭那變化多端的海神普洛梯納斯。我不是普洛梯納斯是什麼？昨天我笑了或是哭泣了，昨夜我睡得像個死屍一樣，今天早上我站著，奔跑著。我無論向哪一面觀看，芸芸眾生豈不都是普洛梯納斯的轉生？我可以用任何生物，任何事實來象徵我的思想，因為每一種生物其實都是人，不過有時是造因者，有時是感受者。坦忒勒斯[22]在你或我看來不過是一個名字。坦忒勒斯的意義是指我們無法飲到的思想的泉水，雖然它永遠在靈魂的視線內亮晶晶地搖擺著。輪迴之說並不僅僅是一個寓言。我但願它不過是一個寓言；然而男人與女人只是半具人性的。農場裏，田野裏，樹林裏，地面上，與地底的水中的每一種動物，都在人類中設法獲得一個立足地並且在這些站直身體，面向天空，會說話的人類之間，設法留下了特徵與形體的痕跡。那獅身人面獸的古老的寓言，對於我們也是一樣地接近，切當；牠坐在路旁，問每一個行人一個謎語。如果那人不能回答，牠就生吞了他。如果他能夠回答，獅身人面獸就被殺死了。我們的生命是什麼？不過是長著翅膀的事實或事件的無窮的飛翔。這些變化各各不同，來向人的靈魂提出問句。有些人不能用優越的智慧應付當前的事實，答覆當前的問題，就需要為它們服務。對於這些人，事實是一種累贅，事實控制他們，虐待他們，造成那種遵守常規的人，有「見識」的人；在他們中間，因為他們拘泥的服從事實，竟至於熄滅了人之所以為人的寶炬的每一個火花。但如果那人是忠於他好的本能或情操，拒絕為事實所統治，彷彿他是屬於一種高級的種族；堅定地不肯與靈魂分離，並且能夠看出正義在哪裏，那麼那些事實自會適當地柔順地各得其所；它們認識它們的主人，它們之間最平庸的也能給他無限光榮。

詩人的天性太渺小，而宇宙的天性力量太大了，它騎在他頸項上，用他的手寫作；所以他有時候彷彿僅僅是發洩一種奇想或是荒誕的浪漫故事，而結果成了寓言。所以柏拉圖說：「詩人說出偉大的智慧的話，而他們自己並不懂得這些話。」中世紀的一切虛構的故事，意義都很明顯，它們其實就是這一時代嚴肅認真地辛苦工作著企圖獲得的東西，不過是用一種戴著面具的或是嬉戲的方式表現出來。魔術，以及人們傳說的它的一切神奇之點，其實就是對於科學的能力的一種深沉的預感。日行千里的鞋子，極度銳利的刀，克服水火的力量，利用礦物的秘密能力，通鳥語，這些都是心靈朝著正確的方向的模糊的努力。英雄的超自然的勇猛，神仙贈予凡人永久的青春，與這一類的事，全是人類的精神企圖「使事物的外表吻合心靈的慾望。」

但是除了人的人文史與哲學史，還有一種歷史每天在進行著——外界的歷史——而人也同樣密切地牽涉在內。人是時間的綱領；人也是大自然的夥伴。他有能力，因為他有無數的姻親，因為他的生命是與無數有機體與無機體的物件的整個連脈都結纏在一起。在古代的羅馬，從公所起築的公路向東西南北分別前進，通到帝國的每一省的中心，使京都的軍隊可以通行到波斯、西班牙與不列顛的每一個市鎮；同樣地，也有大路從人心裏出發通到自然界每一個物件的心裏，使它屈服在人的統治下。一個人是一捆關係，一團根蒂，而他開出來的花；結出來的果實，就是這世界。他天賦的功能參證他身外的自然狀態，預知他將要居住在怎樣的世界裏，正如魚的鰭預先表示有水存在，或是蛋中的小鷹的翅膀預先猜測到空氣的存在。人如果沒有世界，就不能夠生活。把拿破崙放在一個島上的監獄裏，使他的才力無法發揮在任何人身上，沒有阿爾卑斯山可爬，沒有孤注一擲的機會，他就會書空咄咄，顯得愚笨起來。將他遷移到廣大的國土，稠密的人烟，複雜的利害關係與敵對的勢力中，你就會發現：拿破崙這人——那就是說：圈限在他那樣一個側影與輪廓中的人體——並不是實在的拿破崙。這不過是「泰爾勃特的影子」[23]——

他的本質不在這裏。
因為你所看見的不過是
人性的最小的一部份，佔最少的比例；
如果整個的身體都在這裏，
它是這樣闊豁，這樣崇高的，
你的屋頂都容納不下它。

——《亨利第六》

哥倫布必須有一個地球，才能夠籌畫他的航線。牛頓與拉普臘斯[24]需要無數年代與密佈著星球的天空。我們可以說牛頓的心靈的性質已經預言了一種重力吸引的太陽系。戴維或是蓋魯撒克[25]的腦筋從自幼就研究微粒的吸引與排拒，也同樣地預示組織的定律。胎兒的眼睛豈不是預示光明？韓德爾[26]的耳朵豈不是預言和諧的聲音的蠱惑？瓦特[27]，福爾頓[28]，阿克萊忒[29]的建設性的手指，豈不是預知金屬品可鎔解可鍛鍊的堅硬的質地，與石頭，水，與木頭的性質？小女孩可愛的品質豈不是預知文明社會的優雅與種種裝飾？這裏也使我們聯想到人對於人的行為。一個心靈經過無數年間的思考，所能夠得到的自我了解，趕不上戀愛的熱情在一天所教給的為多。一個人倘若從來沒有因為某種暴行而震怒，沒有聽到有口才的人發言，沒有參加舉國騰歡或是人心惶惶的震盪情形，那他怎麼能夠知道他自己？沒有一個人能夠事先預料他的經驗，或是猜測一樣新的物件將要啟發那一種功能或感覺，正如他今天無法畫出明天初次見面的一個人的臉相。

這僅只是一般性的陳述，我現在不擬發掘它背面的理由，研究它的符合性。總之，歷史的讀法與做法，都需要參照這兩件事實：一切心靈都是一個，而大自然是與它息息相關的。

所以，靈魂以無數方式為每一個學生集中它的寶藏，生殖它的寶藏。學生也需要經過這整套經驗。他需要將大自然的光線集中在一個焦點裏。歷史不復是一本沉悶的書了。它將要投生人世，每一個公正的智慧的人都是它的化身。你不必列舉你看過的書，一一告訴我是用哪一種語言寫的，書名叫什麼。你應當使我覺得你體驗過哪幾個時期的生活。一個人應當是一切名人的紀念堂。他走路，應當像詩人描寫的女神一樣，穿著一件畫滿了奇妙的事件與經驗的長袍——他的形體與五官表現著崇高的智力，就是那件五彩輝煌的衣服。我將要在他裏面看到那史前的世界；在他的童年看到古希臘的黃金時代，知識的蘋果，尋求金羊毛的遠征，上帝召喚亞伯拉罕，以色列人建造聖殿，耶穌誕生，黑暗時代，文藝復興，宗教改革，發現新大陸，開創新科學，發現人性中的新領域。人將要成為自然之神的祭司，將晨星的祝福帶到卑賤的茅舍中，並且帶來了一切記載中的天地賜予人們的福利。

這種要求是否有些過於自負？那我就要把我所寫的全部拋棄，因為我們假裝知道我們所不知道的事，有什麼用呢？但這是由於我們的修辭學的毛病：我們強調一件事實，就似乎必須歪曲另一件事實。我很看不起我們實際的知識，你聽聽牆壁裏的老鼠，看看籬笆上的蜥蜴，腳下踏著的菌，木材上生的苔。這些生命中的任何一種，無論就情感上還是道義上說來，我對於它的世界知道些什麼？這些生物與高加索人種一樣古老——也許還更老些；它們在人類的旁邊默默地不發表意見，從來沒有任何記載。說到兩者之間曾經通過言語或是打過手勢。書上從來可曾指出過五六十種化學元素與歷史上各時代的關係？不但如此，歷史有沒有記載過人類的哲理的年鑑？我們隱藏在「死亡」與「永生」這兩個名詞下的神秘境界，歷史有沒有幫助我們明瞭它們？然而，每一個寫歷史的人都應當有一種智慧，能夠揣度與我們人類似的事物的範圍，能夠將事實看作象徵。我們的所謂歷史只是一種淺薄的村俗的故事，我看到它真覺得慚愧。我們為什麼總是把羅馬、巴黎、康司坦丁堡掛在口上！羅馬對於老鼠與蜥蜴知道些什麼？老鼠與蜥蜴都是與我們鄰近的生命系統，但是奧林匹克運動會與執政時代對於牠們有什麼意義？不但如此，他們可有什麼食物或經驗或救濟，可以貢獻給獵海豹的愛斯基摩人，給小舟中的南洋群島土人，給漁人，裝卸工人與腳夫？

我們的天性位置在中央，關係非常廣泛。如果我們要真正地表現我們那天性，而不僅只要這古老的，記載的全是我們已經閱讀得太久了的自私與驕傲的歷史，我們必須將歷史寫得更闊大深沉——經過一種倫理的改革，由那永遠新鮮，永遠具醫療性的良心注入新血液。在我們看來，這未來已經存在了；在我們不知不覺間，它的光明照耀著我們；但是科學與文學的道路並不通向大自然。愚人，印第安人，小孩與未受過教育的農家子，倒比解剖學者或是古物學家，站得離那可以閱讀大自然的光明近些。

1．Alcibiades，紀元前五世紀雅典政治家，軍人。

2．Catiline，紀元前一世紀羅馬政治家。

3．先知約書亞率以色列人入迦南，在基遍戰場禱告上帝使日頭停止移動。

4．Giovanni Battista Belzoni（1778～1823），意大利探險家。

5．Herodotus，紀元前五世紀希臘歷史家，世稱史學之祖。

6．Thucydides，紀元前五世紀希臘歷史家，世稱為批判的歷史之祖。

7．Xenopon（434～355 B.C.），希臘歷史家及軍事家，蘇格拉底的弟子。

8．Plutarch（46～120），希臘傳記作家，道學家。

9．Pindar（522～488 B.C.），希臘抒情詩人。

10．Phocion（402～317 B.C.），雅典政治家，軍人。

11．Guido Reni（1575～1642），意大利名畫家。

12．Roos，十七世紀德國藝術畫家。

13．意大利佛羅倫斯著名教堂。

14．Heeren（1760～1842），德國歷史學家。

15．希臘悲劇作家Sophocles（496～406 B.C.），所著關於古希臘名射手Philoctets的悲劇。

16．Hafiz，十四世紀波斯著名抒情詩人。

17．Lodovico Ariosto（1474～1533），意大利詩人。

18．Sir Walter Scott（1771～1832），英國小說家，詩人，著述甚多，我國最熟悉者為《克遜劫後英雄傳》（Ivanhoe），有中譯本。

19．Prometheus，希臘神話中人類文化之創造者。

20．Antaeus，希臘神話中之決鬥家，力大無窮，戰無不勝。

21．Orpheus，希臘神話中之名音樂家，彈琴能感動禽獸金石。

22．Tantalus，希臘神話中人物，觸犯天神，被罰立水中而無法掬飲，有鮮果懸頭上而無法取食，飢渴交煎，痛苦萬狀。英文字tantalize即由此得來。

23．Lord Tobolt，莎士比亞《亨利第六》第一部主角，率英軍與法國聖女貞德（Joan of Arc）作戰，後援軍未到陣亡。

24．Pierre Simon, Marquis de Laplace（1749～1827），法國天文學家兼數學家。

25．Joseph Louis Gay-Lussac（1778～1850），法國化學家兼物理學家。

26．George Frederick Handel（1685～1759），德國音樂家，後入英籍，稱聖樂（Oratorio）之祖。

27．James Watt（1736～1819），蘇格蘭人，發明蒸氣機。

28．Robert Fulton（1765～1815），美國發明家，以蒸氣機原理應用於船舶上。

29．Sir Richard Arkwright（1732～1792），英國人，發明紡織機。

二　喜劇性

人類幾乎是普遍地愛好詣趣，是自然界唯一的會開玩笑的生物。石頭、植物、野獸、鳥，它們從來不做什麼可笑的事，如果有什麼荒誕可笑的事在它們面前發生，它們也毫不露出有理解力的表示。自然界萬物中最低級的不說笑話，而最高級的也不。「理性」宣判它的無所不知的「是」或「否」，但是從來不管其中的程度與部份；然而部份與整個的本體相較，即是笑的起源。

亞里斯多德給「可笑」下的定義是：「與時間與地點不配稱，而又沒有危險性的事物。」如果有痛苦與危險，它就成為悲劇性的；如果沒有，就是喜劇性的。這定義雖然出自一個可欽佩的下定義的名手，我承認我並不對它感覺滿意，它並沒有說出我們所知道的一切。

一切笑話，一切喜劇的本質似乎是：半隱半顯，然而是誠實地，善意地；我們假裝要做什麼事，卻不去做，而一方面仍舊在那裏大聲嚷著要做。智力遇到了阻礙，期望遇到了失望，智力的連貫性被打斷了，這是喜劇；而它在形體上表現出來，就是我們叫做「笑」的那種愉快的抽搐。

除了極少數的例外——幾種鳥獸的詭計——自然界裏沒有半幻半真，沒有似隱似現，直到人類出現。沒有知覺的生物，才執行智慧的全部意志。一棵橡樹或是栗樹從來不去做它不會做的事；即或在植物學裏確是有一種現象，我們稱它為「停止發育」，但是那也是大自然的一種作用，在智能方面看來，它也是同樣地完整，在各種不同的境況下完成了更進一層的作用。同樣的規則也適用於獸類身上。牠們的活動顯示永遠正確的見識。但是人，因為能夠有理性，就能觀察到一件事物的全部與一部。理性是全部，而一切其他的東西都是一部份。整個的大自然對於整個的思想都是適合的——也可以說，對於理性是適合的；但是你把大自然的任何一部份分開來，試著將它單獨看作大自然的全部，那就是荒誕的感覺的起源。幽默——那永久的遊戲——就是體貼地，和藹地觀看每一件存在著的事物，超然地，就像你看一隻老鼠，將牠與永恆的整體比較；你欣賞每一個自滿的生物在那毫無情義的宇宙內顯盼自若的姿態，為它祝福，然後遺開它。某一個人的形體，一匹馬，一條蘿蔔，一隻麵粉袋，一柄傘——任何物件，你把它與一切事物的關係隔離開來，默想它單獨地站在絕對的大自然裏，它立刻變成喜劇性的；無論多麼有用，多麼可尊敬的品質，都不能把它由滑稽的局面挽救出來。

因為人有理性——也就是那「整體」——所以人的形體是「完整」的表示，向我們的幻想力暗示真與善的完美，用反襯的方法暴露出任何半隱半顯的，不完全的東西。完美與人的形體之間有一種基本的聯繫。但是等到實際的人登場時，如果發生的事情並不能使這期望實現，我們的理智立刻看出那矛盾之點，表現在外面的就是肌肉感到的刺激——笑。

理性不說笑話，有理性的人也不；一個先知，在他的內心裏道德的情操強於一切——一個哲學家，在他的內心裏，對於真理的愛好強於一切——他們不說笑話。但是他們給我們帶來一個標準，一個合於理想的整體，暴露一切實際上的缺點；所以最好的笑話是以理解力，從哲學家的觀點，同情地默想某些事物。在實際生活裏，最真實深刻的笑話是：一個純粹的理想主義者在那些社會制度中串來串去，由一個世故很深的人陪伴著他，那人一方面同情那哲學家的觀察，一方面也同情那些敗露了的，躲躲藏藏的制度，同情它們的慌亂與憤怒。他看出內中的矛盾，他的眼睛不停地從那些規則上溜到那些不正當的，說謊的，倫竊的事實上，這使人笑出眼淚來。

這是人生的基本的笑話，也成了文學的基本的笑話。在一切動作裏存在著正義與真理的理想，而在實踐中卻有無數的缺欠，這使我們良心上感到悔恨，在我們的情趣上，是覺得這是悲劇性的，而在我們的理智上，是覺得這是奇特可笑的。我們的同情心的活動也許會暫時妨礙我們理智地看清這件事實，從中得到笑樂；但是一切謊言，一切罪惡，只要是從夠遠的距離外看到它們——從某一個觀點看來，不會引起我們道德上的同情心的干涉——它們就成為滑稽可笑的。喜劇是識者看出了矛盾之點。有一個理想存在，就顯露出理想與事實之間的分別；而每逢那理想具有形體，有一個可以看得見的人來代表它，就更加強了喜劇性。所以莎士比亞裏的福爾斯塔夫[1]是個最多才多藝的喜劇人物。他毫無保留地縱情聲色，冷靜地不理睬理性，而一方面又僭冒著理性的名義；又偽裝愛國，偽裝充滿了父愛。但他這一切並不是故意欺騙人，而只是由欣賞那理性與「理性的否定」之間的混亂——換句話說，就是他所謂的「上流的流氓群」——使諧趣功德圓滿。哈爾王子[2]站在一邊，代表敏銳的理解力，他看到「真相」，對它感到同情，而且正在年青力壯的時候能充分感覺到享樂的吸引力，所以他顯然是有資格欣賞那笑話。而同時他過於在理性的控制下，所以他不像別的看客那樣地覺得笑話可笑。

如果喜劇性的要素是觀念與錯誤的演出在理智中的對照，那麼我們看到這錯誤被暴露出來，很有充分的理由感到激動。我們最深切的利益是我們道德上的完整性，我們應當利用笑話來使我們注意到這一點，並且將我們所相信的任何謊話都予以打擊，藉此喚醒自己。而且，能夠看出滑稽之點，似乎是我們心理的構造中的一隻保持平衡的輪盤。它彷彿是一個優美的個性裏不可少的原素。無論在什麼地方，只要智力是建設性的，就有它在那裏。我們覺得即使是最高尚最智慧的人，如果缺少它，也是一個缺點。對於喜劇性的理解力，是與別人同情的聯繫，可以保證我們不會神經失常，保護我們不會有乖張的傾向與陰鬱的瘋狂——那些優秀的有智力的人有時候會在裏面迷失了自己的病象。一個無賴漢，只要他還能夠感覺到某些事物是滑稽的，他就還可以悛改。如果他失去了這種知覺。就無可救藥了。

對於滑稽的感受確是可以太過火。人們看出某一件事物半隱半顯，與一個潛伏著的謊話，就以奇異的笑聲的爆發來慶祝這種理解力。有些人對於這一類的印象敏惑到痛苦的程度。如果他們在一間房間裏，有一個詼諧風趣的人走了進來，他們立刻情不由己的臉上與腰間猛烈地痙攣著，喉嚨裏喧鬧地吼叫著。那風趣的人如果向他耳語，這樣的人往往像一個甘心情願的殉道者一樣，湊上去承受著。這樣的事我們常常看見，我們的同情也決不是偽裝的。如果是在一個莊嚴的集會裏，這發射下的犧牲者的神氣，很像一隻堅固的船，剛剛有一個巨浪打上了甲板；船雖然沒有裂開，可是暫時很危險地搖擺著。為了社會的治安與餐桌上的禮儀，似乎應該在一個著名的風趣的人旁邊安置一個遲鈍的，腰板筆挺的人，能夠毫不動容地忍受這種炮火。它確是阿波羅的一枝箭，穿過這宇宙，除非它遇見一個神秘的信徒或是一個陰鬱的人，無論到哪裏都有微笑與敬禮作為它的先驅。風趣自能引起人們的歡迎，使一切區別都化為平等。莊嚴，學問，堅強的個性，全都不能抵抗好的風趣。它像冰；在冰上走過，無論是怎樣美麗的形體，威嚴的姿態，都沒有特權——他們必須小心翼翼地走著，遵守冰的法則，否則他們就要跌倒了，斯文掃地。「只因為你是有德行的，你就板起臉來，以為世上從此就不許有愉快的享受了？」普魯塔克愉快地論述笑話的價值，作為哲學家的一種合法器械。「人只有在發言的時候才能夠運用修辭學，但是即使在沉默的時候或是愉悅地說笑話的時候，也可以運用他們的哲學。不公正而外表好像公正，是極度的不公正；同樣地，研究哲理而外表不像研究哲理，在嬉笑中做成別人嚴肅認真地做的事，這是最高的智慧。正如尤利辟蒂斯[3]的戲劇裏，巴克人雖然沒有鐵製的工具，也沒有武裝，竟用他們扛著的樹枝打傷了侵略者；同樣地，真正的哲學家的笑話與愉悅的言談，能夠感動一切不是完全無知覺的人，並且能例外的改造他們。」

在生活的每一部門裏，發笑的原因是耳朵與眼睛看到聽到言語的外表，並且保留著這印象，而一方面向我們的靈魂洩露了它的意義。於是，宗教的情操既然是我們的一切情操內最重要最崇高的，能夠發出莫大的影響，所以如果這情操不存在，而由動作或是言語或是職司擅自代表它，這使我們整個的天性都感到深惡痛絕。我們在感情上感到震駭，並且因此覺得悲傷。但是在智能上，缺乏宗教情操並不使人痛苦；智能將崇高的觀念與那冒充它的虛張聲勢不停地比較著，兩者不相稱的感覺就是喜劇。而且因為宗教的情操是大自然裏最真實最懇切的東西——它僅只是一種忘形的情景，出現的時候就排斥了一切其他的顧慮——因此，污損它就是最大的謊話。所以文學裏最古老的嘲諷就是譏刺虛偽的宗教。這是最可笑的笑話。在宗教裏，情操就是一切；儀節或是儀式是無足重輕的。但是，當那情操停止活動的時候，人的惰性就驅策他們去模仿它所做的那件事；他們演出那一套儀式，只略去內中的意志，他們將假髮誤認為頭，衣服誤認為人。錯誤的年代越久，形式越發展得龐大，在我們的智能上就越覺得它可笑。約翰．斯密斯艦長，發現新英格蘭的人，是相當幽默的。曾經資助教會向野蠻人佈教的倫敦會團，無疑地是希望當時的基奧克人，黑鷹人，吼雷人，特斯塔諾人[4]都篤信耶教，至少成為教會委員與執事。他們糾纏著那英勇的遊歷者，常常從英國帶信給他，涉及向印第安人傳教，與擴大教會的事。斯密斯感到為難，不知道怎樣能使那會團滿足。如是他派遣一隊人到沼澤中去，捉了一個印第安人，將他在下一隻船上就送回倫敦，告訴那會團他們可以自己設法使他皈依基督教。

宗教的情操命令人應該怎樣處世為人，而當教會所表現的卻正和它相反的時候，諷刺就達到了最高潮，像《胡帝卜拉斯》[5]一書中對於清教徒的政治的描寫——

我們新英格蘭的同胞們
慣常原宥他們所常要的罪人，

而將無辜的，教會所不常要
的人作為他們的替身來處絞。
最近有個城裏住著個皮匠，
只有他一個人幹這個行當，
他能夠在教義中找到實際效用，
不但補皮鞋，連人生也能補縫。
這寶貝教友，他在和平的時期
殺了個印第安人，並非出於惡意，
而僅只是由於熱誠，
（因為他不信奉真神）。
偉大的托蒂泡蒂摩依酋長，
派了使者將我們的長老來拜訪，
大聲抗議說我們違反
派祺教友公佈的盟約條款，
約束雙方教會的法令
被我們破壞淨盡，
因此他要求將罪人移交

給他，或是將罪人處絞。
但是他們考慮得審慎周詳，
他們只有這一個人幹這一行，
（一個人兼有雙重的職務，
講道而又把皮鞋修補。）
決定赦免他，但是一方面
也不能讓那印第安人負屈含冤，
將一個老織工做他的替身，
將那臥病的老織工處絞刑。

在科學裏，嘲笑腐儒，也就類似於宗教裏的嘲笑迷信。學者僅只用一種分類的名詞或是專門名詞來作為他最近上的一課自然法的備忘錄，他自認這是一種權宜之計，僅只是露宿一夜，暗示明天還要行軍，征討——但是由於我們的惰性，它竟成為一座營房，一座監獄，人在裏面坐了下來，一動也不動，還想把別人也扣留下來。生理學家坎帕[6]幽默地承認他的研究影響到他普通的社交，使它脫節。他說，「我研究鯨類，已經有六個月了；我明瞭這些龐然大物頭部的骨骼構造，而且將它與人類的頭部完全聯合在一起，以至於我現在覺得每一個人都像海犀，海豚，或是白鯨。女人，交際場中最美麗的，以及那些我認為不太漂亮的，在我眼中看來她們全是海犀或海豚。」我聽到過一句話：「疾病的規律也和健康的規律一樣美麗；」前些日子我剛巧遇到這句話的一個奇特的例證。我正匆匆地去訪問一個我很尊敬的老友，聽說他已入彌留狀態，路上卻遇見他的醫生，那人很高興地招呼我，喜悅在他的眼睛裏閃閃發光。「我的朋友怎樣了？」我問。「哦，我今天早晨看了他的；那是我所看見過的最正確的中風症；臉與手作青黑色，呼吸發出鼾聲，一切病象都是完美的。」他愉快地搓著雙手，因為在鄉下，我們不是每天都能找到這樣一個病人，病症與書上的診斷完全符合。有一個非常無聊的故事相當流行，我認為裏面含有惡意；我疑心它對於我們自然史學會的弟兄們寓有某種諷刺，否則我也不會注意到它。它是說一個孩子在那裏學習字母。「那字是A，」教師說；「A，」那孩子拖長了聲音說。「那是B，」教師說；「B，」孩子拖長了聲音說，於是就這樣繼續下去。「那是W，」教師說。「該死！」孩子叫喊起來，「那就是W麼？」

文學上的迂腐也屬於同一種類。在這兩種情形下，同是說謊——心靈抓住一個分類來幫助它較真切地了解那事實，然而隨即停頓在那分類上；或是為了要更進一步了解人們而學習一種語言，讀書，然而隨即停頓在語言與書本上；在這兩種情形下，學習的人都彷彿是智慧的，而並不是。

窮人撐場面，也是同樣的情形——說謊；而由於一種偽裝的外表沒有兌現，使我們心情混亂，不知道應當同情哪一方面——這使我們對於貧窮的不斷的諷刺更加尖銳化；因為根據拉丁文的詩與英文的打油詩：

貧窮最大的壞處，
是使人變成滑稽可笑。

在這例子裏，半隱半顯的地方就是當事人覺得因為他們的境況該得到同情。如果一個人並不以他的貧窮為恥，那就不成為笑話了。一個最窮的人，如果他站穩立場，做一個堂堂男子，就毀滅了那嘲諷。聖徒的貧窮，專心一志的哲學家與赤裸的印第安人的貧窮不是喜劇性的。人向他的外表投降，就是說謊；就彷彿一個人忽略他自己而以無限的尊敬對待他牆上的影子。這給我們一種奇異的感覺，就像是看見東西顛倒過來，或是看見一個人在大風中追趕他的帽子，那永遠是奇突可笑的。當事人的關係倒了過來——帽子暫時成了主人，旁觀者為帽子喝采。在文明生活裏，人造的種種需要與花費的增加，與一切瑣碎的形式的誇張，造成無數的時機讓這種矛盾來暴露它自己。人們傳說的畫家艾斯忒萊的故事就是這樣的。有一天，他和一群人到羅馬的近郊漫遊，天氣很熱，他的同伴們都脫掉了外衣，而他拒絕脫去，繼續汗出如瀋。這引起大家的議論，於是他的同伴們開玩笑地剝掉他的外衣。看呀！在他那件背心的背部，一個愉快的小瀑布轟雷似地流下來，濺到巖石上，發出白沫與虹彩，在這樣悶熱的天氣裏非常使人神清氣爽——是他自己的一幅圖畫，這可憐的畫家用畫來補足他服裝上的缺點。我們的理智感到驚異——因為「人」的房屋或是他的車馬僕從涉及某種迷信，竟使「人」在大自然裏失蹤了；彷佛真與善都被它們所穿的衣服把它們從宇宙中驅逐出去。這種驚奇的感覺，就是一切關於著名的紈袴子與時髦人的笑話的秘訣；這也適用於狄德樂[7]筆下的藍摩，他什麼都不相信，只相信飢餓，相信藝術與道德與詩歌的唯一目的，就是放一點東西在上下牙床之間以供咀嚼。

所有這些例子，與無論哪一種怯懦或是恐懼的例子，不論巨細，從喪失生命到損失一隻匙子——在這一切情形下，人的尊嚴都同樣地被褻瀆了。凡是一切事物都應當替他們服務的人，也為他們自己的一件工具服役。在精美的圖畫裏，面部表情從頭部放射到四肢裏。拉斐爾[8]畫的〈天使把希黎峨道勒斯趕出聖殿〉，盔上的羽毛畫得那麼好，要不是因為面容具有異常的精力，就嫌太引人注意了；但是天使的面貌壓倒了它，所以我們看不見它。在壞的圖畫裏，四肢與身體減低面龐的價值。街上的女人也是這樣，你會看見一個女人，她的帽子與衣服是一件東西，而她自己又是另一件東西，同時又帶著一種表情，彷彿她柔順地屈服於她的帽子衣服之下；又有另一個女人，她的衣服順從而且襯托出她形體的姿態。

每逢一個人顧慮到自己的外表，面貌，體格與態度，就又多了些喜劇資料。這些儀表，態度，都是應當聽其自然的；沒有風格是最好的風格。巴黎的社交界流行的笑話大都是取笑這件事——拿破崙認為這些笑話是可畏的，在法國名人的回憶錄裏也記載著許多這一類的笑話。一個地位很高但是身材極瘦的女人，給杜洛樂依伯爵夫人起了個綽號，「三色旗下的近衛兵」，暗諷她的高個子和她對共和政體的主張。伯爵夫人就報復，稱這位夫人為「拉舍斯神父的愛神」——巴黎有一個拉舍斯神父墓園——譏誚她的骨骼，這綽號也傳開了去。戈登公爵夫人說，「C爵士嗎？呵，他完全是一把梳子，全是牙齒與背脊。」波斯人有一個關於帖木兒的有趣的故事，也是涉及這一類情形：「帖木兒是一個醜陋的人，瞎了一隻眼睛，跛著一隻腳。有一天巧德夏與他在一起，帖木兒搔了搔頭，因為是剃頭的時候了，他下命令把理髮匠叫進來。剃完了頭，理髮匠遞給他一面鏡子。帖木兒在鏡子裏看見他自己，發現他的臉太醜陋了。因此他開始哭泣；巧德夏也哭了起來，他們就這樣哭了兩個鐘頭。於是有些朝臣開始來安慰帖木兒，用奇異的故事給他消遣，使他完全忘記這件事。帖木兒停止哭泣了，但是巧德夏並不停止，他現在才開始大哭起來，而且非常認真。最後帖木兒向巧德夏說，『你聽我說！我向鏡子裏看了看，看見我自己是醜陋的。所以我悲傷，因為我雖然是王，而且有許多財富，許多妻子，然而我這樣醜陋；所以我哭了。但是你，你為什麼哭得不停？』巧德夏回答，『如果你只看見過你的臉一次，一看見了就忍不住哭了起來，我們應當怎樣呢——我們每天每夜都看見你的臉。我們不哭，該誰哭呢？所以我哭了。』帖木兒把肚腸都要笑斷了。」

政治也供給我們一個同類的諷刺對象，那胸襟闊大的愛國的情操，將全國的人都認作同胞，還有比這更高尚的麼？然而，一旦我們看出這種熱誠結果只造成意義非常明顯的商業規則，一切都是有代價的，我們的理智就又感到這僅只是半個人。又有人倡議我們應當不顧一切反對，擁護支持一種原則——還有此這更適當的事麼？但是當那些叫我們選他們作代表的人出現的時候，我們一看見是些什麼人，就惶惑起來，不知所措了。

這種分析簡直是沒有完的。每逢我們放棄我們自然的情操，我們無論一舉一動都是可笑的。我們一切的計畫，經營，房屋，詩歌，如果和人類所代表的智慧與仁愛比較起來，全是同樣地有缺點，滑稽可笑。但是我們也不能隨便放棄任何利益。我們必須從笑聲裏得到教訓一樣；探掘整個的大自然，不但包括樓上大廳裏的詩人與哲學家的訓誨，也包括樓窗下院子裏的鬧劇與打諢，於狂笑中得到休息，覺得神清氣爽。但是喜劇性自身很迅速地就遇到限制。歡笑很快地就成為放縱，那人不久就會頹然而死，就像有些人被人呵癢致死。同一條鞭子鞭打著說笑話的與愛聽笑話的人。正當喜劇演員卡里尼使整個的那不勒斯城的人都笑斷肚腸的時候，有一個病人去找那城裏的一個醫生，治療他過度的憂鬱，他就快要死在憂鬱症上了。醫生努力使他精神愉快，勸他到戲院去看卡里尼。他回答，「我就是卡里尼。」

1．Falstaff莎士比亞戲劇，Merry Wives of Windsor及Henry IV中人物。
2．Prince Hal在Henry IV劇中即Prince of Wales。
3．Euripides，公元前五世紀希臘名悲劇詩人。
4．均北美洲印第安族名。
5．Hudibras，十九世紀英國作家Samuel Butler所作諷刺詩。
6．Pieter Camper（1722～1789），荷蘭博物學家，解剖學家。
7．Denis Diderot（1713～1784），法國哲學家，作家，百科辭典主編人。
8．Raphael（1483～1520），意大利名畫家。

三　悲劇性

一個人如果從來沒有參觀過痛苦的展覽所，那麼他只看見過半個宇宙。正如海洋的鹽水蓋滿了地面的三分之二以上，憂傷也同樣地侵蝕人的幸福。人們的談話全是些遺憾與憂懼的混合物。似乎在閒暇的人的眼中看來，一般的事物都帶著憂鬱的色彩。在逆境中，我們的生存似乎是一種自衛的戰爭，掙扎著反抗那侵略性的宇宙，它威脅著要立即吞沒我們，連這短期的緩刑也覺得不耐煩。我們剩下的產業多麼貧乏；我們剩餘的活力多麼微薄！靈魂彷彿已經縮小它的領域，由於失去記憶力，它退到更狹窄的牆垣內，放棄它播過種的田地，任它湮沒毀滅。我們自己的思想與語句已經聽上去很生疏異樣了。回憶與希望同時減縮。從前我們笑著跳起來執行的那些計畫，現在我們對著它只感到困倦，想在雪地裏躺下來。在平靜的時候我們也沒有太多的毅力。我們不敢輕於放棄任何利益。物質上或是精神上的財富，即使我們現在並不需要它，也成為準備金，預防明天或者會到來的災禍。人們普通都一致認為有些國家的國民性比較陰沉，我們可以說歷史上沒有記錄過任何社會像我們這樣地容易感到沮喪。哀愁緊緊黏附在東半球與西半球的英格蘭民族的心靈上，就像它黏附在風奏琴的弦上一樣。男女在三十歲或者更早的時候——就失去了一切彈性與活潑，如果最初的事業失敗了，他們就撒手不幹。或者我們與我們近旁的人都是有幾分脆弱性的，但是無論如何，一種生命的理論如果不把罪惡，痛苦，疾病，貧窮，不安全，分離，恐懼與死亡的價值計算進去，它絕對不會是正確的理論。

人性中突出的悲劇因素是什麼？生命中最苦痛的悲劇因素——生自一種智力的來源的悲劇因素——是相信一種殘酷的命運或是定數；相信大自然與事件的秩序是被一種法律所控制著，這法律堅持到底，並不是適應人類的，人類也不適應它；如果人的願望恰巧與它走一條路線，它就為他服役，如果他的願望與它走相反的路，它就毀滅他；無論它服役他還是毀滅他，它都毫不在意。這可怕的意義就是古希臘悲劇的基礎，也使伊底巴斯[1]與安蒂剛尼[2]與奧萊斯蒂斯[3]成為我們惋傷的對象。他們必須死亡，而上面也沒有一個更高一級的神來阻止或是緩和這可怕的機器，它磨碾著，聲如雷鳴，將我們捲入它可怕的系統中。東印度神話之所以永遠縈繞在我們的幻想裏，也是由於同一種觀念所造成的一種使人癱軟的恐怖。土耳其人的宿命論也是同一種思想。有些人沒有受過教育，也沒有反省力，宗教的情操對於他們也沒有多大影響，凡是這種人，我們發現他們都有一種迷信的特徵：「如果你阻礙水，下次你就要淹死了；」「如果你數十顆星，你就會倒下來死去。」「如果你潑撒了鹽，」「如果你的叉子落到地下，筆直站著，」「如果你把天主祈禱文倒過來唸。」——諸如此類，各種的刑罰，完全不是基於事情的本質，而是基於專橫的意志。但是這種恐怖——怕違背一種我們所不知道，也無法知道的意志——這種恐怖只要一經反省，就不能存在：它在文明時代就消滅了，並且無法再產生，就像我們無法再產生童年對於鬼的恐怖。它與「哲學上的必要」的學說的分別在這裏：後者是一種樂觀主義，所以那痛苦的個人發覺他是全宇宙的一部份，全宇宙的福利中也顧念到他的福利。但是在命運裏，被執行的並不是全體的福利或是最好的意志，而只是某一個特殊意志。其實命運完全不是一種意志，而是一種龐大的狂想；而這是有真理性的心靈裏恐怖與絕望的唯一基礎，也是文學裏唯一的悲劇基礎。所以我們永遠不能再產生基於這信仰上的古典悲劇。

理性與信心造成一種較好的大眾的和私人的傳統；此後，悲劇的因素就稍稍受限制了。然而永遠總還有這種現象遺留下來：這世界的規律妨害我們私人的滿足。那些規律建立了大自然與人類，而不停地阻撓愚昧的個人的意志，其所採的方式是疾病，窮困，不安全，與不團結。

但是在我看來，悲劇的要素並不在任何可以列舉的兇惡。飢荒，熱病，無能，殘缺，苦痛，瘋狂，離散——我們列舉這一切之後，還沒有列入正當的悲劇因素，那就是恐怖。恐怖並不屬於某種確定的凶事，而是屬於不確定的凶事；它是一種不祥的精靈，纏繞著下午與夜間，懶惰與孤獨。

一個卑鄙的形容枯槁的鬼怪坐在我們旁邊，「設計著某些不確定的罪惡」——一個不祥的預感，一種幻想力，能夠使有秩序的愉快的事物脫節，把它們重新排列過，使我們看了吃驚。聽！夜風裏吹來什麼聲音？那座房屋有一種友善的氣氛，裏面卻有人叫喊「救命」；你看，這些頓足的腳印，隱藏的暴動的跡象。偷聽到的密談，偵察到的自語，惡意的瞪視，沒有理由的恐怖，懷疑，一知半解與錯誤，使人們的額前罩上陰影，心變冷了。因此，最為了這些原因而痛苦的是這一種人：本性不清晰，觀察力不迅速穩定，個性有缺點，有些東西別人都看得見，只有他看不見。引起我們極度的憐憫的人，他們的悲劇似乎是由性情組成，而不是由事件組成。有些人對於悲傷很有胃口，愉快是不夠強烈的，他們渴望痛苦；他們的胃有抗毒力，必須吃有毒的麵包；他們是天生注定了命苦，無論怎樣的繁榮，也無法安慰他們紊亂的哀愁。他們聽錯，看錯，他們懷疑，懼怕。他們握弄樹叢中的每一棵多刺的蕁蔴與常春藤，踏著草地上的每一條蛇。

如果有一個壞機會來臨，
我們就把我們的力量加在它身上，
我們教它狡猾，教它滋長，
讓它踐踏著我們向前邁進。

那麼，說老實話，一切悲哀都屬於一個低卑的領域。它是浮面的；大部份是夢幻的性質，或是屬於外表而不在事物本身裏。悲劇是在旁觀者的眼中，而不是在受痛苦的人的心裏。它看上去像一個無法承担的重負，連大地也在它底下出聲呻吟。但是你分析它；不是我，也不是你，永遠是另一個人在受苦。如果一個人說，看哪！我痛苦——顯然他並不在受痛苦，因為悲傷是喑啞的。它分配給眾人的份量總不到使他們毀滅的程度。有一種悲哀能夠撕毀你，然而它總落到較堅韌的質地上。看上去彷彿是不可忍受的譴責，或是配偶或子女的死亡，並不使那被譴責的，那喪失配偶或子女的男人女人吃不下東西，睡不著覺。有些人超出悲傷之上，又有些人夠不上悲傷。很少人能夠愛。性情遲鈍淡漠的人遇到了不幸是毫無感覺的，性情淺薄的人遇到了不幸，他的感情僅只是演說式的做作。悲劇必須是一件我能夠敬重的東西；好出怨言的習慣並非悲劇。例如古代風聲鶴唳，草木皆兵的故事；怕鬼；一個人在冬天午夜在原野上突然被一種恐怖所侵襲，怕他會凍死；一個家庭在夜裏聽見地窖裏或是樓梯上有些不確定的聲音，感到恐懼——這些都是使我們膝部顫抖，牙齒震震作聲的恐怖，然而並不是悲劇，正如暈船並不是悲劇，而暈船也可以使人喪失生命。它是充滿了幻象。它來到的時候，自有支持它的東西。最容易遇到危險的人們，兵士，水手，赤貧的人，也絕對不缺乏血氣。人的精神是從不辜負自己的，它在任何情況下也找得到支持它的東西，它學會在所謂災難中生活，也就跟在所謂幸福中一樣安逸；正如最脆薄的玻璃瓶，如果它裝滿了水，就能夠在河底托住上千磅水的重量。

一個人不應當將他心境的寧靜寄託在外界的事物上，應當儘可能地把韁繩握在自己手裏，輕易不容許自己感到喜悅與悲傷的極端的感情。有人觀察到塑像藝術最早的作品是崇高的寧靜的面容。埃及的獅身人面獸——它們今天還坐在那裏，就像它們從前那時候坐在那裏：希臘人來了，看見了它們，走了；羅馬人來了，看見了它們，走了；現在來訪問它們的土耳其人，英國人，美國人都走了的時候，它們也仍舊會坐在那裏，「它們冷眼注視著東方與尼羅河。」——它們的面容表現滿足與寧靜，一種健康的表情，它們的長命不是偶然的，它們證實歷史自古就判決那民族是永久長存的，「他們能夠靜坐，這就是他們的力量。」人體的這種建築上的穩定性，又由希臘的天才給它加上一種理想的美，而並沒有攪亂那沉靜的封印；不許有劇烈的感情，歡笑或是憤怒或是痛苦。這是和人性逼真的。因為在人生裏，動作是稀少的，就連意見也稀少，祈禱也稀少；也難得有愛與恨，或是靈魂裏放射出來的任何感情。大部份的時候，生命所要求於我們的不過是一種均衡，一種機敏，張開著的眼睛和耳朵，自由的行動。社會要求這個；真理，愛，與我們生命的本性也都作同樣的要求。有些人的內心裏有一種火焰，需要發洩在某種粗野的動作上；他們對於安靜感到不耐煩，他們將這種心理表現在一種不規則的步伐上；表現在不規則的，訥訥的，雜亂無章的言辭上，小題大作。他們以悲劇化的態度對付瑣事。這是不美麗的。他們還不如去砌幾丈石牆，發洩掉這過度的暴躁。兩個陌生人在大路上遇見，每人對於另一個人的要求是：他的神色中應當表現一種堅定的意志，準備應付任何事件，或好或壞；隨時適應緊急需要，同樣地有準備可以給人死亡或是給人生命。我們必須像客人一樣地在大自然中行走；不是激動地，而是冷靜地，洒脫地。一個人應當審判「時代」，他的面部表情應當像一個正直的審判官，表示他沒有任何成見，什麼都不怕，甚至於什麼都不希望，他只憑大自然與命運的功過來判斷它們：他要等這案件辯論終結，然後決定。因為一切哀愁，正如一切熱情，都是屬於外表的生活。一個人如果沒有根基，沒有在神聖的生命裏生了正當的根，他就憑藉著一些感情的葛藤，依附著社會——也許依附著社會中最好最偉大的一部份，而在平靜的時代也並看不出他是隨波逐流，沒有下錨；但是只要社會中發生任何震動，有任何習俗上法律上意見上的革命，他那種永久性立刻動搖了。在他看來，他的鄰舍們的混亂也就是全宇宙的混亂；又變成混沌世界了。然而事實是：他早已是一隻漂流著的破船，後來起的這一陣風不過向他自己暴露出他流浪的狀態。如果一個人是有中心點的，在他看來，人物與事件都忠實地反映他預先在自身裏面發現的一切。如果社會裏出了任何橫逆或放蕩的事件，他就會與別人聯合起來，防止這種危害，但是這一類的事並不使他怨恨或是恐懼，因為他可以看出它自有它不可超越的限制。他在罪惡最聲勢浩大的時候已經看出怎樣可以即時矯正它。

個別的救濟也可以隨機應變地對付人類的災難；因為這世界必定會保持均衡，它憎恨一切的誇張。

時間能夠安慰我們，時間帶來無數的改變，它使新的人物，新的衣裝，新的道路侵入我們的眼簾，新的喉音襲入我們的耳鼓，於是它替我們拭乾新流下來的眼淚。正如那在暴風雨中彎腰倒臥著的麥子又被西風將它的頭扶了起來，夜間糾結紊亂地躺在地下的草又被西風將它梳理整齊了，我們也讓時間進入我們的思想中，像一陣乾爽的風，吹進那黑暗潮濕的，麥莖都傴僂著的田野。時間使我們的思想恢復鎮定與彈性。可能使我們終身殘廢的打擊，我們多麼快就忘了。大自然是永不休止的；新希望又產生了，新的愛情又縈繞著，破碎的又變成完整了。

時間能安慰我們，而人的氣質能夠抗拒痛苦的印象。大自然的防禦工作與攻擊的力量成正比例。我們人這樣東西是非常柔韌的；如果它不能在這裏得到滿足，它就跑到那邊去，在那裏得到滿足。它是像一條溪流，如果在這邊岸上築起堤來，它就氾濫了彼岸，並且隨意地在沙上或是污泥或是大理石上都同樣地流著。痛苦大都僅只是表面上的。我們幻想它一定是慘酷的；而那病人自有他的補償。在疾病中尤其可以看出這自我適應環境的力量。名醫卻爾士．貝爾爵士說：「我的責任是視察醫院裏的某種病房，那裏所收容的病人全是患著一種疾病，最使我們在幻想中聯想到不可忍受的痛苦與確定的死亡。然而這些病房裏住的人顯然並不缺少鎮定功夫與愉快的精神。在我們看來，認為某種情況絕對沒有任何附帶的境遇可以緩和它的痛苦，而受痛苦的人自有一種神秘的均衡力，與那種情況對抗。」還有一種類似的情形可以用作補充：有一種人，他們的個性使他們大量地使用他們的身體與精神。拿破崙在聖海倫納島上向他的一個朋友說：「大自然彷彿預算到我要忍受極大的挫折，因為它給了我一種氣質，就像一塊大理石一樣。雷也轟不動它；箭僅只在上面溜過。我生平的大事在我身上輕輕滑過，絲毫沒有傷害我的精神或體質。」

理智也是一種安慰，它喜歡將一個人與他的命運隔離起來，藉此將那受痛苦的人化為一個旁觀者，將他的痛苦化為詩歌。它給予我們會話與文學與科學的種種快慰。因此生命的磨難也變成音韻悠揚的悲劇，有莊嚴的柔和的音樂，點綴著富麗的幽暗的圖畫。但是還有比藝術的活動更崇高的東西：純粹的理智與純粹的道義是沒有分別的，兩者都使我們心曠神怡，達到一種極高的境界，這些悲哀的熱情的雲霧是不能上升到那裏的。

1．Oedipus，希臘神話中人物，Thebes英雄，誤弒其父Laius而娶其母Jocasta，生有子女，發覺後其母自縊，伊底巴斯自剜其目。

2．Antigone，伊底巴斯及Jocasta之女（見前註），性極孝，父盲夜服侍無間至其死。

3．Orestes，希臘神話中人物，弒母以報殺父之仇。

第三章　詩

一　問題

我喜歡教堂；我喜歡僧衣；
我喜歡靈魂的先知；
我心裏覺得僧寺中的通道
就像甜蜜的音樂，或是沉思的微笑？
然而不論他的信仰能給他多大的啟迪，
我不願意做那黑衣的僧侶。

為什麼那衣服穿在他身上那麼能引誘，
而穿在我身上我卻不能忍受？
菲地亞斯彫出可敬畏的天神的像，
並不是由於一種淺薄的虛榮思想；

刺激人心的台爾菲的預言
也並不是狡猾的騙子所編；
古代聖經中列舉的責任
全都是從大自然的心中發生；
各國的祈禱文的來源
都是像火山的火燄，
從燃燒的地心裏湧出的
愛與悲痛的讚美詩句：
多才的手弄圓了聖彼得堂的圓頂，
弄穹了羅馬各教堂上的弧稜，
顯出來一種陰沉沉的虔誠氣息，
他沒有辦法擺脫上帝；
他造得這樣好，自己也不知道，
那靈醒的石頭變得如此美妙。

你知道林鳥怎麼會用牠胸前的羽毛
與樹葉來造牠的巢？

你知道蚌怎樣增建牠的殼，
清晨刷新每一個細胞？
你知道那聖潔的松樹怎樣加增
無數新的松針？
這些神聖的大建築也是這樣起始，
愛與恐懼驅使人們堆上磚石。
地球佩戴著巴特農殿，非常驕傲，
將它當作她腰帶上最好的一顆珠寶。
晨神急忙張開她的眼簾，
凝神著那些金字塔尖。
天空低下頭來湊近英國的僧寺，
友善地，以親熱的眼光向它們注視。
因為從思想的內層中
這些奇妙的建築升入高空；
大自然歡悅地讓出地方給它們住，
讓它們歸化她的種族；
並且賜予它們高壽，

與山岳一樣地永久。

廟宇像草一樣地生長著，
藝術必須服從，而不許超過。
被動的藝術家將他的手出借
給那超越他的龐大的靈魂設計。
樹立這廟宇的一種力量，
它也騎在裏面跪拜的信徒們身上。
那火熱的聖靈降臨節，它永遠
將無數的群眾都圍上一道火焰，
歌詠隊使人聽得出神，
祭司將靈感賦予心靈。

上帝告訴先知的語句充滿智慧，
刻在石碑上，很完整，並沒有碎。
預言家或是神巫在橡樹林下
或是金色的廟中所說的話，

仍舊在清晨的風中飄過，
仍舊向樂意聽的人低聲訴說。
聖靈的言語在世界上雖然被忽視，
然而一字一句也沒有失去。
我知道智慧的長老們的真言，
有一本聖經攤在我面前，
古代奧格司汀最好的著作，
還有一本書將兩者貫通融合，
年代較近的「黃金口才」或寶藏；
作者泰勒是牧師中的莎士比亞。
他的話在我聽來與音樂相仿，
我看見他穿著僧衣的可愛的畫像；
然而，不論他的信仰給了他何等的先見，
叫我做那好主教我還是不願。

二　紫陀蘿花

（有人問我這花的來歷）

在五月裏，海風刺穿我們的寂寞，
我發現樹林裏一個潮濕的角落，
有新鮮的紫陀蘿花，展開它無葉的花朵，
取悅於沙漠與迂緩的小河。
那紫色的花瓣落到池塘裏，
使那黑水也變成艷麗，
紅鳥或許會到這裏來將牠的羽毛洗濯，
向花求愛——這花使牠自慚形穢。

紫陀蘿花！如果哲人問你為什麼
在天地間浪費你的美，
你告訴他們，如果有眼睛是為了要看的，
那麼美麗自身就是它存在的理由：
與玫瑰爭艷的花，你為什麼在那裏？

我從來沒想到問，我從來也不知道，
但是我腦筋簡單，我想著總是
把我帶到那裏去的一種大能，把你也帶去了。

三　為愛犧牲一切

為愛犧牲一切；
服從你的心；
朋友，親戚，時日，
名譽，財產，
計畫，信用與靈感，
什麼都能放棄。

它是一個勇敢的主人；
讓它盡量發揮：
無條件地跟從它，
絕望之後又抱著希望：

它高高地，更高地
躍入日上中天的正午，挾著
不知疲倦的翅膀——
帶著說不盡的意向；
但它是一個神，
知道它自己的途徑，
與天空的一切出路。

它從來不為粗鄙的人而在；
它需要堅強的毅力，
絕對可靠的精神，
不屈的勇敢，
它會報償我們，
毅力可以帶回來
更多的東西，而且
永遠向上直升。

為愛離棄一切；
然而，你聽我說：你的心
應當再聽我一句話，
你的努力還要再加一把勁，
你需要保留今天，
明天，你整個的未來，
讓它們絕對自由，
不要被你的愛人佔領。

拼命抱住那姑娘不放鬆；
然而一旦她年青的心中
別有所歡——
她模糊地揣測著，
自己也感到詫異——
你還她自由，只當她從未戀愛過；
你不要拖住她的裙幅，也不要拾起
她從她花冠上擲下的

最蒼白的一朵玫瑰。

雖然你愛她，把她當自己一樣，
把她當作一個較純潔的自己，
雖然她離去了使日月無光，
使一切生物都失去了美麗，
你應當知道
半人半神走了，
神就來了。

四　悲歌

南風帶來生命，
太陽，與慾望，
向每一個山與草原上
噴著芳香的火；
但是他的權力達不到亡人身上，

失去了的，它無法歸還；
我向山上展望，哀悼
我那永不會回來的愛子。
我看見我的空屋，
我看見我的樹長出新葉；
而他，那奇妙的孩子——
他那野性的銀樣清脆的歌喉，
比深藍的天空下任何震盪的聲音都更有價值，
那風信子一樣美麗的小孩，
早晨天亮，春天開花，
可能都是為了他；
那仁慈的小孩，他活在世界上
使這世界更美，
用他的臉龐報償
慈愛的白晝的恩惠——
然而他失踪了，
白晝到處找他找不到，

我的希望追逐他，而繫他不住。
白晝又回來了，南風到處搜尋，
找到小松樹與萌芽的樺樹，
但是找不到那萌芽的人；
大自然失去了他，無法再複製；
命運失手跌碎他，無法再拾起；
大自然，命運，人們，尋找他都是徒然。

我那聰明可愛的逃學的孩子，
你跑到哪裏，跑到哪裏去了？
幾天以前我還有權利
看守你的行動，你在哪兒我總知道。
我怎麼喪失了這權利，我犯了什麼罪過？
你現在是否有一種新的愉快，而忘記了我？
我留心聽你在家裏的歡呼聲，
呵，口齒伶俐的孩子！
你的聲音是個盡職的信使，

傳達你溫和的意思。
雖然他說到的痛苦與歡喜
都是些稚氣的東西，
適於他的年齡與見聞，
然而最美麗的女子，有鬍鬚的男人
聽見那樣溫柔，智慧，嚴肅，
甜蜜的要求，都喜悅地
彎腰服從他的吩咐，
從世務中抽出片刻的閒暇，
參加他親切的遊戲，
或是修補他籐車的框架，
同時仍舊千方百計
要再來聽那悅人的喉音，
因為他很善於辭令，
他的話頗有勸誘的能力。
最柔和的保護人平靜地注意

他幼年的願望，他慷慨的風儀，
他們從他的眼光中得到啟示，
如何使他的智慧適應現世。
啊，我還記得看見你上學堂，
每天這一件事都值得慶祝，
我胸中感到溫暖，每天早上
看著那一隊人上路，
那籐車裏的嬰兒
眼睛東看西看，面容靜穆；
前後都是孩子們，
如同好讀書的愛神；
而他是酋長，走在旁邊，
他是這隊伍的中心，
甜蜜，寧靜，愉快的臉，
保護那嬰兒，抗拒幻想中的敵人。
那天真的小隊長，
走到哪裡人們都向他凝望，

村中每一個長者都停下來看，
與那可愛的隊伍交談。
我向外面望著，倚著窗櫺，
注視你那美麗的遊行。
衣冠齊整莊嚴地行走，
有仙樂伴奏，
只有你聽得見的一種音樂
將你導向同樣高貴的工作。

我寶愛他，我得意，而現在徒然
仰望俯瞰，望眼欲穿。
那彩漆的雪橇依舊站在老地方，
那狗屋在一捆捆的柴薪近旁，
他收集的木棒，預備等下雪的時候
支持雪塔的牆；
他在沙中掘的不祥的洞，稚氣地建造
或是計畫著的城堡；

他每天去慣的地方，我一一看來，
養雞場，棚屋與馬廄，
與那神聖的腳踏過的
花園中的每一寸土地，
從路邊到河岸——
他最愛向河中觀看。
溫順的雞群在牠們走慣的地方走動，
冬天的花園毫未改變；
小河仍舊流入溪中，
但是那目光深沉的孩子不在這裏了。

那是個陰天，烏雲籠罩，
天色陰暗更甚於風暴。
你天真的呼吸像鳥一樣地升降，
你終於把呼吸交與死亡，
夜來到了，大自然失去了你；
我說，「我們是苦痛中的伴侶。」

天亮了，那亮光很不必要；
每一隻雪鳥啾唧著，每一隻雞都叫，
每一個流浪者都上路了；但是那最美麗
最甜蜜的年青人的腳已然
離開了花園與小山——
他的腳是綑縛著，靜止的。
每一隻麻雀或是歐鷦，
每一莖成熟的穀物，
四季天時都將它照顧，
賦以生命與繁殖的浪潮。
寧可照顧鳥類的幼雛，
寧可照顧石上的苔蘚與蔓草。
呵，上天是像鴕鳥一樣地善忘！
呵，上天是為小失大！
難道不能派來一顆星？
天上難道沒有看守的人？
無數的天使中沒有一個

在那水晶岸上徘徊，
可以彎下腰來治癒那唯一的小孩，
大自然甜蜜純潔的奇蹟；
保存大地上的這一朵花——
一切的秋收也抵不過它。

我從來沒說你是我的——不是我的，
是大自然的後嗣，
不是我創造的，而是我所愛
的人，被上帝鹵莽地撕碎，擲開，
悲痛使我衰老，
因為你必須成為大自然的廢料，
我悲痛，怨懟，是因為一個普遍的希望
消滅了，一切人都要懷疑，迷惘。
因為星辰似乎預言，
這小孩將要掃除無數年代的積弊，
用他奇妙的口才，有神助的筆，

將逃走的藝術女神帶回人間。
也許不是他有病，而是大自然的病態，
是這世界失敗了，而不是那小孩。
時機還未成熟，不能
撫育這樣優秀的才人，
他凝視著太陽與明月，
彷彿他承繼了他份內的產業，
他使我們懷疑舊秩序，
因為他充滿了比這更偉大的思想。
他的美將人世的美嚐了一嚐，
它不能餵飽他，於是他死去。
他彷彿藐視似地退回去步行，
再等無數年代再投生。
這不吉的日子將他的美麗變成廢料，
破壞了誓約，毀傷了這高尚的面貌。
有的人在死者旁邊徘徊，
有的人在書中尋找安慰；

有的去告訴朋友們這消息，
有的去寫作，有的去祈禱；
有的滯留著，有的匆匆走了，
但是他們的心都茫茫無依，
貪心的死神使我們全都喪失了親人，
好讓它擴大一個喪禮。

命運急切地把你帶走了，
也帶走了一大部份的我；
因為這損失是真正的死亡；
這是堂堂的人偃臥在地上，
動作雖然遲緩，但確是臥倒在地，
一個星球一個星球，逐漸把全宇宙都放棄。
呵，樂園的小孩，
你使你父親的家成為可親的，
在你深沉的眼睛裏，
人們看到幸福的未來——

我太灰心了。
你離開了這可恥的世界。
你是真理與大自然代價昂貴的謊言！
你是我們所信任的預言沒有兌現！
你是最豐富的財產遇到厄運的侵襲！
你是為未來而生的，而未來失去了你！

上帝深沉的心回答我，「你哭泣麼？
如果我沒有把你那孩子帶走，還有別的原因
更值得你發洩你奔放的熱情。
你是否也像有一種人
用老花眼湊得很近地注視，
認為物質世界上的美已經消失，
而你也失去了你的愛子。
古人沒有教誨你麼？
古人眼睛裡的眼睛，看到天上
天使的無數階層像一座橋樑，

跨過上帝與人之間神秘的深坑。
你四面包圍著億萬的愛人，
而你現在要遠離人群？
你們戴著面具，點綴大自然的狂歡節，
明天你們回去，把面具脫卸，
純潔的人就會省悟，
被上帝點醒，會自動看出：
命運使他們結合的人，
命運無法拆散他們。
而你——我的信徒——你卻涕淚漣漣，
我給了你視覺，你怎麼視而不見？
我教育了你的心，超過
儀節，聖經，語言的限度；
只可意會，不可言傳的一切，
都寫上你心靈透明的簡牒；
教你樹立起一個個私人的記號，
為最輝煌的太陽所照耀。

你儘管在悲痛中詛咒上帝，
也不能否定大自然的心的神秘——
它是說不出的，使人無法相信的。
沒有一種藝術能達出這些意義，
然而你的心與大自然的心胸一同跳盪，
一切人就都明白了，從東方到西方。」

我把你當一個朋友看待；
親愛的，我沒有派教師來，
而是送給你喜悅的眼睛，
與藍天色彩調和的天真，
可愛的頭髮——一種神奇的東西——
笑聲與樹林中的雷聲一樣腴美；
一切藝術最爛漫的花枝，
讓你與它單獨相對：
正如偉大的博愛的日光
也照到最小的房間裡一樣，

你也可以與先知與救世主
與首領天天一同進餐；
你可以把瑪利亞的兒子當作自己的兒子，
那小博士，以色列的模範。
你難道認為這樣的客人
會在你家裏長期休息？
奔流的生命會忘記它的法律，
命運的火熾的革命會停頓？
高深的預兆要聰明人去推詳，
而不要你一遍遍地背誦不忘；
你要知道，崇高的天才會解散
那箍住凡人心靈的帶圈。
思想的危險的迴旋的潮水
淹沒了那防禦不堅的堤岸；
柔弱的體質難禁，
精神就宣判死刑：
我的僕人死神以一種儀式為他覓解脫，

將有限的個人傾入那無限的大我。
愛潮在大自然中旋轉流動，
你難道要把它凝凍？
那野性的星辰爬上它天空的軌道，
你難道要把它在半路上釘牢？
光若是光，它必須向四周放散，
血液若是血液，它必須循環，
生命若是生命，它必須生產，
而生命只有一個，雖然外表像有多種，
你難道要消滅它，使它木立不動？
將它前進的力量完全幽閉
在形體骨骼與容貌裡？
沒有人請教你，而你竟
喋喋質問那沉默的命運？
你看不出全宇宙的精神
控制個人的靈魂，
指揮它什麼時候來，什麼時候走，

它自己宣佈它死亡的時候？
靈魂的神龕很美麗，憑魔法造成，
它是耐久的，可以受用一生；
是慈愛的上帝的傑作，然而
它也是那廣大的理性的預兆
與徵象——那理性比它還更美好。
你不肯開放你的心扉，
接受落日的啟示，虹彩的教誨？
往古來今無數人的命運
日積月累，都作同樣的斷定——
大地的聲音在大地上的回聲，
心中火熱的聖徒的祈請，
都同聲說，「只要有上帝，
優秀的一切都是持久的；
你心愛的依舊存在，即使你的心臟化成灰；
你心愛的將要與你再相會。
你需要尊敬造物者；

觀看他的風格，與天空的型態。
他的天堂不是用堅石與金子造成，
僵硬而寒冷；
而是柔軟的蘆葦的窠巢，
草花，與芳香的雜草；
或是像旅途中幾乎被風吹跑的帳篷，
或是像風暴上面彎彎的一條虹，
用眼淚與神聖的火燄建造，
用美德努力以赴的目標；
天堂的本質是追求與推進，
不是已經完畢的事，而是正在進行。
迅捷的上帝靜靜地在破敗的制度中
衝過，修復它們；大量地播種，
降福於荒涼的虛空，
在荒野中遍植萬千世界；
用古代悲哀的淚水灌溉
明天才會成熟的林禽。

倒坍的房屋，入土的人，
都消失於上帝中，在神性中存在。」

五　日子

時間老人的女兒，偽善的日子，一個個
裹著衣巾，喑啞如同赤足的托缽僧，
單行排列，無窮無盡地進行著，
手裡拿著皇冕與一捆捆的柴。
她們向每一個人奉獻禮物，要什麼有什麼，
麵包，王國，星，與包羅一切星辰的天空；
我在我矮樹交織的園中觀看那壯麗的行列，
我忘記了我早晨的願望，匆忙地
拿了一點藥草與蘋果。日子轉過身，
沉默地離去。我在她嚴肅的面容裡
看出她的輕視——已經太晚了。

六　斷片

機智主要的用處是教
我們與沒有它的人相處得很好。

為了要人人住在自己的家裏，
所以這世界這樣廣大無比。

第四章　人物

一　蒙泰恩——一個懷疑者

每一件事實都是一方面與感覺有關，一方面與道義有關。如果將思想比作一種遊戲，那遊戲的規則就是：這兩方面有一面出現，就去找那另一面；有了上方，就去找下方。無論怎樣單薄的東西也有這兩面，觀察者看到了正面，就把它翻過來看反面。生命就是擲這隻銅板——「字」或者是「謎」。我們對於這遊戲從不感到厭倦，因為我們看見另一面，看到這兩面的對照，依舊感到一陣驚奇的震顫。一個人因為成功而得意，於是他想到這幸運的意義。他在街上講價；但是他忽然想到他自己也是被買賣的。他看到一個美麗的人臉，就尋覓這美麗的原因，那必定是更美的。他創立家業，維護法律，撫育他的子女；但是他問他自己，為什麼？要達到什麼目的？這「字」與「謎」的哲學上的名詞是「無限」與「有限」；「相對的」與「絕對的」；「表面」與「實際」；另外還有許多優美的名字。

每一個人生下來就有一種先天的傾向，接近大自然的這一面或是那一面；人們很容易的不是忠於這一面就是忠於那一面。有一種人善於觀察區別，熟悉事實與表面，城市與人物，與某些事情的做法；他們是有才能的，幹練的人。另一種人善於觀察相同之點，他們是有信心與哲學的人，有天才的人。

這兩種人都太莽撞。普洛梯納斯[1]只相信哲學家；菲尼倫[2]只相信聖徒；萍達與拜倫只相信詩人。你讀柏拉圖與柏拉圖派的著作，凡是說到一切不是專心研究他們那些瑩澈的抽象觀念的人，總是用一種高傲的口吻；別人都是老鼠。文藝階級大都是驕傲的，排外的。頗普與斯威孚忒[3]的書信中將他們周圍的人描寫成怪物；與我們同一時代的歌德與席勒爾[4]的書信也並不怎樣留情。

很容易看出這驕矜從何而來。天才對於任何事物的第一瞥，就表現出他的天才。他的眼睛可是創造性的？他是否不止看出角度與色彩，還看出佈局？——不久他就會低估那件實際的事物的價值。在他才力旺盛的時候，他的思想已經將藝術與大自然的作品消融了，化成它們的原因，因此那些作品顯得沉重，有缺點。他對於美的概念，是彫刻家塑不出來的。圖畫，石像，廟宇，鐵路，汽機，都是先在藝術家的心靈中存在的；根據這觀念造成的模型，或許有缺點，有錯誤，有摩擦，原來的觀念卻沒有。教會，國家，大學，宮廷，社交圈，與一切的制度，也都是這樣。所以這也是意中事——這些藝術家還記得他們原來的觀念的形狀，與他們對這觀念所抱的希望，因而他們輕藐地斷言觀念比事實更優越。他們曾經一度觀察到一個快樂的靈魂裏面包含一切對世人有影響的藝術，他們就說：為什麼要使這些觀念實現呢？豈不是多餘的？而且是一種累贅。他們像富於幻想的乞丐一樣，就只當這些價值已經成立了，發言與行事都以此為根據。

在另一方面，有那些勞力的，經商的，享樂的人——那肉慾的世界（也包括哲學家與詩人的肉慾在內），與那實際的世界，（包括那些痛苦的勞作，一切人都不能避免的，哲學家與詩人也在內）——在另一面的重量很不輕。我們街道上的商人不相信什麼形而上的原因，如果有一種力量使商人與一個經商的星球有存在的必要，商人們也不拿它當回事；完全不，他們只管棉花，糖，羊毛與鹽。選舉日的市區集會競爭得非常激烈，毫不懷疑這種投票的價值。熱烘烘的生命向一個單獨的方向流去。在這種肉慾世界上的人們看來，從體力與血氣的觀點看來；以及那些有實際力量的人們——當他們沉湎在實際的力量中的時候——在他們看來，信奉「觀念」的人們都像是瘋狂的。只有他們有理性。

事物永遠有它們自己的哲學；它們的哲學就是審慎。每逢一個人獲得一項財產，他同時總也學會一點算術。在英國——全世界自古以來最富庶的國家——產業與個人的能力比較起來，產業之被重視，較在任何別國更甚。一個人酒足飯飽的時候，信仰較少，否認得較多；真理失去了一些魅力。酒足飯飽以後，算術是唯一的科學；觀念是使人感到困擾的，煽動性的，是年青人的傻想頭，被社會上殷實可靠的一部份人所唾棄：我們漸漸地只看重一個人的強健與肉慾的性質。斯賓士[5]敘述有一天頗普和高德茀萊．聶勒爵士[6]在一起，他的姪子，一個在基尼亞經商的人，進來了。高德茀萊爵士說，「姪兒，你很榮幸，看到世界上最偉大的兩個人。」一那基尼亞商人說，「我不知道你們是多麼偉大的人，但是我不喜歡你們的外貌。我常常買到比你們好得多的人，全身都是筋骨，只花十塊金幣。」於是，單憑感官的人向教授們復仇，以輕蔑報復輕蔑。前者把結論下得太早，說話過於誇張，逸出事實以外；其餘的人則嘲笑哲學家，論磅秤人。他們相信芥末使舌頭疼痛，辣椒是辣的，紅頭火柴容易起火，手鎗是危險的，背帶可以吊起袴子；他們相信送人一箱茶葉，含有很深的情意；相信你給一個人飲好酒，他的口才就會好起來。你如果是敏感的，顧忌很多的——那你應當多吃點肉餅。他們認為路德這人有人情味，當他說：

不喜歡美酒，女人，歌唱的人
一輩子都是傻子。

當一個年青的學者因為前定說與自由意志說，兩者之間的矛盾而感到困惑，路德勸他喝得酩酊大醉，忘掉一切。卡班尼斯[7]說，「神經就是人。」我的鄰居，一個愉快的農民，在酒店裏的酒吧間裏發表意見，他認為金錢的用處就是把它確切迅速地花費掉。他說，他是把他的錢灌進喉嚨裏，得到它的好處。

這種思想方式的缺點就是：它容易變成「冷淡主義」，然後就變為憎惡。生命漸漸把我們吞噬了。我們不久就要變成古人。你冷靜些：不論好事壞事，再過一百年還不都是一樣？生命這樣東西是還不錯，但是我們也欣然離開它，得到解脫，而亡故的人也都欣然歡迎我們前去。

我們為什麼焦躁，操勞？我們明天吃的肉，滋味也和昨天吃的肉一樣，我們總有一天要吃厭了。牛津大學陰鬱的學者懶洋洋地說，「啊，沒有一件事是新的，也沒有一件事是真實的——而這也無關緊要。」

犬儒學派的慨嘆是比較悲哀的；我們的生命是像一條驢子，人們拿著一捆稻草在牠面前走，就把牠引到市場裏來了；牠什麼都不看見只看見那一捆稻草。鮑林勃洛克勳爵[8]說，「要到這世界上來，這樣麻煩；要離開這個世界，麻煩之外還要加上卑鄙——來這麼一趟簡直不值得。」我認識一個像這一類脾氣的哲學家，他慣於將他體驗到的人性作簡單的總結，說，「人類是一個該死的惡棍」，據此，一般人都會接上一句必然的下文——「全世界都靠行騙為生，我也要這樣。」

於是抽象主義者與物質主義者彼此都被對方所激怒；嘲笑抽象主義者的人，表現出物質主義最壞的一面；同時卻興起一個第三者，站在兩者之間，那就是懷疑者。他發現這兩派全錯了，因為各趨極端。他努力站穩立場，做天平的秤桿。他不越雷池一步。他看出這些凡人的偏頗；他也不肯服勞役；他代表我們天賦的智力，冷靜的頭腦，與一切能夠使我們頭腦冷靜的東西；他決不肯無故地勤勞操作，決不肯專心做一件事而不求報償，決不肯在苦役中損失腦力。我難道是一隻牛，一輛貨車？他說，你們這兩種人都是趨向極端。你們這種要一切都是凝固的，要整個的世界都由鍊鉛成的人，你們大大地欺騙了自己。你們認為你們自己是根深柢固的，踏在最堅硬的石頭上；然而，如果我們揭露我們的知識中最新發現的事實，你們是像河中的泡沫一樣地旋轉著，不知道從何處來，到何處去，你們上下四周全是錯覺。同時這懷疑者也決不肯為一本書所誘惑，穿上學者的長袍。學者們的腳是冷的，頭腦是熱狂的，夜裏睡不著覺，白天怕人打擾——蒼白，污穢，飢餓，自大。你如果接近他們，就可以看到他們怎樣想入非非——他們是抽象主義者，整日整夜地做著一些夢；整日整夜等待著社會向他們致敬，推崇他們的某一寶貴的計畫；計畫是以真理為基礎的，但是他們表達得完全缺乏比例，用得完全不適當；而計畫它的人也完全沒有意志力，不能夠使它具體化，使它有生氣。

但是，懷疑者說，我很明白我無法看清這一切。我知道人的力量不在極端，而在避免極端。至少在我說來，我總不能相信我所不能了解的哲學。我們假裝有某種能力，而其實並沒有——那有什麼用處呢？假裝我們確實知道死後靈魂不滅，有什麼用處呢？為什麼誇張美德的力量？為什麼時候還沒有到就去當天使？弦繃得太緊了要斷的。如果我們希望靈魂不朽，而並沒有證據，為什麼不直截了當地這麼說呢？如果有互相矛盾的證據，為什麼不舉出來？如果沒有足夠的理由使一個公正的思想者能下結論，是或否——為什麼不暫停宣判？那些教條主義者真使我感到厭倦。我也討厭那些只知道辦些例行公事，否定教條的人。我也不肯定也不否定。我站在這裏審判這案件。我到這世界上來，是來考慮這情形。我總想保持均衡。演說有什麼用？我可以流利地滔滔不絕發表關於社會，宗教，與大自然的理論，而我明明知道途中有實際的困難，我與我的同伴們無法克服的困難。為什麼我在公眾場所話這樣多——而事實上，坐在我兩旁的人都可以駁倒我？為什麼我要假裝生命是這樣簡單的一種遊戲，而我們明明知道生命是多麼微妙，多麼難以捉摸，多麼變化多端的？為什麼你想把一切事物都關在你那狹窄的小屋裏，而我們明明知道並不是只有一兩件東西，而是有十件，二十件，一千件，而且各各不同？為什麼你夢想一切真理都在你手裏？各方面都相當有理由。

既然一切實際問題上，大概至多只能有一個近似的解答，誰會禁止一種智慧的懷疑主義？婚姻不是一個未定的問題麼？自從開天闢地就有人說：在婚姻制度內的人想要出來，而在婚姻制度外的人想要進去。有人問蘇格拉底他是否應當娶妻，蘇格拉底的回答，至今也還是很有理由：「不論他娶不娶，他都會懊悔的。」國家不也是一個問題？整個的社會在國家這題目上都意見紛歧。沒有人愛它；許多人不喜歡它，對國家的忠貞，覺得是違反了自己的良心；為它辯護的唯一理由是：無組織恐怕情形更壞。教會不也是一樣？或者我們提出人類最切身的任何問題——年青人是否應當企圖在法律界，政界，商界得到高的位置？我們不假裝這一類的成功是符合他心靈中最好最深的思想。那麼他是否應當割斷繩索，脫離社會狀態，孤伶伶地到海上航行，單靠他的天才領導他？兩方面都相當有理。你要記得，目前的自由競爭制度與另一種人所擁護的「美好的共同勞動」，這始終是一個未定的問題。慷慨的心靈自然贊成一切人共同勞動的建議；只有那樣才是誠實；此外無論什麼都靠不住。只有窮人的小屋裏發出力量與美德：然而，在另一方面說來，有人認為勞動傷害人的形體，挫折人的銳氣，勞動者同聲叫喊著，「我們沒有思想。」文化，這是多麼不可缺少的！沒有才藝是不可饒恕的；然而文化立刻會傷害自然的最重要的美麗。文化對於一個野蠻人非常有益；然而你一旦讓他讀了書，他就不能不想到普魯塔克所敘述的英雄。總而言之，我們所不知道的雖多，我們對於我們所知道的仍舊該有信心，不應當覺得慚愧；這才是真正有毅力的了解。所以我們應當取得我們能夠博取的利益，不要甘冒失去它們的危險，去抓撈那些空虛的無法得到的東西。不要妄想了！我們出去；我們插身於種種事務中；我們來學習，獲得，佔有，努力向上。「人是一種活動的植物，他們像樹一樣，從空氣中得到大部份的營養。如果他們過於守在家裏，他們就憔悴了。」我們應當過一種健康的大丈夫的生活；我們所知道的東西，我們應當確實知道；我們所有的東西，應當堅固合用，應當是我們自己的。一個在我們掌握中的世界，勝似兩個虛無縹緲的世界。我們應當與真正的男人女人周旋，而不是與跳躍著的鬼魂周旋。

這就是懷疑主義者的正當立場——是考慮，是抑制自己：不是完全不相信；不是否認一切，也不是懷疑一切——甚至於懷疑他所懷疑的；尤其不是對穩定的善良的一切事物濫加嘲弄。這些固然不是宗教與哲學的心境，也不是他的心境。他是審慎的考慮者，抑制野心，查點貨物，節省資力；他相信一個人的仇敵太多了，自己不能夠再做自己的仇敵；他相信我們應當儘可能地使我們自己佔優勢，因為這場鬥爭太不勢均力敵了，一面是這樣龐大的永不疲倦的勢力，另一面是人——那渺小，自負，容易受傷的射鵠，在每一個危機中載沉載浮。它是我們為了比較便於自衛而採取的一種位置，比較安全，比較容易支持；同時也機會較多，範圍較廣：正如我們造房子的時候，規矩是把它安放得不要太高也不要太低，太高了招風，太低了又容易有灰土。

我們所要的哲學是一種流動的變化的哲學。斯巴達與禁慾主義的計畫太頑固，僵硬，不適於我們這場合。而聖約翰的理論，與不抵抗主義，又像是太稀薄，輕飄。我們要一件有彈性的鋼鐵織成的外衣，像前者一樣地堅強，像後者一樣地輕柔。我們生活在風浪中，所以我們要一隻船。在這無數元素的暴風雨中，一座有稜角的教條的房屋一定會被摧毀。它要生存，就必須是緊小合身的，與人的形體相吻合；就像我們要在海上造房屋，必須依照蚌殼的式樣。我們必須以人的靈魂作我們的計畫的典型，正如人的身體是我們建造一座住屋的典型。適應環境是人性的特點。我們是普通人，然而我們一個個都是優秀的；我們是固定不移的，而又是活動的；我們犯了錯誤之後，為自己贖罪，然而仍舊經常地犯錯誤；我們是建築在海上的房屋。那智慧的懷疑主義者想湊近前去細看最好的競賽與主要的運動員；地球上最好的東西；藝術與大自然，地方與事件；但是最主要的是人。人類中最好的一切——優美的形體，鐵硬的手臂，口才伶俐的嘴唇，有機智的頭腦，每一個善於競賽取勝的人——他都要觀察，都要判斷。

參觀這些現象是有條件的，他自己必須有一種堅實的，可理解的生活方式；有辦法可以適應人生的種種不可避免的需要；有證據他在競賽中是熟練的，成功的；並且他所表現出的性情，他的剛勇，他的各種品質的範疇，都使他有資格使他同一時代的人與同胞都親近他，信任他。因為我們生命的秘密是只肯顯露給同情的人，與我們類似的人。人們不把他們的秘密告訴孩子們，或是紈袴子弟，或是腐儒，只告訴他們同等的人。什麼樣的人才配估據這沉思的地位呢？有一種人智慧地限制自己的思想不越出某種範圍；有一種人在兩個極端之間找到一個中庸的情況，而這情況本身有一種積極的性質；有一種堅強的，幹練的人，他並不是鹽或是糖，然而他與這世界關係相當深，他知道巴黎或倫敦的優點與缺點，而同時他是一個有力的思想家，有獨特的見地，都市不能威嚇他，而他能夠利用都市。

這些性質全都匯集在蒙泰恩的個性中。但是，我既然對於蒙泰恩個人也許是過分地有好感，所以我打算在這位自我主義者的庇護下，在這裏說幾句話，來解釋我怎樣愛上了這可欽佩的饒舌者，我對他的愛怎樣更加擴展開來；借此我也可以解釋我為什麼選出他來作為懷疑主義者的代表。

在我的童年，我父親的藏書中，只遺留下一本殘缺不全的柯頓譯的蒙泰恩散文集給我。它久久躺在那裏，被忽視著，一直等到許多年後，我剛從大學裏逃出來，讀了這本書，後來我又去弄到其餘的幾本。我記得我與它共同生活的時候感到的愉悅與驚奇。我覺得好像這本書是我自己寫的，前世寫的——它的話都是針對我的思想與經驗而發，而且說得那樣誠懇。在巴黎，在一八三三年，我恰巧在拉舍斯神父墓園中看到奧古斯忒．柯里農的墳墓，他死於一八三〇年，享年六十八歲，墓碑上說，「他為行善而生存，受《蒙泰恩散文集》的影響而改造自己。」隔了些年，我認識了一個有才藝的英國詩人，約翰．斯特林[9]；我與他通信，發現他因為愛好蒙泰恩，曾經瞻仰他的莊園，那房屋仍舊存在，在卡斯忒蘭附近的佩利戈德；隔了兩百五十年，這人從蒙泰恩的書室裏把他的題辭全部抄了下來。斯特林先生的那篇札記刊載在《威斯敏士特評論》上，海斯列特先生把它複載在他刊印的《蒙泰恩散文集》的導言裏。我聽說新發現的幾個莎士比亞的簽名，有一個是簽在一本佛洛利奧[10]譯的蒙泰恩的著作上。我聽到了覺得很愉快。這是我們確實知道曾經為莎士比亞所收藏的唯一的一本書。而且很奇怪，大英博物館購置了一本相同的佛洛利奧的譯本，原意是要保存莎士比亞的簽名（博物館的人這樣告訴我），結果發現那本書的扉頁上有汴·瓊生[11]的簽名。黎·亨特[12]敘述拜倫的事，說在一切過去的偉大作家內，只有蒙泰恩是拜倫讀了之後承認他感到滿意的。還有別的巧合的事件（這裏不必提了），都湊在一起，使我覺得蒙泰恩是新奇的，不朽的。

在一五七一年，蒙泰恩的父親故世了，他那時候三十八歲，本來在波爾多執行律師業務，那一年他退休了，在他的田莊上住了下來。雖然他是喜歡娛樂的，有時候也出入宮廷，現在他愛讀書的習慣日益增長，他喜歡鄉紳的生活的廣闊，莊重，自主。他認真地接辦農場的業務，將他田地的產量提高到頂點。他很直爽，待人接物也非常坦白，最恨被人欺騙或是欺騙人，在鄉間大家都尊敬他的見識，他的正直。在天主教聯盟的內戰中，每一座房屋都變成一個堡壘，而蒙泰恩開著大門，屋中並不設防。一切黨派都自由地來去，因為他的毅力與節操是普遍地被尊敬的。鄰近的貴族與縉紳都把珠寶與契據拿了來請他代為保管。歷史家吉朋說，在那偏執的時代，人人都自以為是，全法國只有兩個寬大的人——亨利四世與蒙泰恩。

蒙泰恩是一切作家中最坦白最誠實的一個。他的法國風的自由發言有時候流為粗俗；但是他早已預料到這些批評，先發制人，自己儘量地懺悔。在他那時代，書是僅只為男性而寫的，而且幾乎全都是用拉丁文寫的；所以在幽默的文字裏，不妨有某種赤裸裸的陳述，而我們的文學是為男女兩性而寫的，因此我們的作家不能容許這樣的文字存在。他那種神經式的坦白加上一種毫無宗教意味的輕浮，或者會使許多敏感的讀者不願看他的書，但是那罪過僅只是浮面上的。他故意炫示它；他誇張它；他比任何人都看不起他自己，他罵自己比任何人罵他都罵得厲害。他認為大多數的罪惡他都有；他說他如果有任何美德，那一定是秘密地混進去的。在他看來，沒有一個人不該絞斃五六次；他認為他也不例外。他又說，「人們也可以說出五六個關於我的笑話，與這世界上任何人一樣。」但是他儘管這樣坦白——其實是多餘的——每一個讀者心中都漸漸覺得他是絕對正直的，百折不撓。「當我最嚴格地虔誠地懺悔的時候，我發現我所有的最好的美德中也含有一些罪惡的成分；我真摯地絕對地愛這種性質的美德，將它與任何一種別的美德同樣看待；我恐怕就連那至善的柏拉圖，如果他把耳朵緊貼在他自己身上聽著，也會聽見一些人性的混合質發出刺耳的聲音；然而是輕微遙遠的，只有他自己聽得見。」

在這裏我們可以看出他多麼不能容忍任何一種藉口或是作偽；他是多麼苛求。他在宮廷裏處得很久，所以養成一種思想，對於一切外表都感到劇烈的憎惡；他有時也放縱自己，說兩句野話，咒罵人；他喜歡和水手與吉普賽人談話，引用下流的隱語與街頭的歌謠；他因一直在戶內生活，以致染上了致命的疾病；以後即使在鎗林彈雨中他也要到戶外去。他對於長袍的紳士實在看夠了，他簡直想和食人生蠻相處；人為的生活使他變得這種神經質，他認為一個人越野蠻越好。他喜歡騎馬。你可以到別處去讀神學，文法，與形而上學。你在這裏無論得到什麼，總含有土地與實際生活的風味，甜蜜，辛辣，或是刺痛的。他毫不遲疑地以他患病的記錄饗人，他到意大利的旅行，全是說的這件事，他選擇了這均衡的立場，也站穩在這立場上。他在他名字上畫了個象徵性的秤，下面寫著「我知道些什麼？」我看見他篇首的肖像，彷彿聽見他說，「你可以嘲罵，誇張——我代表真理，即使有人送給我歐洲一切國家，教會，金錢與名譽，我也不肯將我看到的那赤裸裸的事實加以誇張。我寧可將我所確定知道的作為題材，喃喃地作無趣的談話——關於我的房屋與馬廄；我的父親，我的妻子與我的佃戶；我的老而瘦的禿頂；我的刀叉；我吃的是什麼肉，愛喝什麼酒，還有一百種同樣可笑的瑣事——我寧願這樣，而不願用一枝精美的鴉翎筆寫出一篇精美的傳奇。我喜歡灰色的陰天，與秋冬的天氣。我自己也是灰色的，秋意的；便裝，穿在腳上不痛的舊皮鞋，不拘形跡的老友，質樸的話題，使我用不著過分努力，搜索枯腸——我認為這些最愜意。我們在世界上做人，那情形已經夠危險，夠不安定了。我們無法知道一小時後我們自己會有什麼變化，命運會有什麼變化——也許會落到某種可憐或是可笑的境遇中。為什麼我要空想，扮演一個哲學家，而不竭力地鎮壓住這跳躍的大氣球，將沙袋放在它的籃子裏？那麼我至少可以在一定的範圍內生活著，隨時準備行動，終於能夠好好地迅速度過那漩渦。如果這樣的生活有什麼滑稽之點，那不能怪我：要怪命運與大自然。」

因此蒙泰恩的散文集是一篇有趣的獨白，想到哪裏說到哪裏；對待每一件事物都不客氣，而有一種男性的常識。有人比他看得更透徹；但是我們要說，從來沒有一個人思想這樣豐富：他從來不沉悶，從來不虛偽，而他有一種天才，能夠使讀者關心他所關心的一切。

這人的真摯，這人的骨髓都流入他的文句裏。據我所知，從來沒有一本書寫得這樣自然。它以對話的語言移到一本書裏。割裂這些字句，它們會流血；它們是有脈管的，活的。我們在這文字中得到的愉快，就像聽見人們談到他們的工作時感到的愉快一樣，他有時由於特殊情況，那種對話具有一種暫時性的重要性。鐵匠與趕車的人從來不會說不出話來；他們的語句是紛飛的子彈。而出身劍橋大學的人，他們時時更正自己的話，一句話說了一半又重新開始，而且又喜歡說雙關俏皮話，過份精鍊，將注意力從題材轉到修辭上。蒙泰恩很精明地談論著，他知道這世界，也知道書，知道他自己；他的是一種確切而平淡的口吻，從來不銳叫，或是抗議，或是祈禱：沒有弱點，沒有痙攣，沒有極端的形容詞：並不想聳人聽聞，或是扮出滑稽的形狀，或是消滅空間或時間，而是堅強結實的；嘗到一天內每一剎那的滋味；喜歡痛苦，因為它使他感覺到自身的存在，發覺各種事物；就像我們擰自己一把，為了要知道我們不在做夢。他總在平原上；他難得向上爬或是往下沉；他喜歡覺得他是腳踏實地。他的作品沒有熱誠，沒有大志；滿足的，自尊的，走在路的正中。只有一個例外——他對於蘇格拉底的愛。唯有說到他的時候，他是漲紅了臉，他的筆鋒充滿了熱情。

蒙泰恩在六十歲的時候患扁桃腺炎而死，在一五九二年。他臨死的時候找了神父來在寢室裏做彌撒。他在三十三歲的時候結過婚。「但是，」他說，「倘若由我自主，即使是智慧女神願意嫁給我，我也不會和她結婚：然而避免結婚雖然有很大的益處，生命的通常習俗與慣例卻要求我們這樣做。我的行動大都是模仿別人，而並不是自擇的。」在死亡的時候，他也同樣地尊重習俗。我知道些什麼？

蒙泰恩這本書為全世界所讚賞，將它譯成一切語言，在歐洲印了七十五個版本；而且銷行的對象是相當精選的，讀者都是宮廷人士，軍人，王子，精通世故的人，機智的慷慨的人。

我們是否應當說蒙泰恩的言論是智慧的？他探討做人的態度，是否已經把人的心靈正確地永久地表現出來了？

我們是天然的信仰者。我們感到興趣只是真理，或者是因與果之間的聯繫。我們相信有一根線把一切事物串在一起：無數的世界都穿在上面，像小珠子一樣，只因為有這根線，所以我們遇到人們，事件與生命：它們在我們面前經過，來來去去，只是為了要我們知道這條線的方向與連續性。一本書或是一句話如果向我證明並沒有這根線，只有混亂，毫無目的，無緣無故發生災難，繁榮了也說不出理由來，傻子變成英雄，英雄變成傻子——這使我們感到抑鬱。不論看得見看不見，我們相信那聯繫是存在的。有才能的人假造出這種聯繫；有天才的人找到真正的聯繫。我們為什麼注意聽著科學家發言？因為他所揭露的自然現象的關聯早在我們意料中。凡是肯定，連接，保存任何事物的，我們都喜愛；凡是潰散或是拆毀任何事物的，我們都不喜歡。有一個人出現了，他的天性在一切人看來都是保存性，建設性的；他的存在，便推定一個安定的社會存在，也有農業，商業，廣大的制度，與帝國。如果這些並不存在，經他努力建設，它們也會開始存在。因此他使人們感到愉快，得到安慰——他這種氣質人們很快地就會覺得了。獨立教派的人與叛徒攻擊現存的共和國的一切，使人無法回答，但是他們沒有他們自己的房屋或國家的設計，可以具體地拿出來給我們看。因此，我們的顧問所計畫的城市，國家與生活方式，也許不過是一種非常樸實的或是陳舊的繁榮，然而人們很有理由擁護他，而排斥那改革者——如果那改革者只會破壞，只拿著斧頭與鐵棍。

但是我們雖然是天生地喜歡保存東西，相信因果關係，對於那種酸溜溜的，陰鬱的，一切都不相信的人加以排斥，然而蒙泰恩所代表的那一種懷疑者是有理由的，每一個人總有一個時期屬於他們那集團。每一個優越的心靈都會知道怎樣利用我們天性中的抑止器與平衡輪，作為一種天然的武器，抗拒偏執的人與愚人的誇張與形式主義。

一個學生觀察社會所崇拜的一些細節，在他看來，這些細節之可敬，只是由於它們的傾向與精神，在這裏，他所抱的態度就是懷疑主義。懷疑主義者的立場就是廟宇的門廊。社會不喜歡人們對現存的秩序發生疑問。然而一個優越的心靈必定要向風俗習慣的每一點上都提出質問，那是每一個優越的心靈在成長中的一個必然的階段，證實它觀察到宇宙間那種在一切變化中依然保存它的本性的流動力。

社會的罪惡，與人們所提出的救濟的計畫——優越的心靈與這一切也是合不來的。一個智慧的懷疑主義者是個壞公民；他不是保守黨，所以他看出財產的自私性，與各種制度的暮氣沉沉。但是他也不適於與自古至今任何民主黨派合作；因為政黨總希望每一個人都獻身於它，而他能夠洞穿普通一般的愛國主義。他的政治思想是像華爾特·賴萊爵士[13]的〈靈魂的使命〉裏面的；或是像印度〈神聖的歌〉[14]裏的克利史納[15]的，「沒有一個人值得我愛或恨」；而一方面他審判法律，醫術，神學，商業與風俗習慣。他是一個改革者；然而他並不因此而成為一個較好的慈善工作者。我們發現他並不是工人，貧民，囚犯，奴隸的代戰者。他的腦子裏有這樣一種觀念，認為我們在這世界上的生活不是像禮拜堂裏與教科書上說的那麼容易解釋。他並不想反對這些善行，做惡魔的代言人，表彰每一個使他感覺到這世界佈滿了陰霾的疑問與譏嘲。但是他說，「確是有疑問。」

我想利用這時機來把這些疑問——也可以說是「否定」——一一數來，將它們加以描寫，借此慶祝我們的蒙泰恩紀念日。我想把它們從洞穴裏趕出來，把它們在太陽裏晒晒。我們對待它們，應當像警廳對待老惡棍一樣，在警局把他們示眾。他們一旦被人認出了，登了記，就再也不會像從前那樣可怕了。我不打算舉出那些易於駁倒的疑問，彷彿是故意捏造出來的，好讓我們推翻它們。我要選擇我所能找到的最壞的問題，我若是不能解決它們，就讓它們解決了我。

我不想攻擊物質主義者的懷疑主義。我知道四足獸的意見決不會流行。蝙蝠與牛的思想是無關緊要的。我所要報告的第一個危險的病徵是：理智的輕浮；彷彿知識一多，就不能懇切了，知識就是知道我們不能夠知道。愚笨的人祈禱；天才是輕快的嘲笑者。在每一個講壇上懇切是多麼可敬呀！但是理智破壞了它。我那靈敏可佩的朋友山·卡羅（San Carlo）是觀察最深刻的人中之一，他發現我們把心靈直線地提高——即使是由於崇高的虔誠——結果總得到這種可怕的洞察力，使信徒們失去了信仰。山．卡羅還發表可驚的言論，他認為像摩西那樣的先知與聖徒都染上這種毛病。他們看見約櫃是空的，裏面並沒有刻著十誡的石板；他們看見了，而並不告訴人；並且竭力攔住他們的徒眾，不讓他們走近前來，說「動作，親愛的朋友們，你們是宜於動作的！」山．卡羅看穿這一點，使我覺得非常難受，彷彿七月裏有霜，彷彿一個新娘動手打人；然而還有比這更壞的，那就是聖徒們的厭倦煩膩。他們跪在山上看到幻象，還沒有站起來，就說：「我們發現我們對上帝的尊敬與上帝賜予我們的鴻福都是不完全的，畸形的：我們必須奔到那被疑心被辱罵的理智那裏去求救，乞靈於了解，乞靈於惡魔，乞靈於才能的巧妙運用。」

這是第一個妖怪；雖然它在我們十九世紀曾經成為許多輓歌的題材，在拜倫，歌德，與其他比較不著名的詩人的筆底，還有許多傑出的私人觀察家的議論裏——我說老實話，它在我的想像中卻並不十分動人；因為它所說的似乎是打碎玩偶的房屋，打碎磁器店。一種思想能夠震撼羅馬的教會，或是英國的教會，或是日內瓦或是波士頓的教會，然而它對於觸及任何信仰的原則，或者還是差得很遠。我認為理智與道德的情操是一致的；哲學雖然能撲滅妖怪，它也供給我們一些天然的防止罪惡的辦法，賦予我們的靈魂一種歸極性。我認為一個人越是智慧，越會發現自然界的（與道義的）天然法則的宏大，他會提高他自己，更加絕對地信賴它。

「心情」對於我們有很大的影響，每一種心情都能夠抹殺一切，只留下它自己的交織著的事實與意見。「局面」也對於我們有很大的影響，它顯然能夠修改性情與情操。有信心與沒有信心彷彿是與整個的構造有關；每一個人只要能養成穩重而活潑的態度，能夠讓整個的機器開動起來，他立刻就會很快地調整他自己生活中的一切意見，並不需要有極端的例子作榜樣。我們的生命是三月的天氣，可以在一小時內又狂暴又平靜。我們嚴肅地前進，獻身，我們相信命運的鐵鏈環，我們寧死也不肯後退：但是一本書，或是一個石像，或者僅只是一個名字的聲音，就能將一粒火花射入我們的神經，我們突然相信意志力了：我的指環將要成為所羅門王的印鑑；只有低能的人才被命運所支配；一個堅決的心靈，什麼都做得到。不久，一個新經驗使我們的思想轉向一個新方向：常識重新成為專制魔王；我們說，「到底還是做軍人好，可以很容易地獲得名譽，禮貌，與詩意；而且，你看——一般地說來，『自私』這樣東西最容易種植，最容易修剪，最能使商業發達，能造成最好的公民。」一個人對於善惡的意見，對於命運與因果關係的意見，難道因為睡一場覺被吵醒了，或是消化不良，就會改變麼？他對於上帝與責任的信仰，難道這樣淺薄，僅只以他消化的情形為轉移？怎樣能保證他的意見會持久不變？我不喜歡法國人的神速——一星期換一個新的教會與國家。這是第二個否定之點；我不預備駁斥它——由它去。它主張心理狀態的輪流旋轉，在這一點上，我想它自己建議了它的補救方法，那就是：參考較長時期的記錄。許多心理狀態的中庸之道是什麼？一切心理狀態的中庸之道是什麼？一切時代的普遍的聲音是否肯定任何原則？還是我們並不能在古代與遠方發現共同的情操？當它指出自利的力量時，我接受它為神聖的法則的一部份，我必須盡力使它不與我們向上的志願衝突。

命運這個字，又稱定數，表現一切時代的人類的一種感覺，覺得這世界的定律並不是永遠對我們友善的，而常常傷害我們，壓碎我們。命運，它化身為大自然，像草一樣地在我們身上長遍了。我們畫時間老人拿著一把鐮刀；畫愛神與幸運女神是盲目的；畫命運是聾的。這種兇猛的東西，把我們嚼得稀爛，我們對它太缺少抵抗的能力。我們能夠擺出什麼勇敢的態度，對抗這些不可避免的，勝利的，有害的力量？在我個人的歷史裏，我怎樣能抗拒種族的影響？我怎樣能抗拒遺傳的習慣，生來就有的習慣；抗拒瘰癧，膿瘡，無能？抗拒我們國內的氣候，抗拒我們國內的野蠻風氣？我可以說服一切，或是否認一切，唯一的例外是這肚子，它永遠在這裏：它必須吃東西，而它一定會吃到；我無法使它變得高尚起來。

我們天生有一種衝動，要求肯定；這種衝動所遇到的抵抗力中最主要的一種——包括其他一切的一種——就是錯覺論者的教旨。有一種流行的學說非常使人感到苦悶，它說我們在生命的一切主要行動中都被欺騙了，「自主」是最空洞的名詞。我們沉浸在空氣，食物，女人，孩子，科學，事件之中，被它們所麻醉了，它們對我毫無幫助。有人抱怨說數學並不幫助心靈向前邁進：一切科學也都如此；一切事件與行動也都如此。我發現一個人可能經過每一種科學的訓練，而仍舊是一個鄙陋的人；我在一切學界，政界，社交界的職位中都可以看出一個人的幼稚。然而我們依舊要獻身於它們。事實是：我們也許會逐漸接受它，將它當作我們教育情形的定律與理論，相信上帝是一種實體，而他運用錯覺為手段。

或者我應當這樣說：生命中最使人驚奇的事，就是生命的理論與實踐似乎完全不協調。理智——那可寶貴的真實，定理——我們有時候也可以明瞭它，我們一方面從事於與它沒有直接關係的工作，在騷擾中突然有那麼平靜而深沉的一剎那——然後我們又失去了它，也許過了許多年月，又找到了它，過了一會兒又失去了它。如果我們用時間來計算，我們在五十年內也許有六小時是理智的。但是我們那些煩心的事務，那些工作，是否由此得到益處？我們看不出這世界的秩序，只看見這許多偉大與渺小的事物平行著，永遠不引起彼此的反應，看上去也絲毫沒有集中的傾向。我們的經驗，幸運，我們所控制的事物，我們讀的書，寫的作品，都毫不相干；正如一個人走進房間，我們看不出他吃的是山芋還是牛肉——他從米裏（或是雪裏）設法得到他所要的這麼一點筋骨。定理像天一樣大，而人的作為就像螞蟻一樣小，太不相稱了；因此，他是一個有價值的人或是一個酒徒，並不像我們所說的那麼重要。而且這魔法還有一種騙人處：那奇異的不相往來的法則使合作絕對不可能。一個年青的心靈渴望進入社會。但是文化與偉大的造就結果永遠迫使人們過一種離群索居的生活。那青年常常碰釘子。他知道鄉下人大概不會對他的思想表同情，但是他帶著他的思想去謁見「選民」和聰慧的人，發現他們也不接受它，而對他誤解，嫌惡，嘲笑。很奇異地，人人都是不合時宜的，不得其所的；每一個人的卓越天才都是一種燃燒著的個人主義，更加將他隔離起來。

有這麼些思想上的疾病——其實還不止這些——而我們普通的教師並不想試著為我們醫療。如果我們天生脾氣好，使我們傾向於善的一方面，我們是否應當說，「並沒有什麼疑問」，為正義而說謊？我們的生活態度應當是勇敢的還是怯懦的？我們要做一個堂堂的人，是否必須要給我們的疑問一個滿意的答覆？「善」這名詞難道要成為我們向善的障礙？一個懇切而有粗魯的習慣的人，他也許不覺得茶與散文與「教義問答」有什麼好處；他需要一種較粗魯的教誨，要人群，勞動，經商，務農，戰爭，飢餓，富饒，愛，恨，疑問與恐懼，要它們來使他看清一切——你難道不能相信有這樣的事？他難道沒有權利可以堅持以他自己的方式去說服他？等他被說服了的時候，麻煩也是值得的。

信仰就是接受靈魂的肯定判斷；不相信，就是否認它。有些人的心靈不能抱懷疑主義。他們宣稱他們對某一點抱疑問，其實不過是由於禮貌或是遷就他們的同伴們普通的論調。他們不妨任意地思索，因為他們確定可以有收穫。一旦踏進思想的天堂，他們就不會再淪入黑暗中，而能在另一面看到無限的發展。天堂裏面還有天堂，天空上面還有天空，他們四周都是神靈。另有些人，在他們看來，天是黃銅製成的，倒扣在地面上。這是因為氣質不同，或者也是因為有些人比另一些人更是沉浸在大自然裏。後一種人必須有一種反射的信仰，也可以說是寄生蟲式的信仰；他們並不能看見真實，而是本能地倚賴那種能夠看見真實，信仰真實的人。有信仰的人的態度與思想使他們感到驚奇，使他們確信這些人看到了一些什麼，是他們自己無法看見的。但是他們官能的習慣將有信仰的人釘牢在他前此的位置上，而一方面有信仰的人必然會前進；不久那沒有信仰的人因為愛護信仰，就把有信仰的人當作邪教徒燒死了。

偉大的有信仰的人永遠被目為異教徒，不合實際，荒誕，無神論者；被目為實際上無足輕重的人。唯心論者終於被迫以一連串的懷疑論來表現他的信心。慈善的人帶著他們的計畫來請他合作。他怎麼能遲疑不決？僅只由於友誼或是禮貌，也應當儘可能地表示同意，措辭也應當是吉兆的，而不是冰冷的，不祥的。但是他不得不說，「啊，這些事情是非這麼不可的：你拿它有什麼辦法？我們看著這些樹往上長，而這種種悲痛與罪惡都是樹上的枝葉與果實。抱怨葉子或果子不好，是沒有用的；把它折下來，又會生出一個，和這一樣壞。你要醫治它，必須從下面開始。」他覺得當代的俠義的行為是一個很難處理的原素。人民的問題不是他的問題；他們的方法不是他的方法；他不得不違反他良好的天性，宣稱他不喜歡這一切。

就連一切的希望中最珍視的教義，相信上帝保佑我們，相信靈魂不朽，別人表現這教旨的時候他總嫌人家措辭不當，使他不能夠肯定這是真實的。但是他否認，是因為他有更多的信心，而不是較少的信心。他因為誠實，所以否認。他寧可被人指斥為低能的懷疑主義者，而不願被指為說謊。他說，「我相信這宇宙的道義的目標；它純是為了靈魂的福利而存在；但是你們的教條在我看來像漫畫一樣地誇張可笑：為什麼我應當假裝相信它？」誰能說這是冷酷的，沒有信仰的？智慧的人、寬大的人不會這樣說。他們會感到喜悅，因為他們的目光遠大的友善態度，甚至於能夠把一切傳統與共同信仰的地盤全都讓給對方，而並不因此失去絲毫的力量。它永遠消滅了一切越界侵犯的情事。喬治．福克斯[16]也悟到有「一個黑暗與死亡的海洋；但同時又有一個無限的光明與仁愛的海洋，在那黑暗的海洋上面流過。」

最後的一個使懷疑主義失敗的解答，是蘊藏在道義的情操裏。道義的情操從來不會喪失它至尊無上的地位。我們可以安全地試驗每一種心境，也將心境的影響算進我們的一切異議裏去：道義的情操很容易比它們一切的份量都要重些。這就是最緊要的那一滴水，滴到海裏，使大海能夠保持均衡。我玩弄著各種各樣的事實，採取那種浮淺的觀點——我們所謂懷疑主義；但是我知道這些事實不久就會出現在我面前，排列成一種秩序，使懷疑主義成為不可能的。一個有思想的人必定會感覺到那產生這宇宙的思想——那就是：自然界的物體是波動著，流動著的。

這信心是於我們有利的，幫助我們應付生命與我們的種種目標所遇到的一切危難。這世界充滿了神靈與定理。有思想的人是滿足的，儘管世上有公平與不公平的事，有酒徒與傻子，有愚蠢的行為與騙術得到勝利。他可以平靜地看著人的壯志與他做事的能力之間的分別，力的需要與供給之間的分別——那麼大的分別，像一個廣闊的深溝：就是它造成一切靈魂的悲劇。

卻爾士．傅利葉[17]宣稱：「吸引一個人的東西是與他的命運相稱的」；換句話說，就是每一個慾望都預言它自己可以在某處得到滿足。然而一切經驗都指出這句話的反面；能力不夠，是年青熱烈的心靈的普遍的悲哀。他們控訴上天太吝嗇。它讓每一個孩子觀看天與地，使他充滿了慾望；一種飢餓，彷彿是空間想要星球來裝滿它；一種飢饉的叫喊，像許多魔鬼叫喊著要靈魂。然後他們得到滿足了——每人每天給一滴，一滴生命力的露珠——像無限的空間一樣大的一隻杯盞，裏面只有一滴生命的水。每個人早上醒來胃口都非常好，可以把太陽系像一隻蛋糕一樣地吃下去；精神旺盛，準備著行動，抱著無限的熱情；他可以伸手觸到晨星；他可以和地心吸力或是化學決一勝負；然而，當他剛剛動一動，來證實他的力氣的時候，他的手腳，五官，都不爭氣了，不肯為他服務。他是一個皇帝，被他屬下的各國所棄，讓他一個人去自拉自唱，或是被推擠到一大群皇帝之間，大家全在自拉自唱：而那迷人的魔女仍舊歌唱著，「吸引人的東西與命運相稱。」在每一個人家，在每一個姑娘與每一個男孩的心裏，在那飛升的聖徒的靈魂中，都有這一道鴻溝存在他們理想裏的莫大希望和他們微不足道的實際經驗之間。

幸而真理廣大的本質來給我們援手，它是有彈性的，它不會被包圍。人用較廣大的概論來幫助他自己。生命的教訓幾乎就是概括，歸納；相信許多歲月與許多世紀所說的話，而不相信目前數小時的論調；不肯為細節所控制；要深入地研究它們普遍的意義。事物表面上像是說一句話，而實在是說相反的話。外表是不道德的；結果是道德的。事物似乎有向下的趨勢，使我們有理由感到消沉，似乎助長惡棍的氣燄，戰敗正直的人；然而，不但殉道者促進正義的進行，連惡人也促進正義的進行。雖然在每一個政治鬥爭中都是惡人戰勝，雖然每次換一個政府，社會似乎是從一群犯罪者的掌握中移交到另一群犯罪者的掌握中，雖然文明的前進只是一連串的罪惡──然而，我們一般的目的反正總達到了。我們現在看見一些被迫發生的事件，它們彷彿將時代的文明進化延緩了，或是使文明退化。但是世界的精神是善於游泳的，暴風雨波濤淹不死他。他輕視法律：於是，從古至今，上天似乎一直是採取卑鄙低劣的工具。通過這些年月，這些世紀，通過邪惡的代理人，通過渺小的玩具，渺小的原子，一種偉大的仁慈的傾向不可抗拒地奔流著。

一個人應當學會在短暫無常的事物中尋找那永久的成份；他在習慣上向來尊敬某些事物，如果它們一旦消滅了，他也應當學會忍受而不因此失去他的虔敬；他應當知道天生他這個人，並不是要他工作，而是要發掘他，他應當知道：雖然深淵之下還有深淵，一種意見會排斥另一種意見，然而最後一切都包含在那不朽的語句——

如果我的小船沉沒，
它是到了另一個海上。

1．Plotius，三世紀埃及新柏拉圖派哲學家。
2．Fenelon（1651～1715），法國Cambrai大主教，著作家。
3．Jonathan Swift（1667～1741），英國小說家。
4．Johann Christoph Friedrich von Schiller（1759～1805），德國詩人兼戲劇家，與歌德齊名。
5．Thomas Spence（1750～1814），英國社會主義者，主張設立獨立自足公社，土地公有，採取單行稅制。
6．Sir Godfrey Kneller（1646～1723），英籍德國畫家。
7．Pierre Jean George Cabanis（1757～1808），法國名醫，哲學家。
8．Lord Bolingbroke（1768～1751），英國政治家。

9．John Sterling（1806～1844），英國詩人，評論家。

10．John Florio（1533～1625），英國辭典編輯者，蒙泰恩著作譯者。

11．Ben (Benjamin) Jonson（1573～1637），英國詩人，劇作家。

12．James Henry Leigh Hunt（1784～1857），英國詩人，評論家。

13．Sir Walter Raleigh（1552～1618），英國航海家，政治家，作家。

14．Bhagavat，印度梵文宗教哲理詩。

15．Krishna，印度教三大神之一Vishnu的第八化身。

16．George Fox（1624～1691），英國宗教家，「教友會」之始祖。

17．Charles Fourier（1772～1837），法國社會學家。

二　梭羅

亨利·大衛·梭羅的祖先是法國人，從古恩西島遷到美國來，他是他的家族裏最後一個男性的後嗣。他的個性偶爾也顯示由這血統上得到的特性，很卓越地與一種非常強烈的撒克遜天才混合在一起。

他生在麻省康柯德鎮，一八一七年七月十二日誕生。他一八三七年在哈佛大學畢業，但是並沒有在文學上有優異的成績。他在文學上是一個打破偶像崇拜的人，他難得感謝大學給他的益處，也很看不起大學，然而他實在得益於大學不淺。他離開大學以後，就和他的哥哥一同在一個私立學校裏教書，不久就脫離了。他父親製造鉛筆，亨利有一個時期也研究這行手藝，他相信他能夠造出一種鉛筆，比當時通用的更好。他完成他的實驗之後，將他的作品展覽給波士頓的化學家與藝術家看，取得他們的證書，保證它的優秀品質，與最好的倫敦出品相等，此後他就滿足地回家去了。他的朋友們向他道賀，因為他現在闢出了一條致富之道。但是他回答說，他以後再也不製造鉛筆了。「我為什麼要製造鉛筆呢？我已經做過一次的事情我決不再做。」他重新繼續他的漫長的散步與各種各樣的研究，每天都對於自然界有些新的認識，不過他從未說到動物學或是植物學，因為他對於自然界的事實雖然好學不倦，對於專門科學與文字上的科學並沒有好奇心。

在這時候他是一個強壯健康的青年，剛從大學裏出來，他所有的友伴都在選擇他們的職業，或是急於要開始執行某種報酬豐厚的職務，當然他也不免要想到這同一個問題；他這種能夠抗拒一切通常的道路，保存他孤獨的自由的決心，實在是難得的——這需要付出極大的代價，辜負他的家庭與朋友們對他的天然的期望：唯其因為他完全正直，他要自己絕對自主，也要每一個人都絕對自主，所以他的處境只有更艱難。但是梭羅從來沒有躊躇。他是一個天生的倡異議者。他不肯為了任何狹窄的技藝或是職業而放棄他在學問與行動上的大志，他的目標是一種更廣博的使命，一種藝術，能使我們好好地生活。如果他蔑視而且公然反抗別人的意見，那只是因為他一心一意要使他的行為與他自己的信仰協調。他從來不懶惰或是任性，他需要錢的時候，情願做些與他性情相近的體力勞動來賺錢——譬如造一隻小船或是一道籬笆，種植，接枝，測量，或是別的短期工作——而不願長期地受僱。他有吃苦耐勞的習慣，生活上的需要又很少，又精通森林裏的知識，算術又非常好，他在世界上任何地域都可以謀生。他可以比別人費較少的工夫來供給他的需要。所以他可以保證有閒暇的時間。

他對於測量有一種天然的技巧，由於他的數學知識，並且他有一種習慣，總想探知他認為有興趣的物件的大小與距離，樹的大小，池塘與河流的深廣，山的高度，與他最愛的幾個峰頂的天際的距離——再加上他對於康柯德附近地域知道得非常詳細，所以他漸漸地成了個土地測量員。對於他，這職業有一個優點：它不斷地將他領到新的幽僻的地方，能夠幫助他研究自然界。他在這工作中的技巧與計算的精確，很快地贏得人們的讚許，他從來不愁找不到事做。

他可以很容易地解決關於土地測量的那些難題，但是他每天被較嚴重的問題困擾著——他勇敢地面對這些問題。他質問每一種風俗習慣，他想把他的一切行為都安放在一個理想的基礎上。他是一個極端的新教徒，很少有人像他這樣，生平放棄這樣多的東西。他沒有學習任何職業；他沒有結過婚；他獨自一人居住；他從來不去教堂；他從來不選舉；他拒絕向政府付稅；他不吃肉，他不喝酒，他從來沒吸過烟；他雖然是個自然學家，從來不使用捕機或是鎗。他寧願做思想上與肉體上的獨身漢——為他自己著想，這無疑地是聰明的選擇。他沒有致富的才能，他知道怎樣能夠貧窮而絕對不污穢或是粗鄙。也許他逐漸採取了他這種生活方式，而事先自己也不大知道，但是事後他智慧地贊成這種生活。「我常常想到，」他在他的札記裏寫著，「如果我富敵王侯，我的目標一定也還是一樣，我的手段也是基本上相同的。」他用不著抵抗什麼誘惑——沒有慾望，沒有熱情，對於精美的瑣碎東西沒有嗜好。精緻的房屋，衣服，有高級修養的人們的態度與談話，他都不欣賞，他寧可要一個好印第安人，他認為這些優雅的品質妨礙談話，他希望在最簡單的立場上與他的友伴會見。他拒絕參加晚宴，因為那種場合，每一個人都妨礙另一個人，他遇見那些人，也無法從中得到任何益處。他說，「他們因為他們的晚餐價昂而自傲；我因為我的晚餐價廉而自傲。」在餐桌上有人問他愛吃哪一樣菜，他回答，「離我最近的一碗。」他不喜歡酒的滋味，終身沒有一樣惡習慣。他說，「我模糊地記得我未成年的時候吸乾百合花梗做的烟，似乎有點快感。這樣東西我那時候通常總預備著一些。我從來沒吸過比這更有害的東西。」

他寧願減少他日常的需要，並且自給自足——這也是一種富有。他旅行起來，除了有時候要穿過一帶與他當前的目標，無關緊要的地區，那才利用鐵路以外，他經常步行幾百里，避免住旅館，在農人與漁人家裏付費住宿，認為這比較便宜，而且在他覺得比較愉快，同時也因為在那裏他比較容易獲得他所要的人，打聽他所要知道的事。

他脾氣裏有一種軍人的性質，不能被屈服，永遠是丈夫氣的，幹練的，而很少溫柔的時候，彷彿他只有在與人對敵的時候才覺得自身的存在。他要有人家說謊言，讓他來拆穿；要人家做錯事，讓他來嘲笑；也可以說他需要稍稍有一種勝利的感覺，需要打一通鼓，方才能充分運用他的能力。要他說一個「不」字，是輕而易舉的事；事實上，他覺得說「不」比說「是」容易得多。他聽到一個建議的時候，他的第一種本能就是要駁倒它，因為他對於我們日常的思想的限制覺得不耐煩。當然這習慣未免使朋友們對他的友愛稍稍冷淡下來；雖然他的同伴最後總會相信他沒有任何惡意，也沒有說謊，然而他這習慣確是妨害談話。所以他雖然是這樣純潔無邪的一個人，他竟沒有一個平等的友伴與他要好。他有一個朋友說，「我愛亨利，但是我無法喜歡他；我決不會想到挽著他的手臂，正如我決不會想去挽著一棵榆樹的枝子一樣。」

然而他雖然是隱士與禁慾主義者，他真正的喜歡同情，他熱心地稚氣地投身到他所喜愛的年青人的集團中，他喜歡敘述他在田野間與河邊的經驗，那形形色色無數的故事，給他們作為消遣——也只有他能供給他們這樣好的娛樂：他永遠願意領導他們去採漿果野餐，或是去尋找栗子與葡萄。有一天亨利談到一篇演說，他說凡是聽眾愛聽的都是壞的。我說，「誰不願意寫出一篇任何人都能讀的作品，像《魯濱遜飄流記》？如果看見自己的文字不是充實的，缺少一種人人都喜歡的正確的物質主義的處理方法，誰不感覺惋惜？」亨利當然反對，誇耀著那些只有少數人欣賞的較好的演說。但是在晚餐的時候，一個年青的女孩子因為知道他要在文學講座演說，她很伶俐地問他，他的演說辭可是一個很好的有興趣的故事，像她愛聽的那種，還是她不感興趣的那種老套的哲學性的東西。亨利轉過臉來對著她，思考著，我可以看出他在那裏努力使自己相信他有些材料可以配合她和她兄弟的胃口——如果那篇演說於他們適宜，他們預備睡得晚些，去聽演講。

他的言行都是真理，他天生如此，永遠為了這原因而陷入種種戲劇化的局面中。在任何情形下，一切旁觀者都很想知道亨利將要持什麼態度，將要說什麼話；他並不使人失望，每逢一個急變總運用一種別致的判斷力。在一八四五年他為自己造了一座小木房子，在華爾敦塘的岸上，在那裏住了兩年，度著勞動與學習的生活。這行為，在他是出於天性，於他也很適宜。任何認識他的人都不會責備他故意做作。他在思想上和別人不相像的程度，比行動上更甚。他利用完了這孤獨生活的優點，就立刻放棄了它。在一八四七年，他不贊成公款的某些開支，就拒絕向他的城市付稅，被關到監獄裏。一個朋友替他納了稅，他被釋放了。第二年他又被恐嚇著，可能遇到同樣的麻煩。但是，因為他的朋友不顧他的抗議，仍舊替他納了稅，我想他停止抵抗了。無論什麼反抗或是嘲笑，他都不拿它當回事。他冷冷地充分地說出他的意見，並不假裝相信它也是大家共同的意見。如果在場的每一個人堅持著相反的意見，那也沒有關係。有一次他到大學圖書館去借書，圖書館員拒絕借給他。梭羅去見校長，校長告訴他那裏的規則與習俗，准許居留的畢業生借書，此外還有當牧師的校友，還有些住在大學周圍半徑十哩以內的人，也有借書的權利。梭羅向校長解釋，說鐵路已經破壞了老的距離的比例——依照校長這些規則裏的條件，這圖書館是無用的——連校長也是無用的，他從大學得到的唯一的益處就是它的圖書館——目前他不但急需這幾本書，而且他要許多書；他告訴校長，他（梭羅）比圖書館員更適於管理這些書。總之，那校長發現那位請願者咄咄逼人，而那些規則似乎變得那麼可笑，他終於給了他一種特權，而在他手裏，那特權從此就變成無限的。

從來沒有一個人比梭羅更是一個真正的美國人。他對他的國家與國內情形的喜愛是真誠的，而他對於英國與歐洲的禮儀與嗜好具有一種反感，幾乎到了蔑視的程度。他不耐煩地聽著從倫敦社會中蒐集來的新聞或是雋語；雖然他很想保持禮貌，這些軼事使他感到疲倦。那些人全都彼此模仿著，而且是模仿一個小模型。為什麼他們不能住得距離彼此越遠越好，每人獨自做一個人？他所尋求的是精力最旺盛的天性；他想到奧利根去，不是到倫敦去。「在大不列顛的每一部份，」他在他日記裏寫著，「都發現羅馬人的遺跡，他們的骨灰甕，他們的營盤，他們的道路，他們的房屋。但是新英格蘭至少不是建基於任何羅馬的廢墟上。我們用不著將我們的房屋的基礎造在一個前期的文明的灰燼上。」

但是他雖然是一個理想主義者，贊成廢除奴隸制，廢除關稅，幾乎贊成廢除政府——不用說，他當然不但在實際政治中找不到代表，而且他幾乎是同樣地反對每一種改革者。然而他向「反奴隸制度黨」表示他始終如一的敬意。他對一個後來認識的人特別有好感。那時候大家還沒有擁護約翰·勃朗[1]，他就向康柯德大部份的人家分送通知書，說他將在星期日晚上在一個公眾場所演講，講題是約翰·勃朗的情況與個性，邀請一切人都來聽。共和黨委員會，廢除奴隸制度委員會，差人帶話給他說時機尚未成熟，不宜於這樣做。他回答，「我派人來並不是為了要求你們的忠告，而是為了宣佈我要演講。」那演講廳時間很早就坐滿了各黨各派的人，大家全都恭敬地聽著他懇切地讚美那英雄，許多人都非常感到同情，自己也覺得詫異。

據說普洛梯納斯覺得他的身體是可恥的，大概他這種態度是有充分理由的——他的身體不聽指揮，他沒有應付這物質世界的技巧，抽象的理智性的人往往如此。但是梭羅生就一個最適合最有用的身體。他身材不高，很堅實，淺色的皮膚，健壯的嚴肅的藍眼睛，莊重的態度——在晚年他臉上留著鬍鬚，於他很相宜。他的五官都敏銳，他體格結實，能夠吃苦耐勞，他的手使用起工具來，是強壯敏捷的。而他的身體與精神配合得非常好，他能夠用腳步測量距離，比別人用尺量得還準些。他說他夜裏在樹林中尋找路徑，用腳比用眼睛強。他能夠用眼睛估計一棵樹的高度，非常準確；他能夠像一個牲畜販子一樣地估計一條牛或是一隻豬的重量。一隻盒子裏裝著許多的散置著的鉛筆，他可以迅速地用手將鉛筆一把一把抓出來，每次恰正抓出一打之數。他善於游泳，賽跑，溜冰，划船，在從早至晚的長途步行中，大概能夠壓倒任何鄉民。而他的身體與精神的關係比我們臆度的這些還要精妙。他說他的腿所走的每一步路，都是他要走的。照例他路走得越長，所寫的作品也更長。如果把他關在家裏，他就完全不寫了。

他有一種堅強的常識，就像斯葛特所寫的浪漫故事中那織工的女兒蘿絲·佛蘭莫克稱讚她父親的話，說他像一根尺，它量麻布與尿布，也照樣能量花毯與織錦緞。他永遠有一種新策略。我植林的時候，買了一斗橡樹子，他說只有一小部份是好的，他開始檢驗它們，揀出好的。但是他發現這要費很多的時間，他說，「我想你如果把它們全都放在水裏，好的會沉下去。」我們試驗了之後，果然如此。他能夠計畫一個花園或是房屋或是馬廄；他一定能夠領導一個「太平洋探險隊」；在最嚴重的私人或大家的事件上都能給人賢明的忠告。

他為目前而生活，並沒有許多累贅的回憶使他感到苦痛。如果他昨天向你提出一種新的建議，他今天也會向你提出另一個，同樣地富於革命性。他是一個非常勤勞的人。一切有條不紊的人都珍視自己的時間，他也是如此；他彷彿是全城唯一的有閒階級；任何遠足旅行，只要它看上去可能很愉快，他都願意參加；他永遠願意參加談話，一直談到夜深。他的謹慎有規律的日常生活從不影響到他尖刻的觀察力，無論什麼新局面他都能應付。他說，「你可以在鐵路旁邊睡覺，而從來不被吵醒：大自然很知道什麼聲音是值得注意的。它已經決定了不去聽那火車的汽笛聲。而對一切事物都尊敬虔誠的心靈，從來不會有什麼東西打斷我們心境的神往。」他注意到他屢次遇到這種事情：從遠方收到一種稀有的植物之後，他不久就會在他自己常去的地方找到同樣的植物。有一種好運氣，只有精於賭博的人才碰得到，他就常常交到這種好運。有一天，他與一個陌生人一同走著，那人問他在哪裏可以找到印第安箭鏃，他回答，「處處都有，」彎下腰去，就立刻從地下拾起一個。在華盛頓山上，在特克門的山谷裏，梭羅跌了一跤，跌得很重，一隻腳扭了筋。正當他在那裏爬起來的時候，他第一次看見一種稀有的菊科植物的葉子。

他健旺的常識，再加上壯健的手，銳利的觀察力與堅強的意志，依舊不能解釋他簡單而秘密的生活中照耀著的優越性。我必須加上這重要的事實：他具有一種優秀的智慧，一種極少數人特有的智慧，使他能夠將物質世界看作一種工具與象徵。詩人們有時候也有同樣的發現，這種感覺偶然也給予他們一種間歇性的光明，作為他們作品的裝飾，然而在他，這卻是一種永不休息的洞察力；他或許有些缺點或是性情上的障礙，可能投下暗影，然而他永遠服從那神聖的啟示。他年青的時候有一次說，「我一切的藝術都屬於另一個世界；我的鉛筆不畫別的；我的摺刀不刻別的；我並不僅只將另一個世界當作一個工具。」這是他的靈感，他的天才，控制著他的意見，談話，學習，工作，與生命過程。這使他目光銳利，善於判斷人。他一眼看到一個人，就能估量這人，雖然他對於某些文化的優美的特質毫不注意，他很能夠說出那人的重要性與品質。他的談話常常使人感到他是一個天才，這就是造成那印象的原因。

他只要看一眼，就能明瞭當前的事件，看出與他談話的人們的有限的貧乏的個性，什麼都瞞不過他那雙可怕的眼睛。我屢次見到敏感的青年在一剎那間就傾心於他，相信這正是他們所尋找的人，一切人中唯有他能夠告訴他們應當做些什麼事。他自己對他們的態度從來不是友善的，而是高傲的，教訓式的，藐視他們渺小的習尚；經過很長的時期才肯——或是完全不肯——與他們交往，答應到他們家裏去，或是甚至於讓他們到他家裏來。「他可肯和他們一同散步？」「他不知道。在他看來，沒有一樣東西比他的散步更重要的；他不能將他的散步浪費在客人身上。」有地位的人請他去遊覽，但是他拒絕了。欽佩他的朋友要出錢供給他到黃石河上去遊歷——到西印度群島——到南美洲。但是，他雖然是經過最嚴肅的考慮才拒絕的，他的態度使人想起那紈袴子布勒穆爾，在一陣驟雨中，有一個紳士邀請他乘他的馬車，布勒穆爾回答，「但是我坐了你的馬車，你坐到哪裏去呢？」——梭羅的友伴們並且可以記得他那譴責性的沉默，那種銳利的，不可抗拒的言辭，擊碎對方的一切抗辯。

梭羅以全部的愛情將他的天才貢獻給他故鄉的田野與山水，因而使一切識字的美國人與海外的人都熟知它們，對它們感到興趣。他生在河岸上，也死在那裏，那條河，從它的發源處直到它與邁利麥克河交流的地方，他都完全熟悉。他在夏季與冬季觀察了它許多年，日夜每一小時都觀察過它。麻省委派的水利委員最近去測量，而他幾年前早已由他私人的實驗得到同樣的結果。河床裏，河岸上，或是河上的空氣裏發生的每一件事；各種魚類，牠們產卵，牠們的巢，牠們的態度，牠們的食物；一年一次在某一個夜晚在空中紛飛著的鮒蠅，被魚類吞食，吃得太飽，有些魚竟脹死了；水淺處的圓錐形的一堆堆小石頭，小魚的龐大的巢，有時候一輛貨車都裝它不下；常到溪上來的鳥，蒼鷺、野鴨、冠鴨，鷿鷈，鶚；岸上的蛇，麝香鼠，水獺，山鼠，與狐狸；在河岸上的龜鼈，蛤蟆，蟾蜍與蟋蟀——他全都熟悉，就像牠們是城裏的居民，同類的生物；所以人們如果單獨敘述這些生物中的某一種，尤其是說出牠的尺寸大小，或是展覽牠的骨骼，或是將一隻松鼠或一隻鳥的標本浸在酒精裏，他都覺得荒誕可笑，或是認為這是一種暴行。他喜歡描寫那條河的作風，將它說成一個法定的生物，而他的敘述總是非常精確，永遠以他觀察到的事實作為根據。他對於這一個地段的池塘也和這條河一樣地熟悉。

別人調查這些，最重要的工具是顯微鏡與酒精，而他有一種工具，對於他還更重要——那本來是一種興致，他自己縱容自己，漸漸為這思想所支配，就連在最嚴肅的場合也表現出這種思想，那就是：讚美他自己的城市與近郊，說它是最宜於觀察自然界的地點。他說麻省的植物幾乎包括美國的一切重要植物——大部份的橡樹，大部份的楊樹，最好的松樹，梣樹，楓樹，山毛櫸，各種堅果樹。他向一個朋友借了一本凱恩所著的《冰帶旅行》，把書還給那人的時候，說，「書中記錄的大部份的現象，在康柯德都可以觀察到。」他彷彿有一點妒忌北極，因為它那裏日出與日落同時發生，六個月後才有五分鐘的白晝：那是一件偉大的事實，他從來沒有在別的地方發現。他有一次散步，找到紅雪，他告訴我預料有一天還會在本地找到睡蓮花。他總替土生的植物辯護，他承認他寧願要莠草，不要外國輸入的植物，正如他喜歡印第安人而不喜歡文明人；他很愉快地注意到他鄰人的豆架比自己的長得快。

「你看這些莠草，」他說，「有一百萬個農人整個的春天夏天鋤它，然而它仍舊佔優勢，現在正在一切田徑，牧場，田野與花園上勝利地生了出來——它們這樣精力旺盛。我們而且用卑賤的名字去侮辱它——例如『豬草』，『苦艾』、『雞草』、『鮒花』。」他說，「它們也有雅致的名字——長生草，繁縷，扶移，雁來紅……諸如此類。」

他喜歡無論說到什麼都要參照他本鄉的地段，我想這並不是因為他不熟悉地球上別的地域或是低估了別的地域，而是戲謔地表示他深信一切地方都沒有分別，對於一個人最適宜的地方就是他所在的地點。他有一次這樣表示過，「你腳下踏著的這點土，你如果不覺得它比這世界上（或是任何世界上）任何別的土更甜潤，那我就認為你這人毫無希望了。」

他用來征服科學上的一切阻礙的另一工具，就是忍耐。他知道怎樣坐在那裏一動也不動，成為他身下那塊石頭的一部份，一直等到那些躲避他的魚鳥爬蟲又都回來繼續做牠們慣常做的事，甚至由於好奇心，會到他跟前來凝視他。

與他一同散步是一件愉快的事，也是一種特權。他像一隻狐狸或是鳥一樣地徹底知道這地方，也像牠們一樣，有他自己的小路，可以自由通過。他可以看出雪中或是地上的每一道足跡，知道哪一種生物在他之前走過這條路。我們對於這樣的一個嚮導員必須絕對服從，而這是非常值得的。他夾著一本舊樂譜，可以把植物壓在書裏；他口袋裏帶著他的日記簿與鉛筆，一隻小望遠鏡預備看鳥，一隻顯微鏡，大型的摺刀，麻線。他戴著一頂草帽，穿著堅固的皮鞋，堅牢的灰色袴子，可以冒險通過矮橡樹與牛尾菜，也可以爬到樹上去找鷹巢或是松鼠巢。他徒步涉過池塘去找水生植物，他強壯的腿也是他盔甲中重要的一部。我所說的那一天，他去找龍胆花，看見它在那寬闊的池塘對過，他檢驗那小花之後，斷定它已經開了五天。他從胸前的口袋裏把日記簿掏出來，讀出一切應當在這一天開花的植物的名字，他記錄這些，就像一個銀行家記錄他的票據幾時到期。蘭花要到明天才開花。他想他如果從昏睡中醒來，在這沼澤裏，他可以從植物上看出是幾月幾日，不會算錯在兩天之外。紅尾鳥到處飛著；不久那優美的蠟嘴鳥也出現了，牠那鮮豔的猩紅色非常刺眼，「使一個冒失地看牠的人不得不拭眼睛」，牠的聲音優美清脆，梭羅將牠比作一隻醫好了沙啞喉嚨的鸞。不久他又聽到一種啼聲，他稱那種鳥為「夜鳴鳥」，他始終不知道那是什麼鳥，尋找了牠十二年，每次他看見牠，牠總是正在向一棵樹或是矮叢中鑽去，再也找不到牠；只有這種鳥白晝與夜間同樣地歌唱。我告訴他要當心，萬一找到了牠，把牠記錄下來，生命也許沒有什麼別的東西可以給他看的了。他說，「你半生一直尋找著而找不到的東西，有一天你會和它覿面相逢，得窺全豹。你尋它像尋夢一樣，而你一找到它，就成了它的俘虜。」

他對於花或鳥的興趣蘊藏在他心靈深處，與大自然有關——而他從來不去試著給大自然的意義下定義。他不肯把他觀察所得的回憶錄貢獻給自然史學會。「為什麼我要這樣做？將那描寫單獨拆下來，與我腦子裏別的與它有關的東西分開，在我看來，它就失去了它的真實性與價值：而他們並不要那些附屬的東西。」他的觀察力彷彿表示他在五官之外還有別的知覺。他看起東西來就像用顯微鏡一樣，聽起聲音來就像用聚聲筒一樣，而他的記憶力簡直就是他所有的見聞的一本攝影記錄。然而沒有人比他更知道這一點：事實並不重要，重要的是這事實給你心靈的印象，或是對於你心靈的影響。每一件事實都光榮地躺在他心靈裏，代表整個結構的井井有條與美麗。

他決定研究自然史，純是出於天性。他承認他有時候覺得自己像一條獵犬或是一頭豹，如果他生在印第安人之間，一定是一個殘忍的獵人。但是他被他那麻省的文化所約束，因此他研究植物學與魚類學，用這溫和的方式打獵。他與動物接近，使人想起湯麥斯·福勒關於養蜂家柏特勒的記錄，「不是他告訴蜜蜂許多話，就是蜜蜂告訴他許多話。」蛇盤在他腿上；魚游到他手中，他把牠們從水裏拿出來；他抓住山撥鼠的尾巴，把牠從洞裏拉出來；他保護狐狸不被獵人傷害。我們這自然學家絕對慷慨；他什麼都不瞞人：他肯帶你到蒼鷺常去的地方，甚至於到他最珍視的植物學的沼澤那裏——也許他知道你永遠不會再找到那地方，然而無論如何，他是願意冒這個險的。

從來沒有任何大學要給他一張文憑，或是要請他去做教授；沒有一個學院請他做它的特約撰述員，它的考察家，或是僅只做它的一個會員。也許這些飽學的團體怕被他諷刺。然而很少有人像他這樣深知大自然的秘密與天才；這種知識的綜合，沒有一個人比他更廣大更嚴正。因為他毫不尊敬任何人任何團體的意見，而只向真理本身致敬；他每逢發現一個學者有重視禮貌的傾向，就不信任這人了。他本城的居民起初只認為他是一個怪人，後來漸漸地尊敬欽佩他。僱他測量的農民很快地就發現他稀有的精確與技巧，他熟知他們的田地，樹木，鳥類，印第安人的遺跡與諸如此類的東西，這使他能夠告訴他們許多事，關於他們的農場，都是他們聞所未聞的；所以他們開始有點覺得彷彿梭羅比他們更有權利擁有他們的田地。他們也覺得他的個性的優越性，這使他對於一切說話都有份量。

康柯德有許多印第安人的遺物——箭鏃，石鑿，杵，與陶器的碎片；在河岸上，大堆的蚌殼與灰是一種標誌，表示那是野蠻人常去的地點。這些，與每一件與印第安人有關的事，在他眼中都是重要的。他到緬因州去遊歷，主要是為了愛印第安人。他可以看到他們製造樹皮獨木舟，同時還可以一試身手，在湍流上操舟。關於怎樣製造石箭鏃極想研究；他臨終的時候還囑咐一個動身到落磯山去的青年，叫他找一個知道怎樣製造石箭鏃的印第安人：「為了學到這個，值得到加利福尼亞去一次。」偶爾有一小隊潘諾布斯葛忒印第安人到康柯德來，夏天在河岸上搭起帳篷，住幾個星期。他總要和他們之間最好的一些人結交。他最後一次到緬因州遊歷，老城的一個聰敏的印第安人，名叫約瑟．波利斯，做他的嚮導做了好幾個星期，他從這人那裏得到很大的滿足。

他也同樣地對每一件天然的事實都感到興趣。他深入的觀察力在整個的自然界中都發現同樣的法律，據我所知，沒有另一個天才能像他這樣迅速地從一個單獨的事實上推知普遍的定律。他不是只知道研究某一種部門學問的腐儒。他張開了眼睛接受美，耳朵隨時接受音樂。他不是僅只在稀有的情形下才找到美與音樂，而是無論到哪裏都找到。他認為最好的音樂是在單獨的曲調中；他在電報線的嗡嗡聲中也發現詩意的暗示。

他的詩有好有壞；無疑地，他缺乏一種抒情的能力與文字技巧，但是他在他性靈的知覺上有詩的泉源。他是一個好的讀者與批評家，他對於詩的判斷是基本性的。任何作品中有沒有詩的原素，是瞞不過他的；他渴望得到詩的原素，這使他不注意浮面的美，也許還藐視它。他會撇開許多細緻的韻節，而在一本書裏可以看出每一段或是每一行活的詩；他也善於在散文中找出同樣的詩意的魅力。他太愛精神上的美，所以相形之下，對於一切實際上寫出來的詩都沒有多大敬意。他欽佩易斯契勒斯[2]與萍達；但是，有一次有人在那裏讚美他們，他卻說易斯契勒斯與別的希臘詩人描寫阿波羅與奧菲斯，從來沒有一段真的詩，或者可以說沒有好的詩。「他們不應當一味纏綿悱惻，連木石都被感動了；而應當向諸神唱出那樣一首讚美詩，唱得他們腦子裏舊的思想統統排斥出來，新的吸收進去。」他自己的詩章往往是粗陋有缺點的。金子還不是純金，而是粗糙的，有許多渣滓。百里香與瑪菊倫花還沒有釀成蜜。但是他如果缺少抒情的精美與技巧上的優點，如果他沒有詩人的氣質，他從不缺乏那啟發詩歌的思想，這表示他的天才勝過他的才能。他知道幻想的價值，它能夠提高人生，安慰人生；他喜歡將每一個思想都化為一種象徵。你所說的事實是沒有價值的，只有它的印象有價值。因為這緣故，他的儀表是詩意的，永遠惹起別人的好奇心，要想更進一層知道他心靈的秘密。他在許多事上都是有保留的，有些事物，在他自己看來依舊是神聖的，他不願讓俗眼看到，他很會將他的經驗罩上一層詩意的紗幕。凡是讀到《華爾敦》[3]這本書的人，都會記得他怎樣用一種神話的格式記錄他的失望——

「我很久以前失去一條獵犬，一匹栗色的馬與一隻斑鳩，至今仍舊在找尋牠們。我向許多遊歷的人說到牠們，描寫牠們的足跡，怎樣喚牠們，牠們就會應聲而至。我遇見過一兩個人曾經聽到那獵犬的吠聲，與馬蹄聲，甚至於曾經看到那斑鳩在雲中消失；他們也急於要尋回牠們，就像是他們自己失去的一樣。」

他的謎語是值得讀的。我說老實話，有時候我不懂他的辭句，然而那辭句仍舊是恰當的。他的真理這樣豐富，他不犯著去堆砌空洞的字句。他題為「同情」的一首詩顯露禁慾主義的重重鋼甲下的溫情，與它激發的理智的技巧。他古典式的詩〈烟〉使人想起西蒙尼地斯[4]而比西蒙尼地斯的任何一首詩都好。他的傳記就在他的詩裏。他慣常的思想使他所有的詩都成為讚美詩，頌揚一切原因的原因，頌揚將生命賦予他並且控制他的精神的聖靈——

我本來只有耳朵，現在卻有了聽覺；
以前只有眼睛，現在卻有了視力；
我只活了若干年，而現在每一剎那都生活，
以前只知道學問，現在卻能辨別真理。

尤其是在這宗教性的詩裏——

其實現在就是我誕生的時辰，
也只有現在是我的壯年；
我決不懷疑那默默無言的愛情，
那不是我的身價或我的貧乏所買得來，
我年青它向我追求，老了它還向我追求，
它領導我，把我帶到今天這夜間。

雖然他的作品裏說到教會與牧師有時候語氣很暴躁，他是一個稀有的溫柔的絕對信奉宗教的人，無論在動作或是思想上，他都絕對不會褻瀆上帝。當然，他獨創一格的思想與生活使他孤立，與社會上的宗教形式隔離。我們不必批評他這一點，也不必認為遺憾。亞里斯多德早已解釋過，說，「一個人的德行超過他那城市中其他的公民，他就不復是那城市的一部份了。他們的法律不是為他而設的，因為他對於他自己就是一種法律。」

梭羅是最真摯的；先知們深信道德的定律，他聖潔的生活可以證明他們這種信仰是有根據的。他的生活是一種肯定的經驗，我們無法忽視它。他說的話都是真理，他可以作最深奧最嚴格的談話；他能醫治任何靈魂的創傷；他是一個友人，他不但知道友誼的秘密，而且有幾個人幾乎崇拜他，向他坦白一切，將他奉為先知，知道他那性靈與偉大的心的深奧的價值。他認為沒有宗教或是某種信仰，永遠做不出任何偉大的事；他認為那些偏執的宗派信徒也應當牢記這一點。

當然他的美德有時候太趨極端。他要求一切人都絕對誠實，毫不通融，我們很容易可以看出這是他那種嚴肅的態度的起因，而這嚴肅的態度使他非常孤獨，他雖然是自願做隱士，卻並不想孤獨到這一個地步。他自己是絕對正直的，他對別人也要求得一樣多。他憎嫌罪惡，無論什麼榮華富貴也不能掩蓋罪惡。莊嚴的富有的人們如果有欺騙的行為，也很容易被他看出來，就像他看見乞丐行騙一樣，他對他們也同樣地感到鄙夷。他以這樣一種危險性的坦白態度處事，欽佩他的人稱他為「那可怕的梭羅」，彷彿他靜默的時候也在說話，走開之後也還在場。我想他的理想太嚴格了，它甚至干涉他的行動，使他不能夠在人間得到足夠的友情，這是不健康的。

一個現實主義者總慣於發現事物與它們的外表相反，這使他有一種傾向，總喜歡故作驚人之語。他那種敵意成了一種習慣，這習慣毀傷了他早期的作品的外貌——那是一種修辭學上的手法，就連他後來的作品也還沒有完全擺脫這種作風，以一個完全相反的字眼或思想來代替那通常的字眼或思想。他讚美荒山與冬天的樹林，說它們有一種家庭氣氛，發現冰雪是悶熱的，稱讚荒野，說它像羅馬與巴黎。「它這樣乾燥，你簡直可以叫它潮濕。」

他有種傾向，要放大這一剎那；眼前的一個物件或是幾個綜合的物件，他要在那裏面看出一切自然界的定律。有些人沒有哲學家的觀察力，看不出一切事物的一致性；在他們眼光中，他這種傾向當然是可笑的。在他看來，根本無所謂大小。池塘是一個小海洋；大西洋是一個大的華爾敦池塘。每一件小事實，他都引證宇宙的定律。雖然他的原意是要公正，他似乎有一種思想縈繞於心，以為當代的科學自命它是完美的，而他剛正發現那些有名的科學家忽略了某一點，沒有鑑別某一種植物種類，沒有描寫它的種子，或是數它的花萼。我們這樣回答他，「那就是說，那些傻瓜不是生在康柯德；但是誰說他們是生在這裏的？他們太不幸了，生在倫敦，或是巴黎，或是羅馬；但是，可憐，他們也盡了最大的努力，當然他們很吃虧，他們從來沒有看見過康柯德附近的培次門池塘，或是九畝角，或是貝琪·史多沼澤，而且，上天派你到這世界上來，不就是為了加上這點觀察？」

他的天才如果僅只是沉思性的，他是適於這種生活的；但是他這樣精力旺盛，又有實際的能力，他彷彿天生應當創造大事業，應當發號施令；他失去了他稀有的行動力，我覺得非常遺憾，因此我不得不認為他沒有壯志是他的一個缺點。他因為缺少壯志，他不為整個的美國設計一切，而做了一個採漿果遠足隊的首領。

但是這些弱點，不論是真的還是浮面上的，都很快地消失在這樣健康智慧的一個性靈的不斷的生長中，以它的新勝利塗沒它的失敗。他對於大自然的研究是他永遠的光榮，使他的友人們充滿了好奇心，想從他的觀點看這世界，聽他的冒險故事。他的故事包含著各種各樣的興趣。

他一方面嘲笑世俗的文雅習慣；然而他自己也有許多文雅的習慣。他怕聽他自己的腳步聲，砂礫軋軋作響；所以他從來不是自願在路上走，而喜歡在草上，山上，樹林中行走。他的知覺是敏銳的，他說晚上每一個住宅都發出惡氣，像一個屠場一樣。他喜歡苜蓿純潔的香味。他對於某些植物特別有好感，尤其是睡蓮；次之，就是龍胆，常春藤，永生花，與一棵菩提樹，每年七月中旬它開花的時候他總去看它。他認為憑香氣比憑視覺來審查更為玄妙——更玄妙，也更可靠。當然，香氣揭露了我們看不見，聽不見，捉摸不到的東西。他憑香味可以嗅出俗氣來。他喜歡回聲，說它幾乎是他所聽到的唯一的同類的聲音。他酷愛大自然，在大自然中獨處感到非常快樂，甚至於使他嫉視城市，城市的教化與謀略將人類與他們的住宅改變得不成模樣。斧頭永遠在那裏破壞他的樹林。他說，「幸而他們不能把雲砍下來。」「那藍色背景上用這纖維質的白色顏料畫出各種形狀。」

我從他未發表的原稿上摘出幾句話來，附在這裏，不但可以作為他的思想與感情的記錄，而且也是為了它們的描寫能力與文藝價值——

有些「情況證據」是非常有力的，譬如有時候你在牛奶裏發現一條鱒魚。

鰱魚是一種柔軟的魚，滋味像煮熟的皮紙加上鹽。

年青人收集材料，預備造一座橋通到月亮上，或是也許在地球上造一座宮殿或廟宇，而最後那中年人決定用這些材料造一間木屋。

健康的耳朵裏聽到的聲音，比吃糖還甜。

我擱上一些長青樹枝，那腴美辛辣的爆炸聲在耳朵裏聽來，有芥末的感覺，又像是無數聯隊的鎗炮聲。枯樹愛火。

藍鳥把天馱在牠背上。

鸞在綠色的枝葉中飛過，彷彿牠會使樹葉著火。

長生不老的水，連表面都是活的。

火是最不討厭的第三者。

羊齒草純是葉子，大自然製造它，是為了要給我們看它能造出多麼好的葉子。

沒有一種樹有像山毛櫸那樣美麗的樹幹，那樣漂亮的腳背。

那淡水蚌，埋在我們黑暗的河底的泥裏，牠殼上美麗的虹彩是從哪裏來的？

如果嬰兒的鞋子是另一個小孩的舊鞋，那真是一個艱苦的時代了。

我們什麼都不必怕，只怕恐怖。相形之下，上帝或者寧取無神論。

你能夠忘記的東西是沒有意義的。我們稍稍需要一點思想，用它作為全世界的廟祝，照管廟宇中一切寶貴的物件。

我們沒有經過品行上的播種時期，怎麼能預期思想上有收穫？

有期望而鎮靜處之，不動聲色，只有這種人，我們能夠將寶貴的禮物付托在他們手裏。

我要求被融化。金屬品在火中融化，你只能要求它對火溫柔。它不能對任何別的東西溫柔。

植物學者知道有一種花——我們那種夏季植物，叫做「永生花」的，與它同是「菊科」——生在提樂爾山上的危崖上，幾乎連羚羊都不敢上去，獵人被它的美引誘著，又被他的愛情引誘著（因為瑞士姑娘們非常珍視這種花），爬上去採它，有時候被人發現他跌死在山腳下，手裏拿著這朵花。植物學家叫它薄雪草，但是瑞士人叫它Edelweiss，它的意義就是「純潔」。我覺得梭羅彷彿一生都希望能採到這植物，它理應是他的。他進行的研究，規模非常大，需要有極長的壽命才能完成，所以我們完全沒想到他會忽然逝世。美國還沒有知道——以致毫不知道它失去了多麼偉大的一個國民。這似乎是一種罪惡，使他的工作沒有做完就離開了，而沒有人能替他完成；對於這樣高貴的靈魂，又彷彿是一種侮辱——他還沒有真正給他的同儕看到他是怎樣的一個人，就離開了人世。但至少他是滿足的。他的靈魂是應當和最高貴的靈魂作伴的；他在短短的一生中學完了這世界上一切的才技；無論在什麼地方，只要有學問，有道德的，愛美的人，一定都是他的忠實讀者。

1．John Brown（1800～1859），美國主張廢除黑奴制者。

2．Aeschylus（525～456 B.C.），希臘悲劇詩人。

3．Walden，梭羅名著之一，有中譯本出版，譯本名《湖濱散記》。

4．Simonides，紀元前六至五世紀希臘抒情詩人。

三　卡萊爾

湯麥司·卡萊爾有偉大的口才，他的談話與他的文字一樣地不同凡響——我認為比他的文字更是不同凡響。

他並不完全是一個學者——我的朋友們大都如此——而是一個講求實際的蘇格蘭人，這種人你在任何馬鞍店或是鐵匠店裏都可以找到，不過偶然——很使人詫異地——他同時也是一個可欽佩的學者與作家。你如果要確切地知道他怎樣談話，你只要假定某花匠在日常的工作之暇能有足夠的時間讀柏拉圖與莎士比亞，奧古斯汀與喀爾文，但是他依然故我，絲毫未變，藐視地談到這一切胡說八道攪擾他的書，那就正是卡萊爾的口吻與言語與笑聲。我稱他為一個粗中有細的人。他也有一種強烈的宗教色彩，像粗魯的人有時候那樣。他這宗教色彩與他一切的性情都有一種暴躁的性質，對於基督教猶太教與這老套的一切現在的演出都感到不耐煩。聽他說話，他彷彿是一個非常不快樂的人——感到極深的寂寞，他四周的一切人與事物都使他不快，都妨害他，他坐待時機，默想著怎樣能夠設法顛覆炸毀這整個使他痛苦的胡鬧的世界。顯然各種各樣的人都非常尊敬他，他像威勃司特一樣地深知自己的價值，他的行為有時候使我想起威勃司特；他對於社會用不著逢迎趨奉。

他在英國與倫敦之塔一樣著名。固然美國沒有一個人敢要求與卡萊爾談話，但是他也絕對不能使我們美國人得到滿足，完全不能回答我們的問句。他是一個非常國民性的人物，把他移植過來是絕對不可能的。他們把卡萊爾當作一種輕便的教堂巨鐘，喜歡在不認識他的人前把他拿出來敲動，使一切人感到詫異，驚愕——主教，朝臣，學者，作家——而在英國，因為在座的人都不提出名字來互相介紹，所以效果非常大，眾人都急於要詢問那是誰。挪登的福司特描寫給我聽，有一次在一個鄉村的旅店裏的公共餐桌上吃晚飯，他把卡萊爾帶了去。一個愛爾蘭牧師不知說了一句什麼話，卡萊爾開始說話了，起初向侍者們說，然後對著牆說，最後無疑地是向那牧師說的，他的態度使在座的人全都害怕起來。

年青人，尤其是有自由思想的年青人，都急於要謁見他，但是我覺得這就像還沒有上過課之前就急於要見數學教授或是希臘文教授。要去訪問他，單靠有一件乾淨襯衫與看得懂德文書，是不夠的。他對他們非常藐視；他們宣稱信仰自由，而他擁護奴隸制度；他們讚美共和國，而他喜歡沙皇；他們欽佩柯勃登[1]與自由貿易，而他在政治經濟上是一個保護關稅主義者；他們吃蔬菜，喝水，而他這蘇格蘭人相信英國的國民性對於牛羊肉有一種純潔的熱誠——他津津有味地描寫成群結隊的人凝視著商店櫥窗裏的牛腰肉，他甚至於喜歡蘇格蘭人臨睡前喝的酒；他們讚美道德的勸誘，而他贊成謀殺，金錢，死刑，以及其他的英國法律上不太佳妙的可惡的事。他們希望有新聞自由，而他認為他如果被選入議會，要做的第一件事情就是逐出那些新聞記者，停止各種有害的言論，博人歡心的演說，不許嘮叨的人發言。他說，「在『長期議會』[2]中——那是唯一的偉大的議會——他們秘密地沉默地坐在那裏，像一個教會全體會議一樣地嚴肅，如果有一個人混進去了，而出去之後想把他們做了些什麼事告訴別人，我不知道他們會怎樣對付他。」他們贊成自由的制度，對於事物不加干涉，使每一個人都有機會與動機，他卻贊成一個嚴酷的政府，向人民指出他們必須做什麼，並且逼著他們這樣做。他說，「在我們這裏，議會每年收集六百萬鎊給窮人，然而人民還是挨餓。我想他們如果肯把這筆錢給我，讓我給窮人工做，讓我有權力逼他們做工或是鎗斃他們——如果我做不到這一點，就把我絞死——結果他們會有許多玉蜀黍粉吃。」

他很快地就投身到另一面去。如果你提倡自由貿易，他就記起每一個勞動者都是一個壟斷者。英國商業興盛，全靠它的航海法律。「聖約翰被荷蘭人侮辱了；他回家來，使我們通過一條法律，徵收外國船隻高額的稅款，這對於荷蘭人是一個致命傷，因而英國商業就興盛起來。」如果你誇耀這國家怎樣增長，給他看戶口調查的絕好的成績，他認為沒有比一大群人更使人抑鬱的景象。他告訴我他有一次看見三四英里的人，他想像「這地球是一塊大乳酪，而這些東西是老鼠。」他恨街頭演說與模範共和團，如果一個保守黨員因此生氣，他就這樣回答：「是的，你們想像世上有這樣一個蠢豬似的兵士，他服從命令，能夠遵守軍官的命令向他自己的父親開鎗，這種觀念對於一個貴族化的心靈是一個很大的安慰。」卡萊爾其實並不是愛好這種或那種教條，他只是喜歡他的友伴們性情真摯，因為真摯是一切力量的泉源。

如果一個學者來到伐木者的野營中，或是替船隻裝置檣繩的一群工人之間，那些人很快地就會看出他個性上的任何缺點。除了真實的健全的品質，此外無論什麼他們都不通過。同樣地，卡萊爾這人是一隻釘鎚，擊碎人們的庸俗與自命不凡的心理。他能夠立刻偵察出人們的弱點，立刻觸及它。他有一種活潑的，進取的氣質，別人無法感動他。文藝界的人，時髦人，政客，每一個人都是剛從他們自己的活動範圍內得到了勝利，迫切地來看這人，他們曾經真心欣賞過他的諧趣，他們確定他們會得到歡迎，而一開始就感到絕望。他那堅定的，勝利的，嘲弄的詈罵，打擊他們，使他們意氣沮喪，踟躕不前。他的談話往往使你想起人家所說的關心約翰生的話，「如果他的鎗彈沒有打中你，他會用鎗柄把你打倒。」

純屬理智性的結黨，使他感到厭倦；如果一個人所擁護的主義並非他天生要擁護的，生來與他有密切關係的，卡萊爾能夠立刻看出他的破綻。任何事物的天然的保衛者，摯愛某種主張的人，肯為他所擁護的東西而生活，肯為他死，除了他自己的事，什麼都不放在心上——卡萊爾尊敬這樣的人；目標越高尚越好。他恨無聊文人；基梭[3]曾經做路易．菲力普[4]的傀儡多年，如果他現在來寫論文，關於華盛頓的個性，關於「美」，關於「歷史的哲學」，卡萊爾一定認為這都是不足道的。

他非常尊敬現實——凡是從一個活動的人的本性中發出的一切特性，他都尊敬。這種心理，他聽任它發展對於「力」的盲目崇拜。一個堅強的個性在他看來總有一種魅力，彷彿他完全沒有審查這種力是神力還是惡魔的力量，就已經對它發生好感。他開大炮似地宣講他的教旨：每一個高尚的天性是上帝創造的，如果它含有野蠻的熱情，它也含有適當的抑制，與偉大的衝動；它無論怎樣放肆，也會循著它的軌道，從遠處兜回來。

英國人最崇拜的那種合度的舉止（英國人在這一方面的造就也確是超過世界各國），卡萊爾並不尊敬它。他認為這都是炫示我們肉體的慾望使他怒火中燒。

他與一切尊嚴戰鬥；而他們的道德情操非常嚴厲，這與他的戰鬥結合在一起，並且使他所有的諷刺都更加尖銳化。他把一個作偽者的羽毛拔下來，露出下面枯瘦的假道學，讓我們盡量嘲笑它；然而他同時也崇拜一個人內心具有的無論何種熱誠，堅忍，仁愛，或是其他的良好的天性的徵象。

他的素質中最根深柢固的東西是他的幽默——他以一種體諒人的，俯就的，好脾氣的態度觀看每一個存在的物件，就像一個人看一隻老鼠一樣。他覺得一個人如果絕對健康，一定善於戲謔，所以他即使看到沉悶的東西或是悲劇，他的態度也不嚴肅。

領導他的天才，就是他的道德感，和他對於真理與公正的重要性的理解力；但是它是個性的真理，不是教條的真理。他說：「嚴格地說來，英國是沒有宗教的。在英國著名的馬市選購馬匹的那些懶惰的貴族們——他們不會工作，說的話也沒有一句是有嚴肅的目標的；他們有這麼個偉大的說謊的教會；生命整個是個騙局。」他覺得劍橋大學比牛津好些，但是他認為牛津與劍橋的教育使青年人變成頑固，正如希臘神話中的阿克利斯在斯提克司河中洗浴後就刀鎗不入，因此青年人從那些大學裏出來的時候，他們就說：「現在我們防禦堅強了；一切的學位我們都得到了，我們的皮變硬了，能抗拒宇宙中的真理；不論是人是神都無法刺透我們。」

他尊敬威靈敦[5]，認為他是真實誠懇的，認為他是下了決心永不與任何一種謊話攪在一起。愛德文·卻德威克是他所崇拜的英雄之一——那人建議供給倫敦每一座住宅清潔的水，每一個個人六十加侖，代價是每星期一辨士。卡萊爾認為現在一切宗教都趨於腐敗墮落，一個人能夠安全地做到的唯一的宗教行為就是把自己洗洗乾淨。

當然一八四八年的法國新革命是他所看到的最好的事，他感到極大的滿足，因為這給了那大騙子路易．菲力普一個教訓，讓他知道宇宙中到底還是有上帝的公理。尼古拉沙皇是他崇拜的英雄；因為在歐洲的許多醜行中，所有的寶座都像紙牌搭的房屋一樣紛紛倒塌，沒有一個國王有良心，肯為他的王位發出一粒鎗彈，人人都剃光了頭，狼狽出走；只有一個人沒有走，他相信他是上帝把他安置在那裏，叫他統治他的帝國，而由於上帝的幫助，他是下了決心站定在那裏。

他將這艱苦的時代看得非常嚴重；他早已看出罪惡將要來到，但是以為在他這一輩子是不會來的。他認為智慧的人應當研究社會問題——那是他們應當研究的唯一問題——而不該研究藝術與優美的幻想與詩歌之類的東西。他們與這種謊話與胡言攪在一起的必然的結果，就是現在這混亂的情形。

卡萊爾在他的一生裏始終保持著大丈夫的態度，勝過英國的一切人。他曾經為學者張目，而並不向任何學者請教他應當說些什麼。他在最上級的社會裏佔據一個榮譽的地位，而他擁護人民，擁護人民憲章主義者，擁護貧民，剛毅地輕藐地教誨貴族們他們有些什麼必須執行的責任。

就我的判斷，他見解上的錯誤與他這優點比較起來，是完全無足重輕的。沒有人能夠仿傚他這種鎮靜功夫；這正是針對著當前情勢的中心點。在英國，由於貴族階級傲岸的落落寡合的態度，他們非常緩慢地才容許學者進入社會——在高級的社交圈內，只有寥寥幾家人家曾經有任何學者踏進他們的門限——而他挺直了腰，使他自己成為一切人都承認的一種勢力，教導學者們認識他們崇高的責任。他從來不怕任何人。

1．Richard Cobden（1804～1865），英國政治家，經濟學者。
2．Long Parliament，英國議會史中最長之一屆議會。
3．François Pierre Guillaume Guizot（1787～1874），法國歷史家，政治家。
4．Louis Philippe（1773～1850），奧爾良公爵長子，一八三〇年法國革命時，被舉為王，後以專制故，激起再革命，出亡英國。
5．Duke of Wellington（1769～1852），英國名將，滑鐵盧之役戰敗拿破崙，一八二八年任英國首相。

第五章　書信

一　寄麗蒂亞．傑克生

（一八三五年二月一日，於康柯德）

我的一個智慧的導師愛德門．柏爾克說：「一個智慧的人，他的話雖然是真理，他總把它說得不太過分，那麼他可以說得時間長一點。」你在我心中喚起這種新感情，它的性質也許會使別人害怕，卻使我歡喜，它這種安靜，我認為是保證它能夠永久不變。我在星期五非常愉快，因為我現在的地位彷彿是你家庭的一員了，而我們彼此間的了解一直在增長著，然而我去了又來了，而始終沒有說出一句劇烈的話——也沒有作過一次熱情的表示。這並不是預先計畫好的，我僅只是順從當時的傾向，順從事實。有一種愛情，因為對真理與博愛感到關切，反而把個人放在一邊，不斷地展緩實現個人的期望（其實這種期望或者也似乎是合理的），因而音調轉變了，這樣的愛我覺得它有一種莊嚴偉大。你不要以為我是一個抽象的愛人。我是一個人，我憎恨並且懷疑那些高雅過分的人；大自然，我們善良的養母，她利用最家常的愉快享受與吸引力將她的孩子們拉攏在一起，這家常的一切都引起我的共鳴。然而我還是非常快樂，因為在我們之間，最持久的聯繫是最先造成的；以這為基礎，無論人性要生長出什麼別的關係，都可以生長出來。

我母親非常喜悅，問了我關於你的許多話，有許多問題都是我不能答覆的。我不知道你可會唱歌，可會讀法文，或是拉丁文，你曾經住在什麼地方，還有許多別的。所以你看，沒有別的辦法，你必須到這裏來，在戰場上忍受她的詢問的炮火。

在今天早晨的凜冽但是美麗的光明中，我想著，親愛的朋友，我實在不應當離開康柯德。我必須爭取你，使你喜愛它。我天生是一個詩人，無疑地是一個低級的詩人，然而仍舊是一個詩人。那是我的本性與天職。我的歌喉確是「沙啞」的，而且大部份全是以散文寫出來。然而我仍舊是一個詩人——這裏所謂詩人只是一個人，他能夠感覺到而又摯愛靈魂與物質中的音樂，尤其是靈魂的音樂與物質的音樂間相符之處。落日，樹林，風雪，某一種河上的風景，在我看來比許多朋友都重要，它們通常與書籍分佔我一天的時間。像康柯德這樣的城市總有一百個，在那些城裏我都可以找到這些必須的東西，但是我恐怕普利茅斯不是這樣的城，普利茅斯是街道；我住在廣闊的郊野裏。

但是這件事留到以後再說吧。如果我能夠順利地預備好星期四關於布納羅蒂[1]的演辭，我就在星期五到普利茅斯來。如果我失敗了——不能達到這人的「意象」——我星期四就說一點關於路德的事，那我就不知道我什麼時候能偷閒來一次了。

最親愛的，原有這整個一封信裏的自大。他們不是說，「愛情越多，越是自大」？你應當用同樣的自大，用更多的自大作為報復。寫信，寫信給我。我還要請求你，親愛的麗蒂亞，在這件事上也聽從我鄙陋的勸告，不要去想眼前的事，讓天風吹去你的消化不良症。

華爾多．E

1．Michelangelo Bounarotti（1475～1564），意大利名畫家，彫刻家，詩人。

二　寄湯麥司·卡萊爾

（一八三七年九月十三日，於康柯德）

親愛的朋友：像「法國革命」這樣貴重的禮物，我實在不應當耽延到現在才寫信來承認我收到了。但是你們這種山上的居民，能夠在早飯前爬上安底斯山呼吸新鮮空氣——不能以你們的標準來衡量低地的居民與羸弱的人的表演。是一些什麼小事使我一直沉默著，我想起來簡直覺得羞慚，我不願說出來。

「法國革命」我直到三星期前才收到，我發現它自從登陸之後，途中至少長期停頓過兩次。常常有人來訪問，又有一些文藝上的辯論，在這一切之間，我讀完了兩本，第三本讀了一半：我認為你是一個非常好的巨人；你遊戲著，你有一種獨出心裁的，胸懷大志的諧趣；你覺得愉快與和平不夠強烈，你自願同時也吮吸痛苦，教熱病與飢荒跳舞唱歌。我覺得你寫了一本極好的書，它的壽命一定非常長。我認為你創造了一部歷史，這世界也會承認它是歷史。你看出除了官吏之外還有別的人存在，除了公民政治之外還有別的關係。你脫離了一切書籍，寫出了一個心靈。這是一個勇敢的實驗，那成功是偉大的。你的故事裏有人，而不僅只是名字；永遠是人，雖然有時候我也許要懷疑他們可真是歷史上的人物。這裏有偉大的事實——而且是經過選擇的事實——忠實地記錄下來。這裏永遠有人性，與殘缺不全的，被毀傷了的各個人同時存在。靈魂仍舊有權利驚奇讚嘆；有人被讚美，有人被判罪，都是非常正直的判斷，絕對沒有一句假道學的話。是的，你這一點可以自慰——呵，最不敬神的神聖的人——你從來不說假道學的話。最後一點是：這裏沒有一字一句是沉悶的。從來沒有像你這樣迅疾的作風——沒有一個讀者能跑得比你快；對於最聰慧的讀者也是如此。那大胆的風趣與愉快，無論什麼悲劇，無論多麼壯闊的事蹟都無法壓倒它或是挫折它，我想大概沒有比這更使人驚愕的了。亨利八世曾經說他愛一個「人」；我看見我的詩人永遠能應付他所描寫的危急的場面，我感到喜悅。因此我感謝你——你辛苦了，我覺得你同時代的人應當說，向你致敬，兄弟！你要永遠活著，不但生存在那偉大的聖靈裏（你一向就深深地吸進它的氣息），而且——由於你所做的這件工作——你作為一個有姓名的人，也要永遠生存著。

等我能夠從焦點距離外看這本書——如果有這樣的一天——等我反對之點有了確實的理由，我可以把我的許多異議集中起來，那時候我再多告訴你一些關於這本書的話。當然，我堅持它可以簡單一點，不要像哥德式的，開花開得那樣爛漫。你會說：窗戶裏點燈的規則，絕對不適用於北極光。但是，時而有一件特殊的事實溜到那敘述中，以明晰的商業化的辭句表白出來，這時候我總覺得神清氣爽起來。這本書裏的人物描繪確是可欽佩的；線條是犁耙耕出來的溝道；但是你雖然好，從前也有過好東西。克萊崙敦[1]在福爾克蘭，漢普敦，與其他那些傳記裏，確實曾經畫出種種明晰的輪廓，而他並沒有反抗什麼，也沒有跳上天去。但願我能夠和你晤面談一整天，我想知道你最最坦白的時候對於這本書怎樣說法。

我覺得完全放心，它在美國一定會受歡迎。上星期六我聽見說《衣裳哲學》[2]共賣了一千一百六十六本。我告訴這本書的出版者《法國大革命史》暫時不能付印，要先給人家一點時間輸入英國的版本，我已經請希利愛德・格萊公司輸入二十本作為試驗性質。現在匯兌率非常高，一先令值美金三角，他們認為再加上運費與關稅，這本書在這裏一定嫌太貴了，銷不出去，但是我們相信匯兌率很快就會下跌；然後我的書就要運來了。我覺得很羞慚，你教育我們的年青人，而我們偷印你的書。將來有一天我們會有一條較好的法律，或者你們也許會採用我們的法律。

我接到你的信遠在你的書寄到以前。你這一生做了非常好的工作。而你非常慷慨地將你的友愛給我，使我這人生的旅途變得美麗愉快。我能夠稱一個正直智慧的人為我的朋友，這是我最高的心願，終於如願以償了。你在這樣寥寥幾年內豐富地佈施你的天才，使我覺得我非常貧乏之無用。我看我必須繼續信賴你和一切勇敢的人，再過一個較長的時期，然而我仍舊希望有一天我能證實我的真誠與愛。我國的學者這樣少，每一個好讀書的人我們都需要他服務，盡他的能力使思想流通，目的是要造成某種重量，與金錢的力量對抗，並且竭力供給食物給那瀕於挨餓的青年。所以我每年冬季虔誠地誦讀演辭，別的時候無論何時有人召喚，也去演講。去年，「歷史的哲學」，演說了十二次；而現在我在默想著一項科目，題目是我所謂「倫理學」。我盡我的能力從歷史或是大自然裏收集智慧，將這一切沿街叫賣，而我國同胞這樣感謝地接受我這點微渺的貢獻，使我看了覺得心酸。

好朋友，寫信給我，告訴我你有沒有到蘇格蘭去——你近來做些什麼事，要做些什麼事——告訴我你的妻子又強壯健康起來了，像我在克雷斤帕托克看見她的時候一樣。請你代我摯愛地問候她。告訴我你什麼時候到這裏來。一星期前我召集了一個小俱樂部，在我這裏消磨了一天——一共十五個人——他們每一個人都熱烈地愛你。所以如果「法國革命」不能喚醒你故鄉那罪惡的城市中的「呆笨的讀者們」，我看你只好憤然而去，渡過大西洋，到新英格蘭來。

你摯愛的，感到光榮的朋友

R．華爾多．愛默森

再者：你上城去的時候，我想麻煩你，托你做一件事，可以麼？你曾經提起到紅獅廣場的利啟商店去。能不能請你對他說他兩三年前寄給我一些書，沒有附賬單。我自己寫過一封信給他，又有一次托書商S．柏戴忒，後來又有一次托C．P．寇提斯先生，那人自稱是他在波士頓的代理人——前後共有三次向他要這張賬單。從來沒有得到回音。我希望他寄賬單來給我，好讓我把賬付清。如果他仍舊堅持著要自我犧牲，我想你可以將他寫成具有神性的書商，使他永垂不朽。

我不久就寄一本「演辭」來給你，是在這裏的一個文藝會發表的演說，現在正在印行中。我聽見人說新威士敏寺裏給卡萊爾留出一塊墓地來，我很高興。

1．Edward Hyde first Earl of Clarendon（1609～1674），英國大法官。

2．Sartor Resartus，卡萊爾名著。

三 寄瑪麗·穆地·愛默森

（一八四二年一月廿八日，於康柯德）

我親愛的姑母：我的孩子，我的孩子沒有了。他星期一晚上病了，生猩紅熱，昨天晚上死了。我沒有話可說。我的寶貝，全世界最奇妙的孩子——因為我無論在我自己家裏或是別人家裏都沒有看見過一個可以與他比擬的孩子——他從我懷中逃走了，像一個夢一樣。他像一顆晨星，使我的世界更為美麗，使我日常生活內的每一個細節都美麗起來。我睡在他近旁，一醒來就記得他……

我們從來沒有——也沒有任何人給他壞影響，他沒有被泥土所玷污——我現在想到這一點，覺得很高興。大家對他總是尊敬，幾乎有宗教的感覺，因為天真實在總是偉大的，使人肅然起敬。但是我現在只能告訴你，我的天使消失了。雖然你幾乎沒有看見過他的面貌，你也會為這小旅人悲痛。

祝你平安，親愛的姑母。

華爾多·E

梭羅的生平和著作

亨利·大衛·梭羅（Henry David Thoreau）在一八一七年七月十二日生於麻薩諸塞州的康考特（Concord）。康考特是美國文學史上很有名的一個地方，它除了孕育過梭羅這位天才之外，還產生了兩位文壇巨人——愛默森和霍桑。梭羅一向頗以自己生得其地，生逢其辰而欣悅。他時常對人說：「我只要想到自己竟然生在全世界最可敬的地點（康考特亦為美國獨立戰爭爆發之處），而且時間也巧合，就會覺得萬分榮幸！」

他生於一個從事手工業的小康之家，子女四人，他排行第三。念完中學後，他考入哈佛大學攻修文科。雖然他天資甚高，而且終日手不釋卷，可是在這著名學府中他並不見得如何出人頭地，也許那是因為他只潛心鑽研自己心愛的讀物，對校中課程和分數成績卻漠不關心的緣故。一八三七年畢業，他曾經有一個短時期在一所私立學校裏教書，但是為了校方所提倡的體罰制度與他做人的宗旨恰巧背道而馳，他不久就辭職不幹了。

一八三九年間，他和他的哥哥約翰作過一次回味無窮的旅行，十年後出版的《康考特與梅里麥河畔一週》（A Week on the Concord and Merrimack Rivers）就是記載這次旅行的一本遊記。全書分為七章，每章繪述一天的生活——包括天氣的變化，情緒的起落，和讀書心得等，描寫細膩，絲絲入扣，可以說是一本情文並茂的傑作。這時他們兄弟二人同時暗戀著一位名叫愛倫·西華爾（Ellen Sewall）的小姐，而且先後都嘗到了失戀的滋味，因此這本書的創作過程中還隱藏著不少痛苦的回憶。

梭羅素性好動，為了追求新鮮的刺激，他不時改變著生活方式。一八四〇年後的那幾年，他有時在自己家中幫助他父親製造鉛筆；有時住在愛默森家裏做零碎的工作；有時為《日晷》季刊（The Dial）撰稿；有時到各處去講學，還當過一個時期家庭教師。一八四五年的七月四日，他開始在康考特的華爾騰（Walden）畔的一所木屋中隱居了二十六個月，過著類似魯濱遜漂流荒島的生活，這是美國文學史上非常有名的一件事。他這樣做，是要證明一項理論：人可以生活得更簡單，更從容，不必為著追求物質文明的發達，而喪失了人是萬物之靈的崇高地位。他要試驗一種返回原始的生活，多和大自然接近，去發展人類的最高天性。不過他雖然隱居於林野之間，仍時常到附近的村莊上去，並在湖濱接見訪客，有時也在康考特各處幹著他擅長的雜活，例如：測量、做木匠、髹漆房屋、做園丁、築籬笆等。兩年後，他認為試驗已經成功，就在一八四七年九月六日離開了華爾騰，嘗試另一種新的生活方式。這兩年的生活，後來結晶成一八五四年出版的《湖濱散記》（Walden, or Life in the Woods）。這書的中心部份是述說超越論的經濟論，號召生活的返璞歸真；但同時也是研究大自然所得豐富經驗的不朽記錄，可以說是梭羅的代表作。

梭羅非但愛自然，他也愛自由，因此絕對不能容忍人與人間的某些不公道的束縛——例如當時美國南部的蓄奴制度。當他住在華爾騰期間他就曾因拒絕付稅而被捕，那時美國正和墨西哥作戰，但他認為這只是美國南部蓄奴區域的地主們的戰事，因此拒付國稅以示抗議，結果遭受拘捕，在獄中過了一宵。這次坐監的滋味使他不禁聯想到個人和國家的關係。他認為政府應該「無為而治」，不可干涉到人民的自由；而當政府施用壓力，強迫人民做違反良心的事情的時候，人民應有消極反抗的權利，後來他還寫了《消極反抗》（Civil Disobedience，一八四九年出版）一書來闡明這一套政治主張。

當約翰．勃朗事件發生時，（註：一八五九年勃朗等突襲維基尼亞州的哈卜斯渡口，企圖解放並武裝當地的黑奴，引起軒然大波，勃朗終於被判絞刑。）梭羅還以實際行動來積極支持這位思想激烈的「叛徒」。在死刑宣佈後，他曾在康考特市會堂發表演說「為約翰．勃朗請願」。甚至在勃朗死後，由於當地市政府拒絕舉行特別追悼會，梭羅還胆敢親自跑去敲鳴市會堂的大鐘，召集民眾開會。此外，他也幫助過一個黑奴逃犯，瞞過警方耳目，逃到加拿大（詳見梭羅日記——Journal，一八五一年十月一日）。由此可見他不但是一個「追求個人內心和諧」的思想家，還是一個言行一致，敢作敢為的實踐者。

梭羅生平極喜歡旅行，他曾三度遠足遊歷緬因森林（Maine Woods），四度遊歷麻州的科德角（Cape Cod），也常去遊新罕姆什州的白嶺（White Mountains）和蒙納德諾克山（Monadnock）等風景區。這些旅行供給他豐富的寫作材料，後來收集成冊的有《旅行散記》（Excursions），《緬因森林》和《科德角》等書。一八六一年間他還不顧肺結核症的纏繞，扶病到明尼蘇達州去遊歷一番。那時他的身體已經非常虛弱，次年五月六日他就病逝於他最心愛的故鄉——康考特。

梭羅的著作有三十九卷之多，可是在他的生前只出版過兩本，而且是自費。他死後的半個世紀中，一般讀者只有把他看作愛默森的一個平庸的及門弟子，一個行為乖張的怪人。一直要到第一次世界大戰後他的聲譽才逐漸增高。因此，他之獲得如今在美國文學史上的崇高地位，還只是近三四十年間的事。

梭羅一向是一個言行一致的人，所以在他生前和死後，大多數人把他看成一位自然主義者或博物學家。他的文名很容易被他的人格所掩蓋。一直到近幾十年，他被公認為第一流的散文家，並且有他獨特的風格。可是梭羅的詩，和他的散文著作相形之下，可以說真正的「生不逢時」。因為梭羅的詩作有好有壞，而且他的朋友們都認為詩歌並非他所長，散文才是他的理想表現工具，勸他不要分心去創作詩歌，不如集中精力去寫作散文。這些朋友中包括愛默森在內，而愛默森的忠告對他是極其有份量的。可是誰也沒有想到，這些朋友們好意的勸告可能使美國詩壇蒙受相當嚴重的損失。一直要到一九二五年前後，大家才重新發現梭羅的詩的價值。有不少人認為梭羅的詩並不屬於過去，而是屬於現在。他的詩有一種大胆的，故意與眾不同的獨立性格，使他與他同時的那幾位模倣傳統的公式詩人迥然不同。有一位批評家甚至進一步說：「梭羅，同狄瑾蓀一樣，是二十世紀詩歌的前驅；從他的作品中可以預先領略到現代詩歌中的大胆的象徵手法，深刻的現實主義和一種不甘心於求安定的矛盾心理。」

我們雖然不應該把這種做翻案文章的心理變本加厲，可是我們至少應該指出梭羅的詩作中充滿了意象，有一股天然的勁道和不假借人工修飾的美。就好像我們中國古時的文人畫家一樣，梭羅並不是一個以工筆見勝的畫匠，可是他胸懷中自有山水，寥寥幾筆，隨手畫來，便有一種掃清俗氣的風度。技術上雖未必完美，可是格調卻是高的。又像中國古時的忠臣良將，例如岳飛和文天祥，平日就有一種治國平天下的凌雲壯志，根本無意於為文，可是等到機會來臨，隨意寫來，便是千古至文，令人心折。我們至少可以說梭羅的詩比當時人所想像要高明得多，如果他沒有接受愛默森的勸告而繼續從事詩的創作的話，他可能有很高的成就。不過照詩論詩，那麼有很多人一定也會同意愛默森對梭羅的按語：「黃金是有了，可是並不是純金，裏面還有渣滓。鮮花是採來了，可是還沒有釀成蜜。」

冬天的回憶（Memories of Winter）

在這勞苦跋涉的生活圈子裏，
時而有蔚藍的一剎那到來，
明艷無垢，如同紫蘿蘭或白頭翁，
春天散佈在曲折的小河邊的花。
這一剎那間，就連最好的哲學
也顯得不真實，倘若它唯一的目標
只是慰藉人間的冤苦。
在冬天到來的時候，
霜濃之夜，我高棲在小樓上，

愉快的月亮寂靜的光輝中，
每一根樹枝，闌干，突出的水管上，
冰鎗越來越長，
映著日出的光箭；
當時我記起去夏流火的正午，
一線日光無人注意，悄悄地斜穿過
高地上長著約翰草的牧場；
間或在我心靈中的綠蔭裏
聽見悠長的悶悶的蜂鳴，嗡嗡繞著
徘徊於草原上的藍色的劍蘭；或是聽見那忙碌的小溪——
現在它上下游整個喑啞，木立，
成為它自己的紀念碑——以前曾漩捲著潺潺地
在山坡上遊戲，穿過附近的草原，
直到它年青的聲音終於淹沒
在低地的江河遲重的潮流中；
或是看見新刨的一行行田壤
發出光輝，後面跟著畫眉鳥，

而現在四周一切田地都凍結，白茫茫
蓋著一層冰雪的厚殼。這樣，仗著上帝
經濟的辦法，我的生活豐富起來，
使我又能夠從事於我冬天的工作。

烟（Smoke）

羽翼輕靈的烟，像古希臘的飛人，
高翔中被太陽熔化了你的翅膀；
不唱歌的雲雀，黎明的使者，
在你營巢的茅屋上盤旋；
或是消逝的夢，午夜的幻影
曳起你的長裙；
夜間遮住了星星，日間
使光線黑暗並掩沒了太陽；
上天去吧，我壁爐裏的一炷香，
去請求諸神原宥這明澈的火焰。

霧（Mist）

低低地下了舵的雲，
紐芬蘭的寒氣，
水源，河流的泉源，
露凝的布，夢的簾幙，
仙子鋪的飯巾；
空中飄過的草原，
開著整大片的雛菊與紫蘿蘭，
在那彎彎曲曲的泥沼裏，
沼鳥砰然啼叫，鷺鷥涉水而過；
湖海江河的神靈，我祈求你
只把芳香與藥草的香氣
吹到正直的人們的田野上！

編註：本文為張愛玲所撰，有些譯名與〈愛默森選集〉第四章中的用字略有不同。

國家圖書館出版品預行編目資料

張愛玲譯作選：無頭騎士・愛默森選集 / 張愛玲 著.
-- 二版. -- 臺北市：皇冠, 2021.12
面；公分. --（皇冠叢書；第4994種）
（張愛玲典藏；17）

ISBN 978-957-33-3817-8（平裝）

874.57　　　　110018023

皇冠叢書第4994種
張愛玲典藏 17

張愛玲譯作選

無頭騎士・愛默森選集

【張愛玲百歲誕辰紀念版】

作　　者—張愛玲
發 行 人—平雲
出版發行—皇冠文化出版有限公司
台北市敦化北路120巷50號
電話◎02-2716-8888
郵撥帳號◎15261516號
皇冠出版社(香港)有限公司
香港銅鑼灣道180號百樂商業中心
19字樓1903室
電話◎2529-1778　傳真◎2527-0904
總 編 輯—許婷婷
責任編輯—張懿祥
美術設計—王瓊瑤
著作完成日期—1969年
張愛玲典藏二版一刷日期—2021年12月
張愛玲典藏二版二刷日期—2022年05月
法律顧問—王惠光律師

讀者服務傳真專線◎02-27150507
電腦編號◎001217
ISBN◎978-957-33-3817-8
Printed in Taiwan
本書定價◎新台幣350元　港幣117元